I Am the Messenger
传信人

〔澳〕马克斯·苏萨克 著 包成 译

北京联合出版公司
Beijing United Publishing Co.,Ltd.

图书在版编目（CIP）数据

传信人 / (澳) 苏萨克著；包成译. —北京：北京联合出版公司，2014.4
（马克斯·苏萨克小说作品）
ISBN 978-7-5502-2857-3

Ⅰ.①传… Ⅱ.①苏… ②包… Ⅲ.①长篇小说—澳大利亚—现代 Ⅳ.①I611.45

中国版本图书馆CIP数据核字（2014）第072046号

版权贸易合同登记号
图字：01-2014-2562

传信人

策　　划：英特颂·阎小青
责任编辑：徐秀琴
特约编辑：刘　婧
美术编辑：李姗娜　林若贤

北京联合出版公司出版
（北京市西城区德外大街83号楼9层 100088）
江阴金马印刷有限公司印刷
全国新华书店经销
字数280千字 880毫米×1270毫米 1/32 8.75印张
2014年9月第1版 2014年9月第1次印刷
ISBN 978-7-5502-2857-3
定价：28.00元

目录
CONTENTS

DIAMOND

第一条信息

埃德格街45号，子夜零点

哈里森大道13号，傍晚六点

马其顿街6号，清晨五点半

· 特别介绍 ·

♦ 呈钻石形状，英语是diamond，意为钻石，象征财富。

◆ A 银行抢劫案

这个持枪的劫匪真没用。

我知道。

他知道。

银行里每个人都知道。

连我最好的朋友马文都知道，不过说实话，他比那劫匪更没用。

整件事情中最糟糕的部分是：马文的车子停放在外面的15分钟限时停车场。此时此刻，马文和我们一样，都正脸朝下趴在地上，而车子的限时停放时间马上就要到了。

“希望这家伙动作快点。”我说。

“是啊。”马文低声回答，“真是可恶！”他的声音像是从地板深处传上来的，“就因为这个没用的杂种，我马上要吃罚单了。艾德，我负担不起啦！”

“就你那辆破车，估计还没罚款值钱呢。”

“你说什么？”

马文看着我。我能感觉到他已经非常焦躁了。我冒犯他了。如果这世界上只有一件事情是马文不能容忍的，那就是有人批评他的车。他重复了他的问题：“你刚才说什么，艾德？”

“我说……”我压低了声音，“你那辆车，估计还没这罚款值钱呢，马文。”

“你给我听好，”他说，“艾德，别的我都可以忍，但你说……”

我没理会他的牢骚。

老实说，马文一说起他那辆破车，就能把人活活烦死。他会像个孩子一样，一直唠叨个没完没了。上帝啊，他已经20岁了。

他又开始唠叨个不停，我不得不打断他了。

“马文，”我向他指出，“你的车子实在不怎么样，知道吗？连手闸都没有，轮子后面得卡两块砖头，才能保证它停得稳当。”我尽量压低声音，“一半的时间你甚至连车门都懒得锁。你可能希望有人把这车偷了，这样你还能领点儿保险金。”

“那车我没买保险。”

“非常对。”

“汽车保险公司说它不值得投保。”

“能理解。”

就在这个时候，劫匪突然转身大喊：“后面谁在说话？！”

马文置若罔闻。他还在为他的车子所遭受的待遇鸣不平。

“你搭我顺风车的时候怎么不抱怨它破啊？艾德，你真卑鄙，真傲慢！”

“傲慢？我哪里傲慢了？”

“我说过了，后面的给我闭嘴！”劫匪又叫起来了。

“那拜托你倒是快点啊！”马文倒冲着劫匪吼起来了。看来他的心情很坏，坏到极点了。

马文正脸朝下趴在银行地板上。

银行正在遭遇抢劫。

天气绝对是很热，虽然现在是春天。

空调坏了。

他的车刚刚被人侮辱了。

马文忍无可忍了，或者说他的脑子进水了。怎么样形容都行，总之他快气疯了。

我们趴在银行那又脏又破的蓝色地毯上，继续用眼神彼此抬杠。在桌子的那一边，我们的好朋友里奇一半身子藏在桌子底下，趴在一大堆积木中间。这堆积木是劫匪一边大吼一边发抖闯进银行时散落在地上的。奥黛丽在我后面，她的脚一直压着我的腿，我快被压得麻木了。

劫匪用枪抵着柜台后一个可怜的女孩的鼻子。女孩的工作牌上写着“米莎”。可怜的米莎。她和劫匪抖得一样厉害。她正等着一个满脸青春痘、30岁上下、打着领带、胳肢窝两团汗渍的家伙把钱装到袋子里。

“希望这家伙动作快点。”马文说。

“我已经说过了。”我告诉他。

“那怎么样？我不能发表自己的意见吗？”

“把脚拿开。”我对奥黛丽说。

“什么？”她问我。

“我说，把你的脚拿开，我的腿都被你压麻了。”

她不情愿地把脚挪了回去。

“谢了！”

持枪的劫匪突然转过身，再次大吼着他刚才的问题：“哪个杂种在说话？！”

这里一定要对马文这个人多提一笔，即使在最正常的时候，他都是个大麻烦。他好争论，脾气坏，是那种你会不自觉一直跟他吵的人——特别是在提到他那辆破福特猎鹰的时候。他一来劲，整个人就完全成了一个不成熟的浑蛋。

他用一种好笑的语气大喊：“长官，是艾德·肯尼迪，是他在说话！”

“非常感谢！”我说。

（我的全名是艾德·肯尼迪，今年19岁，是个不够年龄的出租车驾驶员。我是这个城市的郊区里你常见到的那种典型的年轻人——前途无望。另外，我读了很多很多书，但在性和交税方面，我真的都很扯淡。很高兴见到各位。）

“艾德，给我闭嘴！”劫匪大叫道，“否则我一枪打得你屁滚尿流！”

马文得意地笑了。

这场景好像又回到了学校，听着虐待狂数学老师在教室前冲着你大吼——其实，他根本不关心你，他只是在等下课铃响，然后好回家喝啤酒，待在电视机前一天天变成肥猪。

我看着马文，真想杀了他。“天哪，你已经20岁了，还闹！你想让我们全都死翘翘吗！”

“艾德，闭嘴！”这次劫匪的嗓门儿更大了。

我尽量压低声音：“如果我中枪了，我会把账算在你头上的。懂我意思吗？”

“我说了给我闭嘴，艾德！”

“这一切是个大笑话，对吧，马文？”

“好了，我受够了！”劫匪忘记了柜台后的女孩，大步朝我们这边走过来。走到我们面前时，我们都抬头看着他。

马文。

奥黛丽。

我。

还有别的所有像我们这样趴在地上、内心绝望的人。

枪口抵住了我的鼻梁。很痒。但我不敢去挠。

劫匪前前后后，一会儿看看马文，一会儿看看我。透过他脸上蒙着的丝袜，我能看到他土黄色的胡须和粉刺痘印。他的眼睛很小，耳朵倒很大。我看他是把抢劫银行当做给这个世界的回馈了，因为他连续三年荣获了地区丑男大奖。

“你们谁是艾德？”

“他。”我指着马文回答。

“哦，别瞎说。”马文反驳道。我从他的表情上看得出来，他不像他应该的那么害怕。他应该也知道，如果劫匪玩儿真的，我们俩早就玩儿完了。他抬头看着用丝袜蒙着脸的劫匪说：“等等……”又摸摸下巴，“你看起来很面熟啊。”

“好吧，”我承认，“我才是艾德。”但是，劫匪好像忙着想听听马文接下来要说他的什么事，没空搭理我。

“马文，”我咬牙切齿地说，“闭嘴。”

“马文，闭嘴！”奥黛丽说。

“马文，闭嘴！”里奇在大厅的那头喊道。

“你又是谁啊？”劫匪冲着大厅那头的里奇喊道，并转身去寻找声音的来源。

“我叫里奇。”

“里奇，给我闭嘴！别再说话！”

“好的。”那个声音回答道，“多谢！”我所有的朋友好像都这么自以为是。别问我为什么。就像世界上很多事情，它就是那样。

总之，劫匪开始愤怒了。这种愤怒似乎从他的皮肤深处开始传播，然后通过丝袜一路传到了他的脸上。“我他妈的受不了了！”他咆哮着，声音从他的嘴唇上开始燃烧。

但马文还是没有闭嘴。

“我觉得，”他继续着，“我们以前可能是同学哦，你觉得呢？”

“你找死啊，”劫匪紧张而愤怒，“是不是？”

“实际上，”马文解释道，“我只是想让你帮我付超时停车的罚款。我把车停在外面的15分钟限时停车场里，可你却把我挡在这里。”

“该死的，说得对，我就挡了！”他指了指他的枪。

“没必要那么凶嘛。”

哦，天哪。我心想，马文这下玩儿完了。他快吃枪子儿了。

劫匪朝银行的玻璃门外看了看，想找出哪辆车是马文的。“哪辆？”他问道。必须承认，他问这句话的时候挺彬彬有礼的。

“那边浅蓝色的福特猎鹰。”

“那辆破车？罚就罚吧，我连在它上面撒泡尿都懒得！”

“等等。”马文又被冒犯了，“既然你在这里抢银行，那你至少该付一下停车费，你说对吗？”

与此同时。

钱已经摆在柜台上了，那个叫米莎的可怜的柜台小姐喊了一声。劫匪便转身回去取钱了。

“快点，贱女人！”她把钱交出来时，劫匪吼道。这是抢劫时的必说台词。我想，他一定是先好好学习了几部抢劫电影才出来的。很快，他就拿着钱折回到我们这边了。

“你！”他冲我大吼。钱既然拿到了，他就又有了勇气。就在他举起枪想要打我时，外面什么事情引起了他的注意。

他定睛看着。

看着银行的玻璃门外。

脖子上一片汗珠。

他呼吸困难。

他思绪翻腾，然后。

他大喊一声。

“不！”

警察在外面，但他们并不知道银行里发生了什么。消息还没有传出去。他们只是在叫街对面面包店外面的一个驾驶员不要并排停车。并排的车子一开走，警察也跟着走了，只留下这个没用的劫匪呆呆地拎着一袋子钱站在原地。被开走的，正是来接应他的车子。

他灵机一动。

便转过身来。

转向我们。

“你，”他命令马文，“把钥匙给我。”

“什么?! ”

“你听到了。”

“我那车……那是古董啊! ”

“是一堆废铁，马文。”我故意气他，“现在把钥匙给他吧，否则我就杀了你。”

马文一脸不高兴地把手伸进口袋，拿出了车钥匙。

“小心点。”他恳求道。

“我靠! ”劫匪回应道。

“没必要这样嘛! ”里奇在桌子下喊道。

“你，给我闭嘴! ”劫匪喊了回去，然后走了。

现在摆在他面前的唯一问题是：马文的车子一次发动成功的几率是……百分之五。

劫匪冲出银行大门，跑到马路上。接着他摔了一跤，枪就掉在大门附近，但他决定不拿了。所有的一切都在一瞬间，就在他决定是要捡枪还是要继续跑的时候，我看到了他脸上的恐慌。没时间了，他决定继续跑，枪就不要了。

我们都跪起身来看，看到他靠近了车子。

“看着。”马文开始笑了。奥黛丽、马文和我都定睛看着，里奇也到我们这边来了。

外面，劫匪停了下来，想找出车钥匙。看到他那副傻里吧唧的样子，我们都突然哈哈大笑起来。

他终于上了车，然后开始点火，可不管他怎么发动，车子就是没反应。

然后……

由于某种我都说不清的原因。

我冲了出去，顺手捡起地上的枪。过马路的时候，我一直盯着劫匪。他想下车逃跑，可是来不及了。

我已经站在福特猎鹰车的窗外。

枪口对着他的眉心。

他停止了动作。

我们都停止了动作。

他想下车逃跑，而我，我发誓，直到我走近他并且听到玻璃碎裂的声音，我才知道自己开了枪。

“你在干吗？”马文在街对面痛苦地哭喊。他的世界崩塌了。“你打的是我的车！”

警报声响起。

劫匪跪在地上。

他说：“我真是个白痴。”

我只能同意。

我低下头同情地看了他一会儿，因为我意识到我正在看着的可能是世界上最倒霉的人。首先，在他抢劫的银行里面，有我和马文这么笨的人；然后，来接应他的车子消失了；再然后，他以为事情有转机了，因为他弄到了另一辆车子，但那却是整个南半球最破的一辆车！在这一点上，我觉得很对不起他。想想看，多丢脸啊。

在警察给他戴上手铐、把他带走时，我对马文说：“现在你看到了吗？”我加强了语气，声音也更大了，“你看到了吗？这只能证明一件事情，”我指指他的车子，“你这车子的确很破。”我刻意留了一点儿时间让他反思，“如果这车子有半点儿像样的话，这家伙现在早就跑了，对不对？”

马文不得不承认：“我想是的。”

或许，仅仅为了证明自己的车子不是那么一无是处，马文倒宁可那劫匪已经逃跑了——很难说。

马路上和驾驶座上到处都是碎玻璃。我很想分清楚，到底哪样东西碎裂得更严重，是玻璃还是马文的脸。

“喂，”我说，“车窗的事情对不起，行了吗？”

“别说了。”马文回答。

枪摸起来热腾腾黏糊糊的，像握在我手中正在融化的巧克力。

又来了一些警察，是来问问题的。

到了警察局后，他们问了我们关于这起案件的很多问题，比如劫案是怎么发生的、我是怎么拿到枪的。

“他刚好把枪掉了？”

“我刚才就是这么跟你说的啊，不是吗？”

“听着，小子。”警察说着，把视线从报告上移开，“跟我发火没用。”他长着鼓鼓的啤酒肚，留着灰色的小胡子。为什么那么多警察都留小胡子呢？

“发火？”我问。

“对，发火。”

发火。

我很喜欢这个词。

“对不起，”我告诉他，“他跑出去的时候正好把枪掉了，我去追他的时候就顺手捡了起来。就是这样。他真的很可怕，行了吗？”

“行。”

我们在那里待了好长时间。唯一让啤酒肚警察觉得不爽的事，是马文不停地问关于车子的赔偿问题。

“蓝色的福特猎鹰？”警察问。

“就是那辆。”

“说实话，小子，开那辆车你也不嫌丢人？”

“我来告诉你。”我说。

“拜托，那车连手闸都没有。”

“所以呢？”

“所以你很幸运，我们不会开罚单给你，因为这车没法儿开。”

“多谢！”

警察笑了：“不客气。”

“还有个建议。”

我们都快走出警察局了，才发现警察的话还没说完。他叫我们回去，至少马文得回去。

“什么？”马文回答。

“为什么不买辆新车呢，小子？”

马文一脸严肃地看着他：“我有我的理由。”

“什么理由？没钱？”

“我有钱哦。你要知道，我可是有工作的人。”他甚至装出一副很道貌岸然的语气，“我只是有更重要的事情。”他笑了，是那种只有以自己的车为傲的人才可能有的笑容，“还有，我爱我的车。”

“很好，”警察作出了结论，“再见。”

“你居然也会有更重要的事情？”走出警察局的大门，我问马文。

马文茫然地直视着前方。

“闭嘴，艾德。”他说，“今天，在很多人眼里你是英雄，但在我眼里，你只是朝我的车射了颗子弹的浑球。”

“你要我赔钱？”

马文又冲我笑了笑：“不用。”

说真的，我松了一口气。我宁可死，也不愿意在那辆车上花哪怕一分钱。

我们走出警察局，奥黛丽和里奇正等着我们。但不光是他们，还有很多记者，他们拍了一大堆照片。

“就是他！”有人喊道。我还来不及辩解，整堆人马就来到了我的面前，问着各种各样的问题。我尽可能快地回答着，又解释了一次所发生的事情。我生活的小镇不算小，有广播、电视、报纸，明天所有的媒体都会报道这件事情。

我想象着会出现什么样的新闻标题。

“出租车司机成为英雄”这样的标题不错，但他们更可能采用“本地混混有能耐”这样的。马文要是看到了，肯定会对我大肆嘲笑一番。

问了大概十分钟问题之后，记者群逐渐散去，我们则走回停车场。福特猎鹰挡风玻璃前的雨刷下面，夹着一张罚单。

“浑蛋！”奥黛丽骂道。马文过去把罚单拿下来看着。我们到银行本来是为了陪马文存薪水的，现在看来，他可以用这笔钱来付罚款了。

我们把座位上的碎玻璃清干净，然后上了车。马文大概发动了八次，车子就是不动。

“得。”他说。

“正常。”里奇回答。

奥黛丽和我都没吭声。

奥黛丽控制方向盘，其余人推车，我们终于把车子弄回了我住的地方，因为那里最靠近市中心。

几天后我收到了第一条信息。

一切都改变了。

◆ 2 性就像数学：我的生活介绍

跟你聊聊我的生活。

我每星期至少有几个晚上会打扑克牌。

这就是我们的生活。

我们玩一种叫做“讨厌鬼”的游戏，不太难，是唯一一个大家都喜欢的、不用过多争辩的游戏。

玩牌的有马文。他总是说个不停，坐在那里一边抽着雪茄，一边享受着玩牌的乐趣。

还有里奇。他总是很安静，喜欢炫耀他右胳膊上可笑的刺青。从开始玩牌到结束，他都用长颈瓶慢慢喝着维多利亚·比塔啤酒[1]，时不时摸摸好像是粘在他那张娃娃脸上的小胡子。

还有奥黛丽。不管我们在哪里玩牌，她都坐在我对面。她有一头漂亮的金发，腿很结实，还有全世界最漂亮的邪邪的笑容、性感的屁股。她看过很多电影，也是开出租车的。

当然，还有我。

在谈谈自己之前，我应该先跟你说几件事：

1. 19岁时，鲍勃·迪伦[2]已经是纽约格林尼治村经验丰富的表演者。

2. 19岁时，萨尔瓦多·达利[3]已经创作出了几幅出色的、有叛逆精神的画作。

3. 19岁时，圣女贞德[4]已经是全世界的通缉要犯，她引发了一场革命。

然后，19岁时，艾德·肯尼迪……

就在银行劫案发生之前，我一直在对我的人生进行检讨。

出租车司机——为这份工作我瞒报了年龄（因为必须满20岁）。

没什么真正的职业。

在社会上不受尊重。

一无所有。

---

1 缩写是VB，澳大利亚人气颇高的啤酒品牌。

2 美国摇滚乐时代最有影响的歌手和歌曲创作者。

3 西班牙超现实主义绘画大师。

4 法国的民族英雄。

在我一边按照快秃顶的生意人德里克指的路线开着车，担心着周五晚上醉鬼会吐在我车上，或者会不付钱跑掉的时候，一边也已经清楚地意识到，这个世界上到处都有人在成就大事业。开出租车其实是奥黛丽的主意。我那么容易被她说服，主要是因为我爱她很多年了。我从来没有离开过这个郊区小镇。我没有读过大学。我所有心思都在奥黛丽身上。

我经常会问自己："艾德，19年的光阴之中，你有什么成就？"答案很简单：

一无所成。

我把这个问题问了其他人，他们一致告诉我：你吃饱撑的。马文说我是一流的牢骚大王；奥黛丽告诉我现在考虑中年危机早了20年；里奇只是看着我，好像我说的是外星语言。当我问我妈时，她说："哦，艾德，你为什么不痛哭一场啊？"你会喜欢我老妈的。相信我。

我住在廉租的简易窝棚里。搬进来不久我才从房产中介处得知，原来房东就是我老板。我的老板很骄傲，因为他创办并经营着我服务的这家出租车公司——"空车公司"。我至少可以说，这家公司不可靠。我和奥黛丽毫不费力就让他们相信，我们已够年龄、有驾照，可以给他们开车。在出生证明上改几个数字，带上看起来能用的驾照，就搞定了。因为他们人手不够，我们整个星期都在开车。他们不查证推荐信，不大惊小怪。诡计和欺骗能办成的事情的确令人惊讶。就像拉斯柯尔尼科夫[1]曾说过的："当理智不能解决问题，邪恶就会赶来相助！"哪怕没有别的长处，我至少可以称自己是附近最年轻的出租车司机，出租车神童。我的生活就是建立在这种"反成就"的基础之上。奥黛丽比我大几个月。

我住的窝棚离市中心很近，因为公司不允许开车回家，去上班的时候我得走一段路。除非搭马文的顺风车。我之所以不买车，是因为我整日整夜地开车送人，休息时间，我最不想做的事情就是开车。

我们居住的小镇没什么工厂。它位于城市边界，过去被分成"好区"和"坏区"。我想你不会惊讶我出生于坏区。我们一家都在小镇最北端长大，这是每个人都想隐瞒的秘密。那里有很多怀孕的未婚少女、一大堆无业的饭桶父亲，以及像我老妈那样既抽烟又喝酒、趿拉着奇丑无比的鞋子就堂而皇之在外

1 俄国作家陀思妥耶夫斯基的长篇小说《罪与罚》中的主人公。

面走的母亲。我成长的家绝对是个垃圾场，我在那里一直待到我弟弟汤米上大学那年。有时候我觉得，自己也可以去上大学的，但我在学校太懒，应该研究数学或者是做作业时候，我总是在看闲书。我本来也可以学做生意，但是他们不收学徒，特别是像我这样的。因为这种惰性，我在学校成绩不好，只有英文还可以，因为我爱看书。我老爸酗酒，把家里的钱都喝光了。学校毕业后，我直接参加了工作。开始，我在一家我都不好意思提的汉堡连锁店打工，后来去了一家脏不拉唧的会计师事务所，负责文件分类。我去了几个星期，事务所就关门了。最后，就是迄今为止我事业上的巅峰。

出租车司机。

我有个室友，叫“看门狗”，今年17岁。它常常坐在纱门前，让阳光照射着它的黑色毛发。这时，它那双苍老的眸子会闪动着光芒，脸上也会浮现出微笑。它之所以叫“看门狗”，是因为从很小时候起，它就非常喜欢坐在我们家的前门旁边。它在家是这样，现在在我这个窝棚也是这样。它喜欢坐在温暖而舒服的地方，不给任何人让路，因为它年纪大了，移动很不方便。它是罗特韦尔犬和德国牧羊犬杂交的，身上有一种无法除去的恶臭。事实上，我认为它的恶臭就是没有人（除了我那几个一起玩牌的朋友）来我这个简易窝棚的原因。他们一到门口，扑鼻而来、无处不在的狗臭就劈头扇他们一记耳光。没有一个人能坚持忍着在我这里待久一点儿，或者说一路走进屋里。我试过用除臭剂，厚厚地在它的腋下抹了一层又一层。我还给它全身上上下下喷上诺斯卡芳香喷雾，但结果却让它更加臭不可闻。在那段时间，它闻起来就像是北欧海盗的厕所。

它本来是我老爸的狗，但是半年前老爸死了，老妈把它扔给我。她受不了它在晾衣绳下面大小便。

（“整个后院什么地方它都可以去，”她说，“可结果它去了哪里？”她自问自答，“就在那倒霉的晾衣绳下面。”）

所以我离家时，把它也带了出来。

到了我的窝棚。

到了它的门前。

它很开心。

我也一样。

当阳光透过纱门暖暖地照在它的身上，它很开心；当夜晚睡在那里，它也很开心。我想关上木门时，它会往里面挪一点点。在那个时候，我真的很喜欢这条狗。不管怎样，我还是很爱它的。不过上帝啊，它真臭。

我以为它很快会死。这样一条17岁的老狗，我预计它活不了很久。我不知道它死了我会怎么样。它会安详地面对自己的死亡，一声不响就走了。我想我大概会蹲在那里，趴在它身上，把脸埋在它恶臭的狗毛里痛哭。我会等着它醒来，可它不会了。我会把它抱出门外，在后院的地平线在夕阳余晖中渐渐模糊时，感觉到它的身体也渐渐变冷……不过现在它很好。我能够看到它呼吸，虽然它闻起来的确像条死狗。

我有一台电视机，开机后需要一段时间来热身。我还有一部几乎从来都不响的电话、一个像收音机一样嗡嗡作响的电冰箱。

电视机上，有一张好几年前拍的全家福。

我很少看电视，所以也只是偶尔看看那张照片。拍得很好，真的，虽然上面每天都落着一层厚厚的灰。老妈、老爸、两个姐姐、我，还有一个弟弟，照片上一半人笑着，一半没有。我喜欢这样。

说到我的家庭，顺便提一句，我老妈是那种强硬到你用斧头都砍不死的女人，她常骂街，更多的事情我稍后再告诉你。

我前面说过，我老爸半年前死了。他孤独、善良、寡语、酗酒、游手好闲。或许跟我妈在一起生活不容易，所以他才酗酒，但这不是理由。你可以找借口，但你不能相信这些借口。他是个家具派送员。死的时候，人们发现他坐在一张卡车里还没来得及搬下来的旧躺椅上。他就坐在上面，死了，放松了。家具店的人说看见他坐在那里，还以为他在偷懒。他死于肝功能衰竭。

我弟弟汤米几乎每件事都做得很好。他比我小一岁，现在在城里上大学。

我的两个姐姐是利和凯斯。

凯斯17岁那年怀孕的时候，我哭了。我那时12岁。她很快搬出了家里。她可不是被家里赶走的，她离家是结婚去了。这在当时可是一件大事。

一年以后，利也离家了，没出什么问题。

她没有怀孕。

我现在是我们家唯一留在镇上的孩子，其他人都到城里了，而且住在城里。汤米做得尤其好。他正朝着成为律师的道路上前进。祝他好运。真心的。

电视机上那张照片的旁边，还有一张我和马文、奥黛丽、里奇的合影，是去年圣诞节我们用奥黛丽的相机自拍的。马文叼着雪茄，里奇微笑着，奥黛丽大笑，而我则拿着扑克牌，好像还在端详着有史以来我拿到手的最烂的一把牌。

我烧饭。

吃饭。

洗衣服，但是很少熨。

我生活在过去，相信辛迪·克劳馥是最棒的超级名模。

这就是我的生活。

我的发色很深，皮肤是浅褐色的，眼睛是棕咖啡色。我的肌肉很正常。我应该站得更挺拔一点儿但是我没有，站着的时候我总是把手插在口袋里。我的靴子很破了，但我照穿不误，因为我喜欢而且珍惜它们。

我常穿上靴子出门，有时会走到那条穿镇而过的小河边，或者去公墓散步，去看看老爸。只要醒着，看门狗当然都会陪着我去。

我最喜欢的就是把手插在口袋里散步，身后跟着看门狗，想象着奥黛丽就在我身边。

我总是想象我们的背影。

天色渐渐暗淡。

有奥黛丽。

有看门狗。

还有我。

我拉着奥黛丽的手。

我还没有写出一首迪伦那样的曲子，还没有开始尝试我的超现实主义绘画创作，我也怀疑靠我的努力是否能引起一场革命——撇开所有其他的事情不谈，我尽管又高又瘦，但身体素质欠佳，意志也很薄弱。

我想最快乐的时光应该是玩牌的时候，或者当我送好乘客、从城里或者更远的地方开车回小镇的路上。那时我总会把车窗摇下来，让风的手指轻柔地穿过我的头发，我朝着地平线微笑。

然后，我回到镇上，把车开进空车公司。

有时我真讨厌车门砰的一声关上的声音。

我说过了，我爱奥黛丽，有时无法自拔。

奥黛丽跟很多人有过性关系，跟我却从来没有。她总是说因为太爱我了，以至于无法跟我做那件事，我自己也从来没有企图脱光她的衣服，让她颤抖着，像个陌生人似的站在我面前。我很怕。我告诉过你，在性方面，我很值得同情。我交过一两个女朋友，在性这件事情上，她们对我的评价都不高。有一个女友告诉我，我是她碰到过的最笨拙的男人。还有一个，无论我在她身上尝试任何新的花招，她总是会笑。在我身上的确没有发生什么奇迹，她很快就把我甩了。

我个人认为，性应该像数学。

学校里的数学。

即使人们在数学方面一塌糊涂，但没有谁会真的在意。人们甚至会公然宣布这件事情。他们会对别人说："是啊，自然和英语还可以，可我在数学上真的是个白痴。"别人则通常会笑着说："是啊，我也是。那该死的对数，我简直一窍不通。"

人们也应该能以这样的态度来谈论性。

你应该自豪地说："是啊，那该死的高潮，我简直一窍不通。唉，其他的事情还可以，可一说到这个事情，我就一点儿办法都没有。"

不过，没有人这么说。

你也不能。

尤其是男人。

我们男人总是认为那方面一定要很强，所以我在这里告诉你，我不行。我也应该解释一下，诚实地说，我认为我的接吻技巧也不怎么样。我的一个女朋友曾经想教我，但是我想她最终还是放弃了。我感觉我的舌上功夫非常糟糕，但是我该怎么办呢?

不过是性嘛。

无论如何，我常常这样跟自己说。

我常说谎。

再说回奥黛丽。我应该觉得很满足，她碰都不碰我是因为她太爱我了，比其他任何人都爱。非常有道理，不是吗?

当她沮丧或情绪低落的时候，我能透过窝棚的前窗看到她的影子。她进到屋里，我们喝廉价啤酒或者烈酒，或者看一场电影，或者又喝酒又看电影。有时候又老又长的像《宾虚》[1]这样的电影会陪我们整个晚上。她穿着绒布衬衫和牛仔裤剪成的短裤，挨着我坐在沙发上。最后她睡着了，我拿出毯子来给她盖在身上。

亲吻她的脸颊。抚摸她的头发。

我想到她如何像我一样独自生活，想到她从来没有一个真正的家，想到她只和别人做爱。她从来不让任何感情涉足于她的生活。我想她曾经是有家的，但却是那种互相恶语相向拳脚相加的家。附近太多这样的家庭了。我认为她爱她的家人，但他们却只会伤害她。

这就是她拒绝爱的原因。

任何人的爱。

我猜她这样做心里才好受一些。谁能责怪她呢?

当她睡在沙发上，我脑子里都是这样一些想法。每次都是。我给她盖好毯子，然后回去睡觉。

睁着眼睛。

◆ 3 方块A

当地报纸上有几篇关于银行劫案的报道。报道详述了我如何追上劫匪，然后从他手上把枪抢了过来。的确是他们的典型做法。我就知道他们会添油加醋。

我在餐桌前浏览了几则新闻，看门狗就像往常一样看着我。就算我是英雄，它也无所谓。只要能按时吃上晚餐，这个世界上没有什么是它在乎的。

我老妈来了，我给她拿出了啤酒。她告诉我她很骄傲。按照她的说法，她的孩子们个个儿出类拔萃，只是除了我。但是现在，因为我，至少在她的眼里有了一丝的骄傲——哪怕就一两天也好。

“那是我儿子。”我能够想象得出她如何向她在街上遇到的人们解释，“我说过的，总有一天他会有出息的。”

马文也来了，当然还有里奇。

1 1959年的美国电影。

甚至奥黛丽也夹了份报纸过来看我。

所有报道中，我都是20岁的出租车司机艾德·肯尼迪，因为我跟每个记者都谎报了年龄。说了一次谎之后，你就得不停地圆谎。我们都知道。

报纸的头版是我茫然失措的脸，刊登的是整张的大幅照片。有个电台的家伙还跑来在我的卧室录了一段谈话节目。我跟他一起喝了咖啡，没加牛奶。我得出去买，他说不用了。

事情发生在星期二晚上。我下班回到家，从信箱里拿出信件。除了电费和煤气账单、一些垃圾信件外，还有一个小信封。我把它和别的东西一起扔在桌上，转头就忘了。信封上潦草地写着我的名字，我也很奇怪那是什么。甚至在我做牛肉色拉三明治的时候，我还告诉自己，等一下就去客厅瞧瞧。结果呢，我又忘了。

等我终于转回来看到它的时候，已经很晚了。

我摸了摸信封。

摸到了什么东西。

我把信封拿在手里撕开，手指间感觉有个什么东西。天气很凉爽，典型的春天夜晚。

我发抖了。

我在电视机屏幕上和全家福照片里，看到了自己的影子。

看门狗在打鼾。

微风从窗外吹来。

冰箱嗡嗡响。

片刻，世界上所有的一切仿佛都停下来看着我。因为当我把手指伸进去，拿出的是一张旧扑克牌。

一张方块A。

在客厅光线的烘托下，我用手指轻轻拈着那张牌，仿佛它会在我手中破碎或者起皱。扑克牌上，用跟信封上同样潦草的笔迹写了三个地址。我慢慢地、警惕地读着。手上似乎滑过一丝阴森的凉意。这种感觉渗入我的体内游动，无声无息地侵蚀着我的思绪。我读道：

埃德格街45号，子夜零点

哈里森大道13号，傍晚六点

马其顿街6号，清晨五点半

我打开窗帘往外看。

什么都没有。

我跨过看门狗，站在门廊上。

“喂？”我叫道。

仍然，什么都没有。

微风转移了它的目光，可能是被我注视得有点儿难为情。我仍然待在原地，呆站着。一个人。扑克牌仍然在我的手中。我不知道手上这些地址在哪里，或者至少说不确切。我认得路，但不知道是哪栋房子。

无疑，这是我遇到过的最诡异的事情。

谁会寄这种东西给我？我问自己。我做的什么事让我收到这样一张旧扑克牌，上面还潦草地写着奇怪的地址？我回到屋里，坐在餐桌前，试图搞清楚发生了什么事，是谁把这样一张命运的纸牌放在我的信箱里。我脑子里浮现出很多张脸。

是奥黛丽？我问自己。马文？老妈？我不知道。

心里有个声音劝我把扑克牌扔到垃圾桶里，把这件事彻底忘了。可是，只是想了想要把它丢掉，我心里就有一种深深的罪恶感。

可能这是注定的。我想。

看门狗晃悠过来，嗅着扑克牌的气味。

该死，我知道它在想，我以为是吃的。它又闻了一次，停顿一会儿，考虑着下一步它想要做什么。像往常一样，它慢吞吞地走回门口，然后180度转弯，趴了下来。黑金色的毛皮套装让它很舒服。它深邃的大眼睛闪动着光芒，爪子在又脏又旧的地毯上伸展开来。

它凝视着我。

我也凝视着它。

怎么了？我知道它在想，你到底想怎么样？

什么也不想。

很好。

好的。

然后，我们的对话就结束了。

但一个事实并没改变：我仍然拿着方块A，茫然无措。

打个电话吧。我告诉自己。

电话却吓了我一跳。它响了。可能正是我一直在等待的答案。

我接起电话，把话筒贴紧耳朵。有点儿痛，但我努力听着。不幸的是，是我老妈。

“艾德？”

我到哪里都能听出这个声音，也能认出这个每次都会对着电话吼的女人。

“是的。嗨，亲爱的。”

“别跟我说亲爱的，小杂种。”好极了，“你今天是不是又忘了什么事情？”

我开始思考，想反应过来我忘了什么事情。但是没有一点儿印象。我眼里只有那张我正在手里拈着的扑克牌。“我想不起来了。”

“我就知道！”她怒不可遏，客气点儿说是更生气了，“你该去KC家具店帮我搬那张咖啡桌，艾德。”她的声音很大，似乎还夹带着口水，就这样通过电话线劈头盖脸而来，冲进我的耳朵，“你这个白痴！”她很可爱，对吧？

我前面暗示过，我老妈的确有骂人的习惯。她每天24小时都在咒骂，无论一件事让她开心、难过，还是不在乎，她都会骂。当然，她把这习惯的得来归咎于我和我弟弟汤米。她说那是因为我们小时候，在后院踢球的时候，总是互相乱骂。

“我后来就懒得管你们了，”她总是这样告诉我，“因为我意识到，既然没法儿让你们闭嘴，那就跟你们一起骂吧。”

如果我和她谈话，一次都没有被她骂“小杂种”或者“白痴”，那我可就烧高香了。她骂起人来最让人受不了的是她那种绝对强调的劲儿。她骂我的时候，总是连喷口水带骂，那些话几乎是冲我砸过来的。

尽管我没有在听，她还是冲着我大喊大叫。

我回过神来。

“明天福克纳太太来喝早茶时，我怎么办，艾德？让她把杯子放在地上？”

“是我不对，妈妈。”

“太可恶了，当然是你不对！”她谩骂着，“我会直接告诉她，白痴艾德忘了去搬咖啡桌。”

白痴艾德。

我讨厌她这样说我。

“别担心，妈。”

她继续咆哮了好一阵子，但我的注意力还是全放在了方块A上面。它在我手里闪闪发光。

我触摸它。

握紧它。

我笑了。

对着它笑。

这张扑克牌有一种气场，它是给“我”的。不是“白痴艾德”，而是“我”——真正的艾德·肯尼迪。未来的艾德·肯尼迪。不再只是一个前途无望的出租车司机。

我该怎么处理它呢?

我会成为什么人物?

“艾德？”

不理她。

我还在思考。

“艾德?！”我老妈怒吼了。

我被吓回了谈话当中。

“你在听我说话吗？”

“是……在听啊，当然在听。”

埃德格街45号……哈里森大道13号……马其顿街6号……

“妈，对不起，”我再次道歉，“我刚才忘了，我今天送了很多乘客，在城里跑了好多趟。我明天去搬，好吗？”

“你确定？”

“确定。”

“不会再忘了？”

“不会。”

“好的。再见。”

“等一下！”我匆忙的声音传到了电话那头。

她拿回话筒：“什么事？”

从我嘴里说出那句话得历尽挣扎，但我必须得问问她。关于扑克牌的事情。我决定去问每一个有可能寄给我扑克牌的人。先从老妈开始吧。

“喂，什么事？”她再次问道，声音比上次大了。

我好不容易说出了我的问题，每个字都在我嘴边又拖又拉，好像不想离开。

“老妈，你今天寄了什么东西给我吗？”

“什么东西？”

我顿了一下，说：“小东西……”

“什么小东西，艾德？我没时间跟你闲扯！”

好吧，我不得不说出来：“一张扑克牌——方块A。”

电话那端一阵沉默。她可能在想。

“是吗？”我问。

“什么‘是吗’？”

“是你寄的吗？”

我能感觉到她忍无可忍了。她的愤怒通过电话线传到了我的手里，让我颤抖起来。

“当然不是我！”她好像在报复什么似的，“我干吗要费半天劲寄张扑克牌给你，我应该寄信提醒你去搬……”她的声音又变成了咆哮，“我那该死的咖啡桌！”

“好的，好的……”

我为什么还这么冷静呢？

是因为扑克牌？

我不知道。

事实上，我知道。因为我向来如此。为了自己好，我永远可怜巴巴地保持着冷静。我应该直接告诉这头老母牛闭嘴，但是我从来没这样想过，也永远不会这样做。毕竟，她和其他孩子的关系不是这样。每次（次数不多）他们去看她，她总是想办法讨好他们，然后他们就走了。跟我，她至少不用这样矛盾。

我说："好了，老妈，我只是问问，确定是不是你。仅此而已啊。事情有点儿怪，我收到……"

"艾德？"她打断我的话，听得出来她已经腻烦透顶。

"什么？"

"滚，好吗？"

"好的。再见。"

"好。"

我们都挂上了电话。

该死的咖啡桌。

当我从空车公司的停车场回家时，我觉得我好像忘了什么事情。明天，福克纳老妇人就要去老妈那里，想要聊聊我几天前在银行的英雄事迹。但她只会听到我如何忘了搬咖啡桌的故事。无论如何，我还不知道怎样才能把那该死的桌子放到我的出租车里呢。

我强迫自己不去想那张不相干的桌子了。我需要集中精力，想想扑克牌为什么会出现、它又来自哪里。

一定是我认识的人。

一定。

是知道我经常玩牌的人。那一定就是马文、奥黛丽、里奇其中一个。

不会是马文。肯定不是他。他没有那种想象力。

也不可能是里奇。他不是做这种事的人。

奥黛丽。

我告诉自己，最有可能的是奥黛丽，但我不能确定。

我的直觉却告诉我，不是他们。

我们有时候会在我家或者他们某人家的门廊上打牌。可能有几百个人经过看见了我们。我们有时候会吵起来，人们会取笑我们，或者朝我们大喊谁在作弊、谁赢了，或者谁在气愤地抱怨。

所以，任何人都有可能。

今晚我不睡了。

我要思考。

早上我起得比平时早，然后便带着看门狗出去散步了。我还特意带了一份社区指南，我在指南上找寻了扑克牌上的每一栋房子。埃德格街上的那栋就在街尾，简直就是一处废墟；哈里森大道上那栋有点儿年头了，但还算比较整洁，前院里的草虽然又黄又老，但却有一片玫瑰花圃；马其顿街那处的房子位于镇上的丘陵区，是有钱人住的地方，有一条陡峭的车道通向那栋两层楼的豪宅。

我出门上班时还想着这些事情。

那天晚上，把老妈的咖啡桌送过去之后，我去了里奇那里玩牌。我把整件事情都告诉了他们。

“你把那张牌带过来了吗？”奥黛丽问。

我摇摇头。

昨晚睡觉之前，我把它放在了卧室衣柜最上面的抽屉里。没有东西能碰到它。没有东西会对它呼吸。抽屉里只有那张牌，别的什么都没有。

“不会是你们谁干的吧？”我问。我决定不兜圈子了，直奔主题。

“会是我吗？”马文问，“我没有脑子能想出这样的点子，我想你们都知道。”他耸耸肩膀，“还有，我才不会在你这种人身上花那么多心思呢，艾德。”狡辩先生，跟以前一样。

“没错。”里奇表示同意，“马文太笨了，想不出那样的点子来。”发表完意见后，他又沉默了。

我们都看着他。

“怎么了?”他问。

“是你吗，里奇？”奥黛丽问他。

他忙冲着马文举起了大拇指：“他太笨了，我太懒了。”他摊开双臂，“看看我，我是领失业救济金的人啊。我一半时间都花在赌马上了，我还要和我老爸老妈住在一块儿……”

告诉你吧，里奇不是他的真名，他的真名是大卫·桑切斯。我们叫他里奇是因为他右胳膊上有一个歌手吉米·亨德里克斯[1]的刺青，但是大家都认为看起来更像是理查德·普莱尔[2]。于是，里奇[3]这个称呼就诞生了。我们都笑他，说

1 美国著名摇滚歌手。

2 美国著名喜剧演员。

3 “理查德”的昵称。

应该在左胳膊上刺上吉恩·怀尔德[1]，这样就有了一对黄金搭档。如果这世界上曾经有过一对“活力二人组”的话，那就是他们。你能说像《阿叔有难》和《妙眼妙耳闯天下》[2]这样的电影不精彩吗？

确实。

你不能说。

只是，如果你遇到里奇，可千万别跟他提起吉恩·怀尔德的事情。相信我。这是唯一会让他抓狂的事情。他不能容忍，尤其是喝醉的时候。

里奇皮肤黝黑，脸上永远留着络腮胡子。他的卷发是泥土色的，黑色的眸子很友善。他不会指使别人，也不希望别人指使他。他每天都穿着同一条褪色的牛仔裤——除非他有好多条同一款式的裤子。我从来没有问过他。

他大驾光临的时候你总是未见其人先闻其声，因为他骑摩托车。好像是川崎牌吧。红黑相间的。夏天骑车的时候，他通常不穿夹克，因为他从小就不穿。他穿的是和他老爸共用的单色T恤或者过时的衬衫。

我们都还在盯着他。

这让他紧张起来，把头转向奥黛丽。我们也转了过去。

“好了，”奥黛丽开始辩解，“我说吧，我们当中，我最有可能想出这种荒唐点子……”

“这不荒唐。”我说。我几乎是在为扑克牌辩护了，仿佛它是我的一部分。

“我可以继续吗？”她说。

我点头。

“好的。我现在宣布，绝对不是我。不过，对于扑克牌怎样、为什么出现在你的信箱里，我倒有个推测。”

我们都等着她理清思路。

她继续道：“事情是从银行劫案开始的。有人在报纸上看到了这条新闻，然后就琢磨：现在有个长得还不错的小伙子，艾德·肯尼迪。他就是这个小镇需要的人啊。”她笑了一下，随即又严肃起来，“艾德，那张扑克牌上写的地方一定会有事发生，你得去看看。”

我考虑片刻，作出了决定。

1 美国著名演员，曾与理查德·普莱尔搭档演出。

2 两部都是理查德·普莱尔与吉恩·怀尔德搭档演出的经典喜剧电影。

我说："嗯，不是什么好事儿，对吗？"

"为什么不是好事儿？"

"为什么不是？如果有人在那里互殴，我是不是必须得去阻止？附近经常这样，不是吗？"

"我想，得看你运气怎么样了。"

我想到了第一栋房子。

埃德格街45号。

在那样的破房子里，我想不出能有什么好事儿发生。

那晚剩余的时间，我把扑克牌的事情抛到了脑后，马文连赢了三盘。像往常一样，他得让我们知道。

说实话，我讨厌马文赢牌。十足的小人得志。吐着雪茄烟圈，一副不知道自己几斤几两的贱样。

他和里奇一样，还和爸妈住在一起。工作呢，是和他老爸一起做木匠。说实话，他工作很努力，但赚来的钱他一分也不花，即使是抽的雪茄，也是从他老爸那里偷来的。马文在省钱方面是大师级别的，守财奴的第一名。

他那头浓密的金发几乎能一撮一撮地站起来了。为了舒服，他总穿着老旧的外套和裤子，手在口袋里把钥匙弄得叮当响。私下里说，他的表情看上去总是在对什么冷嘲热讽。我们一起长大，这是我们成为朋友的唯一原因。他实际上还有一些朋友，原因如下：首先，他会在冬天玩橄榄球，所以有些球友；其次，他像个白痴。这也是最主要的原因。你有没有注意过，越是白痴，朋友会越多？

这只是我的观察。

但是，说这些都没用。看扁马文也不能解决方块A的问题。

无法逃避，无论我多么尽力。

它总是偷偷靠近我，要我认出它来。

我得出了结论。

我告诉自己。

"你必须抓紧，艾德。埃德格街45号，子夜零点。"

星期三深夜。

我和看门狗坐在门廊，月光斜斜地倾泻在我们身上。

奥黛丽走过来，我告诉她，我明天晚上要开始了。这是谎话。我看着她，真想可以和她回到房间里，在沙发上做爱。

潜入彼此体内。

占据彼此。

成为彼此。

不过，什么事都没有发生。

我们坐在那里，喝着乡下人喝的廉价气泡酒，酒是她带来的。我的脚在看门狗的身上蹭来蹭去。

我喜欢奥黛丽结实的双腿，我就那么看了好一会儿。

她望着悬在空中的月亮。它现在升高了一些，不再斜了。升上去了。

至于我，我又把扑克牌拿在手里看着。做好准备。

你永远也不知道，我告诉自己，有一天，几个优秀的人可能会说："是的，19岁时，迪伦即将成为明星了，达利也已经展现了自己的天赋，世界上最重要的女人圣女贞德被烧死在火刑柱上……而艾德·肯尼迪，在他19岁那年，在信箱里发现了第一张扑克牌。"

这些想法在脑子里闪过后，我看看奥黛丽，看看皎洁的月亮，看看看门狗，然后告诉自己，别再骗自己了。

◆ 4 法官和镜子

接下来给我惊喜的是一张传票。我必须去地方法庭，从我的角度告诉法官银行发生的事情。

我没想到传票会来得这么快。

时间定在下午两点半。我那天得早点下班，把车开回镇上，开到地方法庭。

那天我穿着西装出现在地方法庭，他们让我在外面等。我进去作证时，感觉法庭就在我面前铺展开来。我首先看到的是那个持枪劫匪。摘了面具的他居然更丑了。他现在跟那天唯一的不同是：看上去更气愤了。我猜如果你被关押一星期左右，也会那样吧。他脸上那种可怜巴巴、倒霉透顶的神情倒是没有了。

他穿着西装。

一身廉价的西装。包裹在他身上。

一见他看到了我，我就马上看向别处，因为他的眼神好像一把枪，想把我射倒。

现在晚啦。我想。但这仅仅是因为他在那里而我在这里——安全的证人席。

法官跟我打招呼。

“嗯，肯尼迪先生，看得出来，你今天是盛装出席。”

我低头看看自己：“谢谢。”

“我是在挖苦你。”

“我知道。”

“别抖你的小聪明。”

“我没有，法官。”

我到现在才发现，法官希望他也能审判我。

律师问我问题，我都如实作答。

“这么说来，抢劫银行的就是这个男人？”他问我。

“是的。”

“你确定？”

“非常确定。”

“但是请告诉我，肯尼迪先生，你怎么能如此肯定呢？”

“因为我走到哪里都能认出这个丑八怪杂种。另外，他就是那天被警察铐走的家伙。”

律师轻蔑地看着我，解释他的用意：“抱歉，肯尼迪先生，按照惯例，我们需要提出这些问题，为的是顾及到每个需要被顾及的细节。”

我表示让步：“这样才公平。”

法官插话了：“至于‘丑八怪杂种’这样的字眼，肯尼迪先生，请你保持克制，不要使用诽谤他人的词汇。你该知道，自己也不是什么美男子啊。”

“多谢提醒。”

“不客气。”他笑了，“现在请回答问题。”

“是，法官。”

“谢谢。”

作证结束，我经过劫匪身边，他说：“喂，肯尼迪。”

别理他。我告诉自己，但没克制住。

我停下来看着他。他的律师告诉他别说话，但他不听。

他安静地说：“你完蛋了。等着吧……”他的话多少对我有些攻击，“记住我对你说的话。每天照镜子的时候，记住我对你说的话。”他几乎是在笑，“你完蛋了。”

我伪装了一下我的表情。

很镇定。

我点点头，说道：“好的。”然后继续往前走。

上帝，我祈祷，赋予他生命的意义吧。

顺手关上法庭的门，我走进沐浴在阳光中的休息室里。

一个女警察叫住我说：“不用担心他说的那些，艾德。”说得轻松！

“我想逃跑。”我告诉她。

“听着。”她说。我喜欢她，她娇小却很结实，看起来很甜美。“那个笨蛋在没坐完牢之前，想做的最后一件事情是出去。”她认为是这样，并且似乎对自己的判断很有信心，“有些人在监狱里会变得坚强起来。”她把她的头往法庭那边一扭，“他不是这种人。他整个早上都在哭。我不相信他会找你麻烦。”

“多谢。”我回答。我让自己全身上下放松了一些，但我怀疑这种感觉不会持续很久。

“你完蛋了。”我又听见了他的声音，而且，我回到车上后，在镜子里看见了自己脸上的这行字。

这句话让我想起了我的人生、我的不存在的成就，以及我在每件事情上的无能为力。

把车子开出停车场的时候我想：我完蛋了，他说得没错。

◆ 5 观察、等待、强奸案

六个月。

他被判刑六个月。如今典型的从宽政策。

我没告诉任何人他恐吓我，我选择了采纳女警的建议，忘记他。从这一点上说，我倒希望我没有看到地方报纸上关于他被判刑的报道。（幸好，提前假释的请求被驳回了。）我像往常一样和看门狗坐在厨房，当然还有方块A。报纸放在餐桌上，是折起来的。上面还有一张劫匪小时候的可爱照片。我只能认出他的眼睛。

日子一天天过去，我也渐渐忘记了他。

真的，我想，那种家伙能做什么啊？

向前看才有意义，所以我慢慢地看回扑克牌上的地址。

首先是埃德格街45号。

我本来想星期一去，但是没有勇气。

星期二我又努力了一把，但是没能离开房间，读了本很烂的书作为借口。

然而，星期三，我居然出门走到大街上，朝镇子的那头走去。

我拐进埃德格街的时候，马上就要到子夜了。那儿的路灯被人砸坏了，街上很黑。幸存的一盏路灯射出微弱的光芒，一明一暗的，好像在对我眨眼。

我对这附近多少知道一点儿，因为以前马文经常到这里来。

他有过一个女朋友住在这一带贫民聚居的地方。她叫苏珊娜·博伊德，马文在学校就和她在一起了。后来她们家一声不吭，突然就收拾东西搬走了，马文为此深受打击。他买那辆破车本来是为了去找她的，但结果他没有开出过小镇。这个世界太大了，我想，所以马文放弃了。就是从那时起，他变得格外吝啬而好辩。我想就是从那一刻开始，他决定只管好自己就行。有可能。我不知道。我从来不会花很多心思去想马文的事情。这是我的原则。

走着的时候，我想这些想了好一会儿，但是，随着我一步步往前，往事也一点点烟消云散了。

我走到了街尾，也就是45号所在的地方。我从马路对面走过那栋房子，向到处是倾斜的树的那边走去。我蹲在那里等。屋子里没有开灯，街道上一片寂静。石棉水泥墙上的油漆已经成片脱落，一条排水管已经严重生锈，纱窗上有一些破洞，蚊子在我身上大快朵颐。

最好别太长时间。我想。

半小时过去了，我都快睡着了，但是时间一到，整条街上都能听到我的心跳。

一个男人踉踉跄跄地从马路那边走了过来。

个子很高。

酩酊大醉。

他没有看见我，跌跌撞撞地走上门廊台阶，费半天劲儿才用钥匙打开门，进了屋子。

走廊亮了起来。

门砰的一声关上了。

“你起来了？”他口齿不清地说，“懒女人，给我过来！”

我的心开始让我窒息。窒息感不断升腾直到我在嘴里尝到了它的味道。我几乎能感觉到它在我的舌尖跳动。我颤抖着，让自己平静下来，却又开始颤抖。

月亮从云层后探出头来，我突然觉得自己仿佛赤身裸体。好像全世界都在看着我。街道冷寂无声，只有这个蹒跚回家的高个儿男人对他老婆的训斥声。

卧室也亮了起来。

透过树木间隙，我能看到人影。

一个穿着睡衣的女人站在那里，那个男人揪扯着她，使劲儿扒下她的睡衣。

“我还以为你会等我呢。”他说。他抓着她的胳膊。恐惧充满了我的喉咙。接着，他把那女人扔到床上，解开皮带脱下裤子。

他压在了她身上。

他和她做爱，床发出痛苦的哭喊。它吱吱嘎嘎，它痛苦地悲号，只有我能听到。上帝啊，声音震耳欲聋。为什么这个世界听不到呢？我问自己。短暂的片刻之中，我好几次问自己。因为这个世界不在乎。我找到了答案，我知道我是对的。就像我是被挑选出来的。可是被挑选出来做什么呢？我问。

答案很简单：

付出关爱。

一个小女孩出现在门廊上。

哭着。

我看着她。

只有光线。没有声音。

声音停了几分钟，但很快又开始了。我不知道这个男人一晚上能做多少次，但的确不少。他做了一次又一次，女孩坐在那里哭泣。

她大概8岁。

总算结束了，女孩起身回到屋里。不可能每天晚上都这样吧。我对自己说不可能的。那个女人和小女孩一起，出现在门廊上。

她像那个小女孩一样坐下来。她又穿上了她的睡衣，已经被扯破的睡衣，双手捧着头。在月光下，她的胸部很显眼。我能看到她的乳头下垂，看上去沮丧而受伤。有一会儿，她伸出手，呈杯子状，好像在捧着她的心。那颗心正在流血，血顺着胳膊滴滴流下。

我差点儿走过去，直觉制止了我。

你知道该怎么做。

我听到一个声音在我内心低声说：不要走到她身边。这不是我能做的。我不是来这里安慰这个女人的。我是可以一直一直安慰她，但是这无法阻止这样的事情明天不再发生，明天的明天不再发生。

我要解决的是他。

我要面对的是他。

她坐在门廊上哭泣，我希望我能走过去拥抱她。我希望我能解救她。

人怎能这样生活?

他们怎么能挺过去?

也许，这就是我在这里的理由。

如果不再这样呢?

♦ 6 片片凋落

我一边开车一边思考着：事情最好不是这样吧——这是我的第一个任务，

竟是一起该死的强奸案。最要命的是，我必须要处理的那个家伙就像一间砖头厕所一样，是我从没见过的高大魁梧。

我没告诉任何人。没告诉朋友。没告诉警察。我需要做的不是告诉这些人。很不幸，被选出来做这件事情的人是我。

我们在城里吃午饭的时候，奥黛丽问起了这件事，我告诉她，她一定不想知道实情的。

她用那种我好喜欢的眼神关切地看看我，说："艾德，小心点儿，好吗？"

我答应了她，然后我们回到出租车上。

一整天，我都没法儿不去想那件事。我也很害怕另外两个地址会发生什么事情，虽然我心里有个声音说：*不会比第一个地方更可怕了。*

每个晚上我都去那儿，渐渐地，一个月过去了。有时候他没回去，有时候虽然回去了但并没有发生暴力事件。在那些晚上，街道上异乎寻常地安静。等待事情发生时，那份安静让人惊恐而不安。

紧张的一刻发生在有天下午我去买东西时。那天我正在狗粮区逛着，这时一个女人经过了我的身边，手推车里还有个小女孩。

"安吉莉娜，"她说，"别碰那个。"

声音很轻柔，但我不会听错，这就是那天晚上那个声音，就是被性欲高如乞力马扎罗山的醉鬼抛到床上强奸的女人的声音，就是那个在沉默无情的夜里坐在门廊上无声哭泣的女人的声音。

一瞬间，小女孩和我的眼神交汇。

她留着一头漂亮的金发，绿眼睛，非常漂亮。她妈妈也是，只是疲劳让她看起来有些苍老憔悴。

我跟在她们后面走了一会儿。妈妈蹲下身去找袋装汤料时，我似乎看到她无声地片片凋落。她蹲在那儿，好像就要跪在地上了，但她硬撑着不让自己跪倒。

当她站起身来时，看到了我。

我站着没动。我们对视片刻，我说："你好吗？"

她点点头，然后撒谎。

"我很好。"

我必须得尽快做点儿什么。

◆ 7 哈里森大道

说到这里，你可能知道我决定怎么处理埃德格街的事情了。或者至少，你知道如果你是像我一样的人，你会怎么做。

懦弱。

逆来顺受。

意志极其薄弱。

当然，凭借我高超的智慧，我还是作出了选择：把这事暂时放在一边。你永远不会知道结果，艾德，或许事情会自己解决了呢。

现在，我知道，在她身上发生的事情光是形式就的确很值得同情，但这么快，我还没办法处理这种事情。我需要经验。我需要有几次成功的经验，才敢去挑战那个像拳王泰森一样强壮的强奸犯。

一天晚上，和看门狗一起喝咖啡时，我又拿出了那张扑克牌。前一天晚上我给它喝了一点儿43号混合咖啡，它很喜欢。以前它碰都不碰的。

它看着我，看着它的碗。

来来回回地看。

我花了五分钟才意识到，它刚刚看到我给自己的杯子里加了糖——那杯子上还写着“出租车司机不是马路白痴”的口号。于是我也给它加了糖，它马上表现出非常浓厚的兴趣，咕噜咕噜地又舔又吸，一会儿碗里就空了，它抬起头又跟我要。

也就是说，客厅里只有我和看门狗。它专心地喝着咖啡，我盯着扑克牌上面的其他地址。下一个是哈里森大道13号，我决定明晚六点整去那里看看。

“你说呢，看门狗？”我问，“这个地址发生的事情会好一点儿吧，你觉得呢？”

它咧开嘴对我笑笑，43号混合咖啡让它很兴奋。

“我告诉你，”马文用手指着里奇，“我真的已经叫牌了。我可不管你怎么说。”

“他叫牌了吗？”里奇问我。

“我不记得了。”

“奥黛丽？”

她想了一会儿，然后摇摇头。马文无奈地往空中一摆手。他现在得捡回四张牌。这就是“讨厌鬼”的规矩。在手里只剩下两张牌的时候，你得叫牌。如果忘了叫，你就得捡回四张牌。马文总是忘了叫牌。

马文阴着脸把牌捡了回来，但却在暗地里窃笑。他知道自己没有叫牌，但他总是想混过去。这也是游戏的一部分。

我们在奥黛丽家的阳台上。天已经黑了，但阳台上的灯亮着，路过这排连栋式住宅的人抬头看着我们。这条街拐个弯就是我住的地方。有点儿破，但还不错。

今天打牌的第一个小时里，我看着奥黛丽。我知道自己很爱她，爱得有点儿不安，因为我有时候不知道该做什么，不知道该说什么。当我感觉内心有种渴望在升腾时，我该跟她说什么呢？她会有什么反应？我想她会觉得我很失败，因为我本来可以去上大学，但现在却只是个出租车司机。拜托，我读过《尤利西斯》[1]，读过莎士比亚一半的作品，可我现在仍然前途无望、一无是处，生活得毫无意义。我能明白她无法真正接受自己和我交往。但是，她却和那些比我好不到哪里去的人在一块儿。有时候我不能让自己想这些，想他们在一起做的事情，想他们感觉如何，想她怎么会因为太喜欢我而不能和我在一起。

虽然我知道。

我想从她身上得到的，不仅仅是性。

我想感觉到我和她结合在一块，哪怕只有一小会儿，哪怕那就是我所有的权利。

她赢了一盘，给了我一个微笑。我也冲她微笑。

要我。我祈祷。但是什么都没发生。

“那张诡异的扑克牌后来怎么样了？”马文后来问我。

“什么？”

“靠！你知道我说的是什么。”他拿着雪茄烟指指我。他该刮胡子了。

每个人都听到了我接下来的谎言：“我把它扔了。”

马文表示赞成：“好主意。那是坨狗屎。”

“的确是。”我表示同意。看来，故事该结束了。

1 爱尔兰作家詹姆斯·乔伊斯于1922年出版的长篇小说，意识流小说的代表作。

奥黛丽看着我，顽皮的表情。

玩接下来那几盘的时候，我回想起稍早前我去哈里森大道13号时看到的情景。

说真的，我很轻松，因为那里什么都没有发生。那里只有个老妇人，她的窗户上没装窗帘。她独自在那里做饭，然后独自坐在那里吃饭、喝茶。我想她还吃了色拉，喝了汤。

还有孤独。

她也咽了下去。

我喜欢她。

我从头到尾都坐在车里看着她。天气很热，我喝了一点儿隔夜的水。我常常希望她一切都好。她看起来很温和，很善良。我回想起听到那老式水壶一直鸣叫，她过去抚慰它的样子。我确信她是在跟水壶说话，就像在跟小孩子说话。鸣叫的水壶在她看来，就是一个哭泣的小孩。

想到有人如此孤单，孤单到需要鸣叫着的水壶来安慰自己，孤单到独自一个人吃饭，我不禁有点儿沮丧。

请注意，我就好得多。

面对它吧——

我和一条17岁的老狗一起吃饭。我们一起喝咖啡。你可能会认为我们是夫妻呢。但是……

老妇人做的事情触动了我的心。

当她伸出手倒茶时，好像给坐在车里冒汗的我注入了什么东西。好像她手里有一条线，轻轻一拉，就打开了我的身体。然后她走进来，放了一片“自己”在我的体内，离开了。

在我身体里某个地方，我还能感觉得到。

我现在坐在这里玩牌，她的形象仿佛就在桌子上延展着。只有我看得到。我看到她把汤送到嘴边时，手还颤抖着。我想看到她的笑容，或者快乐、满足的神情，让我知道她一切都好。不过，我很快意识到，我得自己去找到确切的答案。

该我出牌了。

“该你了，艾德。”

该我了，我没有出牌。

我只剩下两张牌了，我得叫牌。

梅花3和黑桃9。

唯一的麻烦是，我今晚想多拿点儿牌。我没兴趣赢牌。我想知道该为那个老妇人做点儿什么，所以我跟自己打了个赌。

如果捡到方块A，我是对的。

如果没捡到，我就错了。

我忘记叫牌了，伸手捡牌时，每个人都在笑我。

第一张：梅花Q。

第二张：红心4。

第三张：太好了。

每个人都奇怪我为什么居然在笑，除了奥黛丽。她对我眨眨眼。她不用问就知道，我是故意要捡牌的。方块A在我手上。

这次的事情比埃德格街好多了。

我心情愉快。

星期二我穿上了白色牛仔裤和那双帅气的沙色靴子。我还拿出了一件很得体的衬衫。我去了奶酪蛋糕店，一个叫米莎的很能干的女孩子接待了我。

“我认识你吗？”她问。

“可能，我不太……”

“对了，你就是银行的那个人。大英雄。”

笨蛋更合适我。我想。但我说道：“哦，对了，你就是柜台后的那个女孩子。你现在在这里工作？”

她点点头：“是的。”她有点儿不好意思，“我无法应付银行的压力。”

“因为那次劫案？”

“不是，我老板很烦。”

“长青春痘、衬衫上两坨汗渍的那个？”

“对对，就是他……有一次，他想把舌头伸进我嘴里。”

“哦。”我说，“男人在你面前就会这样。我们多少都有点儿这副德行。”

“是不是真的啊？”但是，她从头到尾都对我很友善。我走出店门时，听到她在我身后喊：“艾德，祝你吃得开心！”

然后我就离开了。

我打开盒子看着一半的泥蛋糕，小小地思考了一会儿。我很同情那个女孩，因为被那个家伙那样缠上已经不是什么好事了，而最后被迫辞职的还竟然是她。杂种。一想到把舌头放进一个女孩的嘴里，我就吓得灵魂出窍了。我既没有青春痘，衬衫上也没有汗渍。我只是缺乏那该死的信心。仅此而已。

总之。

我最后检查了一下蛋糕。身上气味还好。在我那最帅气的衣服的衬托下，我准备出发了。

我跨过看门狗，顺手带上了门。天色灰蒙蒙的，透着阵阵凉意，我在向哈里森大道前进。不到六点我就到了，老妇人又在安抚着水壶。

她前院的草坪是金色的。

我的脚吱吱嘎嘎地踏过草坪，声音像是有人在啃吐司片。靴子好像留下了印子，我真的感觉好像走在一块巨大的烤吐司上面。坚定地站在车道边的玫瑰花，是前院唯一生机勃勃的生物。

门廊是水泥的。旧了，也裂开了，跟我家的一样。

纱门的边脚也扯破了，有些磨损。我打开它，敲了敲木门。敲门声的节奏跟着我的心跳。

她朝着门口过来。脚步声像是钟的滴答声，往这一时刻倒数计时。

她站在那里。

她抬头看了我好一会儿，我们不认得彼此。她很好奇我是谁，但仅仅是一瞬间，然后，一种惊讶万分的恍然大悟呈现在她的脸上，她对着我笑了。带着那不可思议的温暖微笑，她对我说：“我就知道你会来的，吉米。”她走上来紧紧抱住我，用满是皱褶的胳膊柔柔地环绕着我，“我就知道你会来。”

松开胳膊以后，她又一直看着我，直到一滴眼泪滑出了她的眼眶。那滴泪找到了一条皱纹，顺着它淌了下来。

“噢，”她摇摇头，“谢谢你，吉米。我知道，我就知道。”她拉起我的手，把我带进房间，“进来。”她对我说。我跟着她走了进去。

“吉米，留下来吃晚餐吗？”

“除非你请我。”我回答。

她轻轻笑了：“如果你请我……”她不屑地对我摆摆手，“吉米，你是个有趣的怪人。”

没错。

“我当然会请你。”她继续道，“回到过去的时光很美好，不是吗？”

“当然。”她从我手中接过蛋糕送进厨房。我听到她在厨房里手忙脚乱，便大声问她要不要帮忙。她告诉我我只需要放松，舒舒服服地待着就行。

餐厅和厨房都面对街道，我坐在餐桌前，看着人们走过、跑过，或者等着狗赶上来再一块儿走。桌上放着一张养老金卡。她叫米拉。米拉·约翰逊。82岁。

她从厨房出来，端着跟那天同样的晚餐：色拉、汤和茶。

我们一边吃着，她一边告诉我她日复一日的行程：

在肉店和希德聊五分钟，但是不买肉。只是聊一聊，拉拉家常，听听他其实不怎么好笑的笑话，然后笑笑。

十一点五十五分吃午饭。

坐在公园里看小朋友玩耍，看玩滑板的人在滑板场里翻腾飞舞。

下午喝咖啡。

五点半，看《命运转盘》[1]。

六点吃晚餐。

九点上床睡觉。

稍后，她给我出了个难题。我们清理好餐具，我又坐回餐桌前。米拉走回来，紧张不安地坐在椅子上。

伸出她颤抖的双手。

伸向我的手。

握住我的手，用恳求的眼神看着我。

她说：“告诉我，吉米，”她的手开始颤抖得更厉害了，“这段时间你去哪儿了？”她的声音虽然痛苦，但很柔和，“你去哪儿了？”

有样东西卡在了我的喉咙——回答。

最终，我找到了它：“我一直在找你。”我说这句话时的语气，仿佛这就是我唯一知道的真相。

---

1 电视游戏节目。

她很相信我，点点头："我也这么想。"她把我的手拉过去，弯着身子亲吻着我的手指，"你总是知道要说什么，对吧，吉米？"

"对啊，"我说，"我猜我知道。"

很快，她告诉我她要睡觉了。我确信她已经忘记了那块泥蛋糕的存在，但我好想吃一点儿啊。快九点了，我意识到我连口蛋糕末子都吃不上了。当然，我觉得这种想法很可怕。我自问自己是哪种人，居然担心吃不到一口难吃的蛋糕。

差五分九点的时候，她走到我身边，说："我想我该睡觉了，你说呢，吉米？"

我柔声说："好的，米拉，我也觉得。"

我们走到门口，我吻了吻她的脸颊。"谢谢你的晚餐。"我说完，走了出去。

"不客气。我能再见到你吗？"

"肯定。"我转身回答，"很快就会。"

这次的任务是安抚这位孤独的老妇人。我一路走回家，情绪在心头累积。一看到看门狗，我就举起它来，举起它45公斤的重量来。我亲吻它，亲吻又脏又臭的它，我觉得今晚我的胳膊举起的是全世界。看门狗一脸困惑地看着我，然后问：*老兄，喝杯咖啡怎么样？*

我把它放下来，笑笑，给这个老家伙冲了一杯咖啡，加了好多糖和奶。

"吉米，你也想喝杯咖啡吧？"我问自己。

"来一杯也无妨。"我回答，"完全不介意。"我又笑了起来，感觉到自己完完全全像个真正的传信人。

♦ 8 成为吉米

把咖啡桌送到老妈那里已经有一阵子了，我好几个星期没顺路过去看她，也是为了让她稍微平静平静。那天，我终于把咖啡桌送过去的时候，她可把我骂了个狗血淋头。

一个星期六上午，我去看她。

“哟，快来看看是哪个该死的稀客来啦。”我进门时，她挖苦我，“过得怎么样啊，艾德？”

“都好。你呢？”

“老样子，累得脱层皮。”

老妈在护理院工作，负责登记挂号。工作没什么大不了的，但只要你问起她过得怎样，她都会号称自己“累得脱层皮”。她正在做蛋糕，却一口都不给我吃，因为有比我重要的人要过来。可能是狮子会[1]一类的人吧。

我走近些，好看清楚她做的是什么蛋糕。

“别碰！”她凶了我一声。我站这么远，伸长胳膊都还够不到呢。

“什么蛋糕啊？”

“奶酪蛋糕。”

“谁要来？”

“老朋友，马歇尔他们。”

我就知道，是街角的那帮乡下人。但我什么都没说。这样，大家的日子都好过一点儿。

“咖啡桌好用吗？”我问。

她几乎是闪闪烁烁地笑着说：“很好……你再去看看。”

我遵命，走进客厅，但几乎不敢相信自己的眼睛。我靠，她居然把我的桌子换掉了！

“喂！”我冲着厨房大喊，“这不是我搬来的那张！”

她走进来：“我知道。我觉得我不喜欢那张。”

我快气疯了。真的快疯了。我早收工一个小时就是为了给她去搬那张该死的桌子，但结果她说她不喜欢了。“到底怎么回事?!”

“我给汤米打电话，他说那张破松木桌子太普通了，也不耐用。”她在两个句子间停顿了一下，“这种事情你弟弟比较在行，相信我。他自己在城里买了一张香柏木的老桌子。价钱砍到了三百，还半价买了椅子。”

“所以怎样？”

“所以他知道他在做什么。不像我认识的某些人哦。”

“不是你让我去搬那张桌子的吗？”

---

1 创建于1917年的国际慈善组织，帮助盲人和有眼疾的人。

“是啊，上帝，我为什么要那么做呢？”

“是你让我去搬最后一张的。”

“是的，艾德，但是面对现实吧。”她说，“你的送货服务真差劲。”

这种讽刺对我不起作用。

“一切都好吧，妈？”我后来问道，“我等下要去买东西，你要带点儿什么吗？”

她想了想。

“实际上，利下星期会来，我想给她一家子做个巧克力榛仁蛋糕。你可以去帮我买一点儿碎榛仁。”

“没问题。”

*现在滚蛋吧，艾德。*我走出去的时候想。她现在肯定也这样想。我确定。

我喜欢成为吉米。

“吉米，记得以前读书给我听吗？”

“记得。”我回答。

不需多说，晚上我又来到了米拉家。

她伸出手抓住我的胳膊：“你能拿本书给我读几页吗？我喜欢你的声音。”

“哪本书？”到柜子边我问道。

“我最喜欢的那本。”她回答。

靠……我的眼睛在并排的书里搜寻。*哪本是她最喜欢的啊？*

不过没关系。

无论我拿出哪本，都是她最喜欢的。

“《呼啸山庄》？”我提议。

“你怎么知道？”

“直觉。”我说，然后开始朗读。

我刚读了几页她就在躺椅上睡着了，我叫醒她，把她扶回床上。

“晚安，吉米。”

“晚安，米拉。”

回家的路上，有样东西在我的记忆边缘留下了印记。是书里的一张纸，曾被用作书签。只是一张普普通通的薄纸，已经泛黄，很古老。上面写的日期是1941年5月1日，还有一段潦草的典型的男士笔迹。倒有点儿像我的字：

上面写着：

最亲爱的米拉：

我的灵魂需要你。

爱你的吉米

接下来一次看望她时，她拿出她的老相册，我们一起一张张欣赏。她不时地指着一名男子，他不是拥着她就是吻着她，或者只是自己站着。

"你一直这么英俊。"她对我说。她甚至抚摸着照片上吉米的脸，我明白米拉对那个男人的爱是多么深沉。抚摸他时，她的手指上全都是爱；说话时，她的声音里全都是爱："你现在变了不少，但你还是那么英俊，你一直是镇上最帅的男人。所有的女孩子都这么说。连我妈也说你多么棒，多么忠诚，多么强壮，我一定要对你好，好好待你。"她几乎是惊慌失措地看着我，"吉米，我对你很好，对吗？我待你很好，对吗？"

我融化了。

我融化在她苍老却美丽的眼神里。"你对我很好，米拉。你待我很好。你是我能娶到的最好的妻子……"

就在这个时候她崩溃了，她把脸埋在我的胳膊上大哭。哭着哭着，却又笑了。这样绝望而开心的感觉使她发抖，她的眼泪暖暖的，浸湿了我的衣袖。

过了一会儿，她拿出了泥蛋糕给我吃。就是几天前我给她买的那块儿。

"我不记得是谁买给我的了，"她对我说，"但是那个人很好。吉米，你要不要来一点儿？"

"好的。"我说。

那块蛋糕放很久了，不太新鲜。

但是味道太完美了。

几个晚上以后，我们一帮人坐在我家的门廊上打牌。我正玩得起劲，一阵突如其来的沉默中断了牌局。随后，从屋里传出来一个声音。

"电话。"奥黛丽说。

好像不太对劲。一种不安的情绪在我头上滑过。

“喂，你不接吗？”马文问我。

我站起来，慌里慌张地跨过看门狗，走进里屋。

电话对着我猛响。

我接了起来。

没有声音。完全没有。

“喂？”

还是没有声音。

“喂？”

那个声音想要找到最真实的我。它找到了。它说了八个字：“事情进展如何，吉米？”

脑子里有根弦崩断了。

“什么？”我问，“你说什么？”

“你听到了。”

电话挂了。剩下我独自一个人。

我摇摇晃晃地回到门廊。

“你输了。”马文告诉我。但是我几乎听不到他在说什么。我根本不在乎什么牌局输赢。

“你的脸色很难看。”里奇告诉我，“坐下，小伙子。”

我接受了他的建议，又坐回我的位子，坐回牌局当中。

奥黛丽看着我，用她的表情问我：*你还好吗？*我回答说好。当别人都走了就剩下她时，我差点儿告诉她米拉和吉米的事情，差点儿问她对整件事情的看法。其实我已经知道答案。她的意见不会改变什么，所以我还是面对现实吧，我必须继续。我给了米拉她需要的陪伴，但现在是时候去下一个地址了，或者回到埃德格街。我还是会去探望她，但不是现在。

现在该传递下一个信息了。

那天夜里很晚了，我带着看门狗去散步。我们去了墓园看望我老爸，然后就在那些墓碑间游荡。

一束光照在我们身上。

保安。

“你知道现在几点了吗？”那家伙问。他很高，留着小胡子。

“不知道。”我回答。

“零点过十一分了。墓园关门了，伙计。”

我差点儿走掉，但是今晚我不能。我开口道：“我想知道，先生……我在找一个墓。”

他看着我，左右权衡着：帮呢？还是不帮？他终于决定了帮忙。

“什么名字？”

“约翰逊。”

他摇摇头，笑了，有点儿责备的意思：“你知道这地方有多少个姓约翰逊的吗？”

“不知道。”

“很多很多。”他吹着他的小胡子，好像在止痒似的。小胡子是红色的。他的头发也是红色的，面色苍白。

“那，我们能不能到处找找看？”

“那条狗是什么品种？”

“罗特韦尔犬和德国牧羊犬杂交的。”

“它可真够臭的，伙计。你不给它洗澡？”

“当然洗的。”

“哦。”他转过身，表情扭曲，“真是臭死了。”

“可以找找墓吗？”我问。

他的记忆被唤醒了。“哦，对，我们找找看。知不知道那可怜的老浑蛋是什么时候死的？”

“没必要这么无礼吧？”

他停下脚步。“哎，”他现在恼羞成怒了，“你还要不要我帮？”

“好的好的，对不起啦！”

“往这边走。”

我们几乎走了半个墓园，找到了几个约翰逊，但都不是我要找的。

“你真是个挑剔的家伙，对吧？”他指着一个地方说，“这个是不是？”

“这个叫格特鲁德·约翰逊。”

“再说一遍，你在找谁？”

“吉米……”但这次我加了一句，“他太太叫米拉。”

他晃了一下，停下来看着我说：“米拉？我靠，我想我知道是哪个了。我记得这个名字，因为墓碑上提到过她。”我们快步走到了墓园的另一头，他边找嘴里边不停地嘟囔着：“米拉，米拉……”

他用手电筒敲敲一块墓碑，找到了。

吉米·约翰逊

（1917~1942）

为国捐躯

爱妻米拉

我们在那里大概站了十分钟，他的手电筒照亮了这个坟墓。那十分钟里，我在猜测吉米死于何处、怎么死的，更重要的，我意识到，可怜的老妇人米拉已经失去他60年了。

我明白了。

没有任何其他男人进入过她的生活。没有任何人像吉米那样，进入过她的生活。

60年的漫长时光，她一直在等待着吉米回来。

现在，他回来了。

◆ 9 赤脚女孩

不过，我必须继续下去。

米拉的故事美丽而悲凉，但还有其他的信息需要我去传递。下一个地址是马其顿街6号，清晨五点半。一度，我考虑过回埃德格街，但想到在那里看到的事情，我还是有些害怕。我曾经回去过一趟，只是去看看事情是否还是那样。依然。

十月中的一天，我顶着初升的太阳来到马其顿街。总的说来，今年春天不寻常地热，我抵达这条斜坡路时，天气很晴朗，也很暖和。我看见了坡顶的那栋两层楼房。

五点半刚过，一个孤独的身影就从房子旁边冒了出来。我想应该是个女孩子，但不确定，因为这个身影带着帽子，穿着连帽的灰色套头衫、红色的运动短裤，但没穿鞋子。身高大概一米七四。

我在两辆停着的车当中坐下，等待着这个身影返回来。

就在我放弃等待、正准备离开这里回去上班时，我终于看到了她（绝对是“她”）从街角跑回来。连帽套头衫已经脱下来，系在腰间，所以我能看到她的脸，还有她的头发。

她吓了我一跳，因为我们是在街角撞见的，从两个不同的方向。

我们同时停了下来。

她的目光在我身上停留了仅仅一秒钟。

她看着我。阳光般色泽的金发扎成一束马尾，清澈如水的眼睛，是那种我见过的最温柔的蓝。柔软的嘴唇，跟我礼貌性地打了个招呼。

然后，她就继续跑步了。

我只能看着她扭过头，转身跑开。

我早该知道她是个女孩子，因为她刮过腿毛。她的腿颀长、漂亮。她是那种几乎平板形的女孩，胸部小而坚挺，长长的脊背，扁平的臀部，长长的双腿。她的赤脚大小中等，轻巧地落在地面上。

她很漂亮。

她很漂亮，我有点儿害羞。

她应该15岁了。我的心被踩了一脚，被压碎了。爱和欲在我的内心互相搏斗，我意识到我被这个在清晨五点半赤脚跑步的女孩子深深吸引了。我无法逃脱。

我走回家，思考着她需要什么——需要我传递什么信息。在某种意义上，我用的是删除法。她住在山坡区，说明她不需要钱。我想她也不需要朋友，但是，谁知道呢?

她跑步。

有什么事情跟跑步有关。肯定是。

每天清晨，我都去那儿，不过我都小心翼翼地躲起来，她应该没有看到我。

一天，我决定让我们的关系更进一步，所以跟在她后面。我穿着牛仔裤、靴子和旧的白T恤。她在前面遥遥领先。

女孩大步跑着。

我努力挣扎。

起跑时，我感觉自己像在参加奥运会400米决赛。跑了一段，我颇有自知之明地感觉到，我就是我，就是一个缺乏锻炼的郊区出租车司机。

我觉得自己很可怜。

四肢完全不协调。

我的腿拼命把我往前拽，但是我的脚却好像在耕地，拼命地往下沉。我尽可能地深呼吸，但是，在喉咙口好像有一堵墙。我的肺快缺氧窒息了。我感觉体内的空气在沿着那堵墙往下爬，但是不够用。我仍然坚持着跑。我必须跑。

她跑到小镇边缘的运动公园。运动公园在一个小山谷里，所以下坡的时候我放松了一点儿。我害怕的是回去的路。

我们跑到运动公园后，她越过栏杆，脱下套头衫挂在栏杆上。而我，则摇摇摆摆地回归到走路的状态，然后像一摊烂泥一样倒在一株白千层树的树荫下。

女孩跑了一圈又一圈。

世界绕着我跑了一圈又一圈。

头晕眼花的感觉也围着我跑了一圈又一圈，我好想吐。我渴得要命，我想喝口水，但是，我起不来，我根本没劲儿走到水管那儿。于是，我待在原地，把四肢摊开，汗如雨下。

上帝啊，艾德。我喘着粗气。你这浑蛋真差劲，对吧？比我想象的还差劲。

我知道。我回答。

真丢人。

我知道。

我还知道，我不应该这样四仰八叉地躺在这里，这样笨拙尴尬地躺在树荫下，但是，我现在根本没力气躲起来而不让她发现。如果她看到我了，那就让她看吧。我动都动不了，更别说藏起来了。我还知道，明天，我的全身肯定会要了命地痛。

她停下来一会儿，然后开始舒展手脚。空气终于突破障碍，抵达了我的肺。

她的右腿放在栏杆上，颀长而美丽。

别想这个，别想这个……我告诉自己。我的想法刚转了一半，她就注意到了我，但是马上移开了视线。她歪着头，视线落在地面上。就像那天清晨一样，看了看我，就一秒钟。这让我意识到，她永远不会来找我的。我懂了，当她把那条腿拿下来换另一条腿时，我必须过去。

就在她做完伸展、伸手拿回套头衫的时候，我从地上爬起来，朝她走去。

她已经开始跑了，但又停了下来。

她知道。

我想她能感觉到我是为她来的吧。

我们现在相隔六七米。我看着她，她看着地面，视线落在离我右脚踝约一米远的地方。

“你好？”我说。我声音里透出的愚蠢真的是没救了。

冷场。

一个呼吸。

“你好。”她回应我。眼睛仍然盯着我旁边的地面。

我再进一步。就一步。“我叫艾德。”

“我知道，”她说，“艾德·肯尼迪。”她的声音虽然很高，却很柔和，柔和得你可以掉进去。这让我想起了梅兰妮·格里菲斯[1]。你知道她那又柔又高的声音吧？这个女孩的声音就是那样。

“你怎么知道我的名字？”我问。

“我爸爸看报纸，我看到过你的照片——是银行劫案以后，你知道吧？”

我往前一步。“我知道。”

过了好一会儿，她终于正儿八经地看看我了。“你为什么跟着我？”

我筋疲力尽地站在那里，开口说话。

“我还不确定。”

“你不是变态一类的吧？”

“不是！”同时我心里在叫：别看她的腿。别看她的腿。

她又看回我，给了我一个那天清晨打招呼的表情。“哦，那我就放心了。我每天早上都看到你。”她的声音好甜，又很有趣。那声音，好像是草莓风味的。

“如果我吓着你了，很抱歉！”

1 美国电影明星。

她居然小心地给了我一个微笑。“没事。只是……我不太善于跟人说话。”她又移开了视线，羞涩让她喘不过气来，“所以，你觉得，我们不说话可以吗？”她匆匆忙忙地一口气说完，不想伤害到我，“我是说，我不介意你早上到这儿来，但我就是不想说话，可以吗？我觉得很不自在。”

我点点头，希望她能看到。“没关系的。”

“谢谢你。”她最后看了地面一眼，拿起套头衫，给我甩下最后一个问题，“你跑步很差劲，对吧？”

我品味了一会儿她的声音。味道像是唇上的草莓。这也许是我最后一次听到她的声音了。然后我说：“是的，很差劲。”我们最后交换了几秒对彼此的认可，然后她跑开了。我看着她的背影，听着她的赤脚轻巧地落在地面上的声音。我喜欢这声音。它让我想起她的嗓音。

每天早上去上班前，我都会先去运动公园，她在那儿。每天都在，从不爽约。有天早上下着倾盆大雨，但她还是坚持去了。

一个星期三，我请了一天假（我跟自己说，这是一种必要的牺牲，因为你到了一个更高的层次）。我带着看门狗，在下午三点左右走到了学校。她和几个女孩子从里面走出来，这让我很开心，因为我不希望她孤独。她的害羞让我担心她会孤独。

从远处观察别人是很有趣的，所有的一切都仿佛是无声的。就好像是在看默片。你要猜测人们在说什么，看着他们的嘴巴一开一合，想象着他们的脚落在地面上的声音。你想知道他们在聊什么，甚至，想知道他们在想什么。

看着她们的时候，我注意到一件奇怪的事情：一个男孩跑过来和那些女孩子讲话，然后和她们一起走。她——跑步的女孩，又回到了看着地面的样子。男孩子离开后，她又恢复正常了。

我站着想了好一会儿，然后得出结论：她极可能像我一样缺乏信心。

她可能觉得自己太高、太笨了，而不知道大家都觉得她是多么漂亮。我想，如果仅仅是这个问题，她很快就会没事了。

我摇摇头。

对自己摇头。

*听听你在说什么！我告诉自己，你说她会没事。可你究竟知道什么？就因为你自己没事，艾德？我很怀疑。*我说得的确很对。我没有权利计划或预测这

个女孩子的任何事情，我只能去做我应该去做的事情，希望这样足够。

好几次，我在晚上观察她家。

没有发生任何事情。

从来没有。

我站在那里，想着那个女孩，还有老妇人米拉，还有埃德格街的可怕事件，我忽然意识到我甚至不知道那个女孩的名字。因为某种原因，我想象她应该叫艾莉森，但大多数时候，我只认为她是“跑步的女孩”。

我去看过夏天每个周末都会举办的运动会。她在那里，我发现她和她的家人坐在一起。她家还有一个小妹妹和一个小男孩。他们都穿着黑色短裤、浅蓝色汗衫，背后还缝着一块长方形的布片。女孩的布片上写着176的编号，上面是美禄的广告语。

15岁以下组1500米的比赛开始集合了，她站起来，撸掉短裤上的干草。

“加油！”她妈妈说。

“对啊，加油，苏菲。”她爸爸随声附和。

苏菲。

我喜欢这名字。我听到这个名字，把它放在心底，然后小心地把名字和她的脸庞对应起来。真合适！

她还在撸她裤子上的干草，我想起来还有两个小孩子在。他们走开后，我所有的眼神和心思都放在了苏菲身上。小女孩正在出列掷铅球，小男孩则跑去和一个叫凯伦的小丑孩儿玩打仗游戏了。

“妈妈，我能和凯伦去玩儿吗？求求你！”

“好的，但是要记得注意你的比赛，70米马上要开始了。”

“好的。走吧，凯伦。”

有一会儿，我庆幸自己的名字是简单易读的艾德。不是艾德华、艾德蒙、艾德文。就是艾德。跟以往不同，简单平凡的感觉真好。

苏菲一站起来就看到了我，一抹满足的神色出现在她脸上。看来，见到我她很高兴，但她还是很快又移开了视线。她往集合区走去，手里拿着一双破旧的钉鞋（我想，大一点儿的孩子在长距比赛中允许穿这种鞋子），这时，她爸爸又大喊起来。“嗨，苏菲！”

她转回身面对他。

“我知道你会赢的——如果你想。”

“谢谢你，爸爸。”

她匆忙走开，又转了个方向，向坐在阳光下的我走过来。我正在往嘴里塞一块巧克力椰丝蛋糕，还有一条椰丝挂在嘴边，但是来不及擦了。反正她看不到的。那么远的距离，她看不到。她只是匆匆瞥了我一眼，然后继续往前走。我知道我现在该做什么了。

如果我是那种自以为是的家伙，我会告诉你，这是件很小的事。一个简单的工作。

但我不是。我没法儿说这是件小事，是个简单的工作，因为我还惦记着埃德格街。我意识到每次传递一个好信息的时候，总还有一个让我烦心的信息。因此，我感谢这一切。今天是美好的一天，我喜欢这个女孩。当看到她旁边那个又高又瘦的女孩子总是一副志在必得的表情时，我更喜欢她了。她们并驾齐驱，但是到最后，另一个女孩子跑得更有劲儿，步子也更大了。一个男人不停地扯着嗓子喊：“加油！安妮，加油！安妮，快跑，亲爱的！快跑！跑赢她，亲爱的，你行的！”

与其让这样一个白痴对着我大喊大叫，我宁可跑第二名。

苏菲的父亲就不同了。比赛的时候，他走到栏杆边专心看着。他没有叫喊。只是看着。间或，我能感觉到他有些紧张，他也想自己的女儿超过别人。当另一个女孩子领先时，他看了那个做父亲的一眼，仅此而已。当那个女孩子跑赢了，他为她鼓掌，同时也为苏菲鼓掌。另一个父亲则只是站在那里，脸上一副犯贱的骄傲神态，好像刚才使出吃奶的劲儿跑赢了比赛的人是他呢！

苏菲回来，站到她父亲身边，父亲伸出双臂拥抱了她。而苏菲的失望，深深地刻在了她的肩膀上。

这一点上，苏菲的父亲让我想起了我爸。当然，我爸从来不曾张开双臂拥抱过我，更别说他是个酒鬼了。是他的举止、他的沉默让我想起我爸。我爸话不多，从来不会对任何人说难听的话。他常在酒吧待到人家打烊，然后走到街上想让自己酒醒，但没用。不过，我必须说，第二天他肯定会起床去工作，从不间断。因为我爸总是不在家，一回来，老妈总是对他咆哮、怒吼、尖叫加谩骂，但他从来不还嘴，从来不会反骂她。

苏菲的父亲看起来也是我爸那样的人，除了酗酒的部分。总之，他看起来是个绅士。

他们一起回到苏菲母亲身边，在斜坡上坐了下来。父亲和母亲拉着手，苏菲喝着运动饮料。看来，他们是那种在睡觉前、起床后和上班前都会彼此互道“我爱你”的家庭。

苏菲脱下钉鞋，看着鞋子叹气道：“我还以为这鞋子会带来好运呢。”我只能猜想，这鞋子可能是从她母亲那里继承下来的，或者可能是从某个成功的亲戚那里。

他们坐回地上，我更仔细地看了看那双鞋子。蓝白相间的鞋子已经褪色了，不仅很旧，而且已经磨破了。

他们错了。

女孩应该有更好的鞋子。

♦ 10 鞋盒

“好久没见到你了。”

“最近很忙。”

奥黛丽和我坐在我家门廊上，像平常一样喝着廉价酒。看门狗出来，想让我给它喝几口，我没给，只是拍了拍它。

“你现在还在信箱里看到扑克牌吗？”当然，她从头到尾都知道我说扔了那张方块A是在撒谎。没有一个正常人会把钻石[1]扔掉的，对吧？钻石很昂贵。如果有什么事情发生，钻石是需要被保护的。

我想着的是：*米拉。苏菲。埃德格街的女人和她的女儿安吉丽娜。*

“没有，我还在处理第一张的事情。”

“你觉得还会再有吗？”

我想了想，没明白自己是不是还想要。“第一张就够麻烦的。”我们继续喝酒。

我定期去看望米拉，她又拿出照片给我看，我继续给她读《呼啸山庄》。我自己确实也喜欢上这本书了。感谢上帝，蛋糕在前几天晚上吃完了，但是老妇人依然那么亲切。她颤颤巍巍的，但一如往日地亲切。

第二个星期的运动会，苏菲又跑输了，这次是800米的比赛。穿着那双补

---

1 扑克牌中“方块”的英语是“Diamond”，是钻石的意思。

过的旧鞋子，她跑不快。她需要一些更好的东西，才能跑得跟清晨一样快。那时候她才是真实的。她与众不同。几乎忘记了自己。

下一个星期六一早，我按响了她家的门铃。她父亲出来开门。

“有什么事吗？”

我感到很紧张，好像我是来说服他让他女儿跟我约会似的。我右手拿着一个鞋盒，她父亲低头看见了，我马上举起鞋盒说道：“我给你女儿苏菲送东西过来。希望大小正好。”

鞋盒从我的手里递到了他的手里，他看上去有点儿疑惑。

“就说有人给她买了双新鞋。”

他看着我，仿佛我醉得不轻。“好的，”他非常尽力地忍住不嘲笑我，“我会告诉她的。”

“谢谢你。”

我转身准备离开，但他叫住了我。“等等！”他大喊。

“什么事，先生？”

他一脸疑惑地，伸手把鞋盒举给我看，好像是它在对我发问。

“我知道。”我说。

盒子是空的。

我没有刮胡子，在田径场上觉得快要热死了。我直到今天清晨六点才把车子开回去，接着就直接向苏菲家这里狂奔，最后到了运动场。我买了香肠卷和咖啡当早餐。

她走向1500米比赛的集合区。赤着脚。看到这样的场景，我笑了。

赤脚的鞋子……

“小心，别让她被别人踩到。”我说。

几分钟以后，她父亲到了栏杆那儿。比赛开始了。

那个白痴父亲又开始大声嚷嚷。

跑了一圈，苏菲在后面的直道处被绊倒了。她跌倒在领先的五个人中间，其他人大步跑着，领先了她25米。当她站起身来时，我想起了电影《火之战车》[1]中的片段：埃里克·利德尔摔倒了，但他超越了每一个人，赢得了冠军。

---

1 英国电影，描写两个英国田径选手参加奥运会的历程，歌颂人类意志力的强大。

还有两圈，苏菲落后一大截。就像清晨跑步时一样，她轻而易举地赶上了两个。没有紧张。你在她身上只能看到自由的感觉，看到最纯粹的活力。就差带上帽子穿上红短裤了。赤脚带着她超过了第三个人。很快，她追上了她的宿敌，已经与她并驾齐驱了。在还有200米到终点的地方，她超过了她。

就像清晨锻炼时一样。我想。人们都停下来看着。人们看着她跌倒、站起来、继续，现在又看到她领先，这超越了这个小镇平时周末发生的任何事。铁饼比赛停下来了，跳高比赛也停下来了。所有项目都停下来了。在那里，只有一个秀发像阳光般灿烂的女孩，和她那像草莓般迷人的呼吸。她跑在前面。

另一个女孩追了上来。她努力要超过她。

苏菲的膝盖上有血，因为刚刚的跌倒。我想，她应该也被钉鞋踩到了，但这是必然的。最后的100米差点儿要了她的命。我能看到她的脸因为疼痛而绷得紧紧的。她流着血的赤脚跑过稀疏的草地。她简直因为疼痛而微笑了，因为疼痛的美丽而微笑。她超越了自己。

赤着脚。

比我见过的任何人都生气勃勃。

她们朝着终点跑去。

那个女孩赢了。

像往常一样。

她们跑过终点以后，苏菲垮掉了，她倒下来，倒在地上。她翻过身来，仰躺着，看着头顶的天空。她的胳膊很疼，她的腿很疼，她的心很疼。但是在她脸上，是清晨时的那种美丽，我想她也是第一次意识到自己的美丽。清晨五点半的美丽。

苏菲的父亲照理为她鼓掌，只是这次他不孤单，另一个女孩的父亲也在为她鼓掌。“你女儿真棒！”他说。

苏菲的父亲只是礼貌地点点头，说：“谢谢你。你的女儿也一样。”

◆ 」另一个愚蠢的凡人

我把保丽龙咖啡杯和香肠卷的包装纸一起扔进了垃圾箱，准备离开。跟往常一样，我手上沾满了酱汁。

我能听到身后传来她的脚步声，但我没有回头。我想听听她的声音。

“艾德？”

没错。我转回身，对着这个膝盖上、脚上都是血的女孩微笑。血从她的左膝盖一路蜿蜒，流到了小腿上。我指指那儿，对她说：“你最好处理一下。”

她平静地回答：“我会的。”

一种不舒服的情绪横亘在我们中间。我知道自己不再属于这里了。她的头发散开着，好漂亮。她的眼睛那么美，美得人愿意淹没在里面。她的嘴唇，在对我说话。“我只是，”她说，“想说声谢谢。”

“谢谢我让你被人踩到，让你受伤？”

“不是。”她拒绝了我的谎言，“谢谢你，艾德。”

我不再坚持。“别客气。”比起她的声音来，我的声音听起来像是一堆碎石。我靠近一点儿，注意到她现在没有把视线从我身上移开。她没有扭头或者看向地面。她看着我，和我在一起。

“你好漂亮。”我告诉她，“你知道吧？”

她的脸有点儿红，但是她接受了我的赞美。“我还能再看见你吗？”她问。说老实话，我想我会对自己接下来要说的话后悔的。

“不会在该死的凌晨五点半了。”

她扭了扭脚，笑着，沉默地，对自己笑。

我即将离开的时候她问：“艾德？”

“苏菲？”

她吓了一跳，因为我居然知道她的名字，但她继续问道：“你是不是天使一类的人啊？”

在心里，我笑了。我？天使？我一一列出我的身份：出租车司机、本地混混、平庸之辈、性爱侏儒、无聊的扑克牌玩家。

我对她说了最后一句话。

“不是，我不是天使，苏菲。我只是另一个愚蠢的凡人。”

我们最后给了彼此一个微笑，然后我走了。我能感觉到她在看我，但我没有回头。

◆ ▯ 重回埃德格街

仿佛是清晨在拍手。

叫我起床。

在我清晨的视野里，我每次都看到三样东西：

米拉。

苏菲。

埃德格街45号。

前面两个给我一种迎着太阳的感觉，第三个却把我扒光，让我的皮肤、我的血肉、我的骨头都在瑟瑟发抖。

我每天都熬到很晚看《正义先锋》[1]的重播。那个大胖子总是坐在桌边吃棉花糖。那家伙叫什么名字来着？我又忘了。我看第一集时就在问自己。然后黛西出现在屏幕上，说："霍格老板，什么事？"

霍格老板。

对对对。

我的天哪，黛西穿上紧身牛仔裤的样子真是太吸引人了。每天晚上看到她，我的脉搏总是快得要爆掉，但是，她总是走得比来得快。

看门狗每次都摆给我一副很嫌弃的神情。

"知道了。"我说。

但是，当她下次出现在屏幕上时，我还是那个样子，辩解也没用。漂亮女人就是我一生的折磨。

先锋们随着一个个夜晚而消失。

我开着车，后面坐着一个让我头疼的家伙。每次我转过头，他总在那儿。

"谢谢你，伙计。"我说，"十六块五。"

"十六块五？"穿着西装的老家伙气愤地抱怨。他的话就像是我脑海中的泡沫，翻腾着，起起落落。

"付钱就对了。"我今天没耐心，"如果觉得太贵，你下次可以走着

---

1 美国20世纪80年代热播的电视剧。

去。”管他呢，我敢肯定他会把这笔钱算在公司账上。

他付了钱，我谢谢他。事情没那么难嘛，对吧？我想。他重重地摔上车门。可能他还想重重地摔一下的，是我的头。

可以说，我是在等着又一个电话打来，告诉我再去一趟埃德格街，马上去。我等了几个晚上，但没有电话。

星期四晚上，我提早离开了奥黛丽家的牌局。我有种心神不宁的感觉。这种感觉促使我几乎一言不发地起身离开。时间到了，我知道我应该站在埃德格街尾的那栋房子外面——那栋几乎每天晚上都被暴力事件侵袭的房子。

去那里的路上，我发现自己走得很快。我已经有我需要的成功经验了。

米拉和苏菲。

现在，我必须面对这件事了。

我转弯到了埃德格街，在夹克衫口袋里握紧了拳头，左右看看是否有人监视。面对米拉和苏菲的事情时，我总是很轻松自在。那两个任务让人开心，因为没什么实质上的危险，不像这次，所有的解决方法都会让人痛苦。让妻子和女儿痛苦，让丈夫痛苦。让我痛苦。

我守在那里，从口袋里拿出一片早就忘了它存在的口香糖，放进嘴里。滋味很恶心，就像恐惧。

那种感觉加强了，就在那个男人沿着马路走来，走上门廊台阶时。接着，沉默袭来。它夹紧了我，推挤着我。

发生了。

暴力介入，把它的手指戳进了某样东西里，然后将它撕裂。它支离破碎。我憎恨自己等了这么久才来终结暴力。我鄙视自己一晚一晚地去选择轻松的任务。憎恶感在我心中旋紧又放开。它砍向我的灵魂，让它和我的身体一起跪下。对自己的憎恶如排山倒海，让我咳嗽起来，就快要窒息。

门。我对自己说，*走到门口，门是开着的*。

但是我没有移动。

我没有移动，因为就在我试图将跪着的灵魂拉起来的时候，懦弱践踏了我。我的灵魂只是倾覆过来，摇摇晃晃地倒在一侧，沉默地、重重地撞在地上。它仰望着天空。星星颗颗陨落。

*走吧。*我又告诉自己。这次，我移动了。

我走上门廊台阶，站在门口，所有东西都在摇晃。远处的云望着我，但是，它们正在退却。这个世界不想卷入其中。我不怪它。

我听到里面传来他们的声音。

他每分每秒都在叫醒她。打扰她。侵占她同时又抛弃她。

他扔下她，抓起她，剖开她。即使不想卷入，弹簧床垫还是泄露了秘密——一声声压下再弹起的绝望的哭号。拒绝没有用。抱怨没有用。一些哭声爬到了我站立的门口，从门缝处蹒跚出来，停在我的脚上。

*你怎能不进去呢？*我问自己。但是，我仍然在等。

门又打开一点儿，一个身影站在我的面前。是那个小女孩。

小女孩站在我面前，小拳头使劲儿想把眼睛里还有的睡意揉出去。她穿着黄色的睡衣，上面有红色的小船，她的脚指头蜷缩着来回地搓。

她看着我，并不害怕。任何事情都比她刚刚逃离的那些安全。

柔柔地，她问道："你是谁？"

"我叫艾德。"我也柔柔地回答她。

"我叫安吉丽娜。"她说，"你是来救我们的吗？"我能看到她眼中闪过一丝微弱的希望的光芒。

我蹲下来注视着她。我想告诉她我是，但我说不出口。我能感觉到我的沉默熄灭了她刚刚燃起的希望。当我终于开口时，她眼睛里已经完全没有希望了。我真诚地看着她，说道："你说得对，安吉丽娜，我是来救你们的。"

希望被重新点燃，她靠近我。"你能救我们吗？"她诧异地问我，"真的吗？"即使是这样一个8岁的小女孩都觉得人生已经无望了，她得重复确认才能相信我说的话。

"我会尽力。"我说。小女孩笑了。她笑着拥抱我，说："谢谢你，艾德。"她转过身，指着前面，声音比刚才还要轻柔，"右边第一间。"

真这么容易就好了。

"好了，去吧，艾德。"她说，"他们就在那儿……"

但是又一次，我动不了。恐惧把它自己绑在我的脚上，我知道我什么也做不了。今晚不行。好像永远都不行。我一动，恐惧就会把我绊倒。

我猜想小女孩会对我尖叫，比如说："但是你答应过我的，艾德！你答应过！”但是她什么都没有说。我想她明白她爸爸是多么力大如牛而我是多么骨瘦如柴。她只是步履蹒跚地走向我，然后再次拥抱我。

卧室里的声音传了出来，小女孩想钻进我的夹克衫里。她死命地紧紧抱着我，我怀疑她的骨头是不是禁得住。她松开我后，说:“谢谢你，艾德，至少你试过了。”

我无言以对，因为我现在唯一能感觉到的就是羞愧。我低着头，看着她黄色睡衣下面的双脚转方向离开。她又转身说：“艾德，再见。”

“再见。”我的话穿透了内心那一层羞愧的幕帘。

她把门关紧。我蹲在原地，将头靠在门框上。我的呼吸在滴血。我的心跳声充斥着整个耳朵。

我躺在床上，淹没在夜色中。当你感觉到一个穿着黄色睡衣的柔弱的小女孩在黑暗中抱着你的臂膀，你怎么可能睡得着？不可能的。

我觉得我很快就会精神错乱了。接下来的几个晚上，如果我不再回埃德格街一趟，恐怕就会疯了。要是那小女孩不出来多好，但我知道她会的。或者至少，我应该知道她会。她总是会先出来，在门廊上哭泣，跟着她妈妈过一会儿也会出来。我知道只要我躺在这里，平躺在这里，就肯定会见到她。我希望她能给我勇气。强迫我进去。但是我输了，惨败。事实上，没有比这更惨的惨败了。接着，一种更糟糕的感觉倾倒在我心里。

凌晨两点二十七，电话铃响了。

铃声划破空气，震耳欲聋。我跳起来，跑向它，看着它。不会是什么好事。

“喂？”

电话线那头的声音没有回答。

“喂？”我再次说道。

那边终于开口了。我能想象出那人现在的样子，说话的嘴形。那个声音干巴巴的，似乎长久以来一直这么嘶哑。语气很友善，但公事公办的感觉。那个声音说：“艾德，去看看你的信箱。”

我们一阵沉默。那个声音彻底离我而去。电话那端再没有呼吸。

我挂上电话，慢慢走出前门，走到信箱那里。星星现在全都消失了，我一步步走近信箱，一阵雨雾落了下来。我弯腰打开信箱，手颤抖着伸了进去。

我碰到了一个冷冰冰、沉甸甸的东西。

我的手指碰到了扳机。我打了个寒战。

◆ K 教堂谋杀案

枪里只有一颗子弹。一颗子弹可以干掉一个人。我觉得我是世界上最倒霉的人。我对自己说：艾德，你是个出租车司机！你到底是怎么卷到这些乱七八糟的事情里的？在银行里，你乖乖地趴在地上不好吗?!

我坐在餐桌前，枪握在手里温度越来越高。看门狗醒了，想要咖啡，我唯一能做的却只是盯着那把枪。不管这一切是谁设计的，他就给我一颗子弹有个屁用啊！我很可能还没出发就先把自己的一只脚打飞了，他们不知道吗？我不知道这事情是怎么了，怎么越来越离谱了。一把枪？上帝啊。我不可能杀掉任何人的啊。首先，我是个胆小鬼；其次，我意志薄弱；再次，那天银行的事情分明是侥幸嘛——从来都没有人教过我怎么开枪……

我真的很生气。

为什么要选我做这些？尽管毫无疑问我知道该做什么，我还是乞求别让我做了。另外两件事情让你很开心，我谴责自己，所以你现在必须得做这件事。

如果我不做呢？可能电话里那人会来找我。可能也就这样吧。事情可能就是这样一个结局：要么我做这件事，要么，最终子弹打进我的脑袋。

他妈的，我没法儿睡觉！

我快气出病来了。上帝。

我翻着老爸留给我的他的老唱片收藏，想缓解一下压力。我疯狂地翻找着，终于找到了——“宣告者”合唱团[1]。我把它放在唱片机上，看着它一圈一圈地旋转。《五百里》的开场旋律听起来那么可笑，我快发狂了。今天晚上，就连“宣告者”也是一堆狗屎，他们的歌那么让人讨厌。

我在房间里踱来踱去。看门狗看着我，好像我已经精神错乱了。

我的确是精神错乱了。正儿八经的错乱。

凌晨三点了，我在听着“宣告者”。为了自己高兴，唱那么大声，可恶。我确信我得去杀人。我的人生变得有意义了，不是吗？

---

1 一对英国双胞胎兄弟组成的摇滚合唱团。

一把枪。

一把枪。

这几个字把我射穿了。我不断地看着那把枪，想确认它是不是真的。厨房里透出的白色灯光照射进客厅，看门狗伸出爪子轻轻地抓我，要我拍拍它。

“滚开，看门狗！”我冲它发火。但是，它睁大褐色的眼睛要我冷静冷静。

我冷静下来，拍拍它的肚子，向它道个歉，然后给它弄了点儿咖啡。今晚我是没法儿睡了。《五百里》唱完，“宣告者”开始为下一首歌热身，这是一首从悲伤转向快乐的歌。

失眠真是要人的命。我开车从城里返回来的时候想。这是第二天了。我把车窗摇下来，眼睛又痒又烧。气温让我的眼睛很难受，我不去管它。枪就在我的床垫下，我昨晚把它放在那里的。我的床垫下有把枪，抽屉里有张扑克牌。我分不出是哪样东西对我诅咒得更厉害一些。

我告诉自己，别抱怨了。

回到空车公司，我看到奥黛丽正在吻一个刚到那里工作的家伙。他跟我差不多高，不过显然经常去健身房。他们的舌头绞在一起。他的手放在她的屁股上，她的手则插在他牛仔裤后面的口袋里。

算你走运，我现在没带枪。我想。但是我知道我只会说。

“嗨，奥黛丽。”我走过时跟她打招呼，但是她没听见。我走向办公室去找我的老板杰瑞·波士顿。杰瑞的身材超级臃肿，油腻腻的头发从头顶梳过去，掩盖他的地中海式秃顶。

我敲敲他的门。

“进来！”他大喊，“你差不多该……”讲到一半他停了下来，“哦，我以为是玛姬。她半小时前就应该端咖啡给我。”我刚看到玛姬在停车场抽烟，但是，我不打算提这件事。我喜欢玛姬，而且我不喜欢卷进这些事儿里面。

我在身后关上门。杰瑞和我大眼瞪小眼。

“嗯，”他问，“什么事？”

“老板，我叫艾德·肯尼迪，我在这里开……”

“很好。你想说什么事？”

“我弟弟今天搬家，”我撒谎，“所以我想请问，我今天是不是可以把车开回家，帮他带几样东西？”

他很宽宏大量地看着我，说道：“那么，我为什么要让你开回去呢？”他笑着说，“我们的出租车车门上挂着‘搬家公司’的牌子吗？你觉得我看起来像个慈善家吗？”他现在开始暴怒了，“拜托，自己买辆车吧。”

我保持冷静，但靠近了他一些：“老板，我有时候白天也开，晚上也开，我没休过一天的假。”说老实话，因为我在这公司只做了九个月，每周排班轮到我总是日班夜班地换来换去。我不知道这是不是合法。新手排夜班，老手排日班，我是日班夜班都有。“我只要求一个晚上。如果需要，我会付钱。”

杰瑞老板前倾靠在桌上。他让我想起了霍克老板。

玛姬把他的咖啡送进来了，她说：“哦，你在这儿，艾德。你好吗？”

哼，这个白痴不让我今晚借车。我心里想。但我说出来的是：“还好，玛姬，你好吗？”她放下咖啡，礼貌地离开了。

杰瑞老板啜了一口，说：“嗯，好喝。”心情都变好了。感谢上帝，玛姬真好，进来得太是时候了。他说：“好的，艾德，既然你工作那么努力，我借给你了。就一晚上，知道吗？”

“谢谢！”

“你明天上班吗？”他查了查排班情况，自问自答道，“夜班。”他沉浸在咖啡里解决着难题，“明天中午把车给我开回来。一分钟也不能晚，下午我要检查。车子需要检修。”

“好的，老板。”

“现在让我安安静静地喝完这杯咖啡吧。”

我离开了。

我走过奥黛丽的身边，她还和那个新来的浑蛋在一块儿。我跟她说再见，但一样，她还是没有听到。她今晚不会去牌局了，我也不会去。这会让马文恼羞成怒，但我确信他会没事。他会叫他妹妹来替奥黛丽，叫他老爸来替我。他15岁的妹妹是个乖孩子，可是，因为有马文这样一个哥哥，也常常挨骂。在很多方面，他就是她的地狱。比如说，所有老师都很讨厌她，因为他哥哥马文在学校总是自以为是，老师们认为他的妹妹肯定也没啥指望，但其实她非常聪明。

不管怎样，今晚我有比打牌更重要的事情。我试着吃点儿东西，但吃不下。我把方块A和那把枪放在餐桌上，盯着它们。

几个小时一点点过去了。

电话铃响的时候，我害怕了一分钟，但是我突然想到肯定是马文，便接起电话。“喂？”

“艾德，你到底在哪里？”

“在家。”

“为什么？我和里奇坐在这里都快无聊疯了。还有，奥黛丽呢？她和你在一块儿吗？”

“没有。”

“那她去哪儿了？”

“和出租车公司的某个家伙在一起。”

“为什么？”他真的就像个小孩子，我发誓。他总是没来由地问为什么。如果她不在，那就是不在。马文不懂，有些事情我们无能为力。

“马文，”我说，“我今晚有很多事情，不能过去了。”

“你有什么事情？”

*我应不应该告诉他？*我想知道。我最终选择了告诉他：“好的，马文，我告诉你我为什么不能去……”

“嗯，说吧。”

“好的，”我说，“我得去杀人。行了吗？这样你满意了吗？”

“听着，”他有点儿失落，“别跟我胡扯，艾德。我没心情听你说一大堆冗长的屁话。”冗长？马文什么时候也会用这样文绉绉的词了？“过来吧，到这儿来，不然你今年别想参加年度雪橇橄榄球赛了。我今天还跟几个哥们儿谈这事儿呢。”年度雪橇橄榄球赛是圣诞节前，会在运动公园举办的一场傻呵呵的橄榄球赛，由像马文这样的一堆白痴赤脚上场比赛。前几年他都骗我参加，每次都害我几乎拧断脖子。

“好啊，今年别算我。”我告诉他，“我不会过去的。”我挂了电话。如我所料，电话立刻再度响起。我接起来，然后便直接挂断。一想到马文在电话那头讨人嫌地对我大骂，我就想笑。现在他肯定一转身，然后大吼：“好了玛丽莎！出来打牌！”

我很快就把注意力集中在手头的工作上。只有今晚我可以执行我的计划。今晚我有车，有目标，还有枪。

时间飞逝得很快，接近午夜了。我亲亲看门狗的脸颊，然后走出房门。我没有回头看，因为我决定，就今天晚上，过一会儿，我肯定会回来的。枪就在我夹克衫的右口袋里。扑克牌在左口袋，那儿还有一瓶不纯的伏特加——我在里面放了很多安眠药。最好能管用。

今晚所不同的是，我没有一直开到埃德格街，而是停在大街附近等待。打烊时分，有个男人还没回家。

醉鬼们从酒吧出来时已经很晚了。我的目标体积很大，我是不会错过的。他向他的酒伴们大声地说着再见，完全不知道这会是他最后一次跟别人道别。我掉过车头，朝着他前进的方向。我从后视镜里隐隐约约地看到他靠近，然后从旁边走了过去。当他沿着马路往下走的时候，我发动了车子，朝他开去。我感觉到汗水直流，我知道我要去杀人了。我已经卷进来了。我无路可退。

我停在他旁边，平静地叫他。

“哥们儿，要带你一段吗？”

他扭头看看我，打了个饱嗝。“我不会给钱的。”

“上来吧，你看起来情况不妙。我免费送你一段儿。”就这样，他笑了笑，吐了口痰，绕到前面坐在乘客位置上。他上来后开始说他的地址，但是我说：“别担心，我知道你住哪儿。”有种感觉包围着我，麻木了我。没有它，我绝不可能前行。我想起了安吉丽娜，想起了她的母亲在超市里片片凋落的样子。我必须去做。你必须去做，艾德。我点头表示同意。

我从口袋里取出伏特加给他。他想也没想就抓了过去。

我就知道。我向自己表示祝贺。像他这种人见什么好的都拿，想都不会想。我这样的人就是想太多了。

“你不会介意吧？”他说完，就灌了一大口。

“收着吧，”我说，“给你了。”

他什么也不说，只是不停地喝。我的车经过了埃德格街，向西驶去，绕往小镇最远的偏僻地带。在那里的泥泞小路上有一个叫做教堂的地方。它位于一座岩石山顶，俯瞰着绵延数里的荒野。还没开出小镇，他就睡着了。伏特加酒瓶也倒了，车子一路颠簸，酒就一路地洒在他身上。

我开了大半个小时，终于抵达了泥泞小路，然后又开了半个小时。我们抵达目的地的时候，一点钟刚过。我关掉引擎，只剩下我们两个和一片沉默。

凶悍的时候到了，至少，要做出我最凶悍的样子。

我下车走到乘客座位边。打开门。用枪抵着他的脸。

没反应。

我又打了他一下。

打了五下以后，他猛地惊醒，尝了尝他鼻子和嘴里流出来的血。

“起来！”我命令他。

他目瞪口呆了几秒钟，不知道自己身在何处，发生了什么。

“出来。”我把枪口正抵在他的眉心当中，“如果你在怀疑这枪里有没有子弹，这可能就是你一辈子最后的怀疑了。”

他仍然东倒西歪的，眼睛却睁得好大。他想要迅速下车，但很快发现他很难把自己弄出车外。终于，他下了车，我用枪抵着他的脊背，押着他往小路上走去。

“子弹会直接穿透你的脊椎，”我说，“然后我会把你丢在这里。我会打电话给你老婆和女儿，她们会过来看看你，然后，围着你手舞足蹈。你想这样吗？或者我把子弹打进你的头骨，好让你死得快一点儿？你自己选。”他突然往下扑倒，但我用膝盖顶住他，我用我那孩子般瘦弱的骨头顶得他无法动弹，枪抵在他的脖子后面。“你找死啊？”我的声音有点儿颤抖，但语气保持强硬，“这是你自找的，别的我不就不啰唆了。”我从他身上跳过去，大吼道，“给我站起来继续走，否则你就死在这儿！”

有声音。

从地面上传来。

我意识到这是一个男人的啜泣声。但是今晚，我不管。我必须杀他，因为这个男人每天晚上都慢慢地、几乎不费吹灰之力地、完全轻蔑地，残害着他的妻子和女儿。然而就是我，就是艾德·肯尼迪，一个比普通的郊区混混还不如的家伙，有机会终止这一切。

“起来！”我再度紧跟着他。我们向山顶、向教堂推进。

到了山顶，我让他站在距离悬崖五米远的地方。枪就抵在他的后脑勺。我站在他身后三米远的位置。不能有任何差错。

但是。

我开始颤抖。

我开始哆嗦。

一想到现在要杀掉一个人，我就开始东倒西歪，东摇西晃。之前围绕着我的光辉都消失了。英勇无敌的空气离我而去，我突然发现环绕我的只有自己的脆弱意志，但我必须在这样的情况下杀人。我使劲儿呼吸。我几乎崩溃了。

我问你：如果你是我，你会怎么做？告诉我，请告诉我！

但是，你在遥远的地方。你的手指翻动着连接你我生命的书页。你的眼睛很安全。故事只发生在你脑中那几百页的书上。但对于我来说，故事就在这儿，就在现在。我必须完成这项任务，并时时处处考虑着要付出的代价。一切都将改变。我会杀了这个男人，自己的内心也会死去。我想尖叫。我想放声尖叫。我想问这一切究竟是为什么。星星散布在空中，洒下冰冷的寒光。没有什么能够安慰我。没有什么能让我逃离。我面前的身影垮在地上，我高高地站在他身边，等待。

等待。尝试。找到一个比这更好的解决之道。

上帝啊，手中的枪是那么僵硬。但突然，它变得又冷又热，又滑又硬。我无法控制地颤抖，我知道，如果要杀他，我必须把枪顶着他的身体否则我会打歪。我必须把子弹埋在他的体内，看着血就如同毛毯一样覆盖住他。我将看着他在一连串无意识的狂乱中死去。即使我跟自己解释我做的是对的，可我仍然恳求上帝能给我一个答案：为什么一定是我呢？为什么不是马文，不是奥黛丽，不是里奇？

“宣告者”合唱团的歌声在我脑中轰然响起。

想象一下。

想象一下在两个戴眼镜、理平头的苏格兰呆子的歌声中杀人，我以后还怎么听那首歌？如果以后收音机里传出来那首歌，我该怎么办？我马上就会想起这一夜，这一夜我杀了人，用我的双手偷走了他的生命。

我颤抖着等待。颤抖着等待。

他开始打鼾。打了几个小时。

第一道光穿破空气洒落在我们身上，太阳在东方抬头，我想，时间到了。

我用枪叫醒他。这次他马上就反应了过来，我再次站到了他身后三米远的位置。他站起来，试图转身，但是考虑了一下，没动。我走近他，用枪顶住他的后脑勺，说：“现在，我是被选出来杀你的。我一直在观察你对你家人的暴行，现在，它该结束了。如果你听懂了，点点头。”他慢慢地点点头，“你知道你是在为自己的所作所为付出代价吗？”这次他没点头，我又敲了他一下，“嗯？”他点头了。

太阳的脸已经露出了地平线。我的手紧握着枪，手指搭在扳机上。汗水从我的脸上淌下。

“求求你。”他乞求。他弯腰向前，几近崩溃，感觉他整个人倒下去就会马上死掉。他不由自主地抽泣：“对不起，我真……我不会了，再也不会了。”

“不会什么？”

他快速答道：“你知道……”

“我要听你说！”

“我不会再强迫她了，当我喝……”

“强迫？”

“好的……强奸。”

“很好。继续。”

“我再也不会了，我保证。”

“拜托，我怎么才能相信你的话？”

“你能相信。”

“这不是我想要的答案。你这篇作文得零分。”我把枪顶得更紧了，“回答问题！”

“因为如果我还做，你会杀了我。”

“我现在就杀了你！”我又觉得好热，汗流浃背，我不敢相信我在做的事情是真的。“把手放在头上。”他照做了。“走到崖边。”他照做了。“现在你感觉如何？回答前好好想想。就看你能不能答对了。”

“我感觉到了每天晚上我回家时，我太太的感受。”

“怕得要死？”

“是的。”

“非常正确。”

我跟着他走到崖边，瞄准，确认。扳机上的汗流过了我的手指。

我的肩膀很疼。*呼吸*，我提醒自己，*呼吸*。

片刻的寂静让我害怕。我扣动了扳机。声音烧过了我的耳朵，就像银行劫案那天，枪在我手里变得温暖而柔软。

CLUB

故乡的石头

祷告吧

在故乡的石头前

· 特别介绍 ·

♣ 英语是club，形状像三叶草，代表幸运。

♣ A 再生草

干燥。

我摇摇晃晃地下了车，悄悄向纱门走去。在我心里有一种感觉，仿佛是种彻底的、全然的悲凉。它在我心里蔓延。不，它是曲曲折折地在我心里蜿蜒。我再也不在乎我是个传信人了。这份工作的罪恶感控制了我。我刚一摆脱，它就会再度回来缠在我的心上。没有人会说这是件容易的事情。

枪。

我手上唯一能感觉的就是枪。温暖的、柔软的金属和我的皮肤融合在了一起。现在它在我车子的行李箱中，冷了，硬了，假装清白无辜。

我走向门廊，又听到了他的身体撞在地上的声音。我想，发现自己没死他会很震惊。他的每一次呼吸都气喘吁吁，把生命吸干，然后收集起来，保存下来。结束了。我对着太阳开了枪，当然它太远了我打不中。那一刻，我还隐约地纳闷子弹会落到哪里去。

回去的途中，车轮再次踏过我们来时的道路，我不时地转头看看乘客座位。上面填满了空虚。再生的死人大概还躺在平坦的土地上，不断地呼吸着尘土，直到它们充满他的胸腔。

我发现，我现在唯一想做的事情就是回家，拥抱看门狗。希望它也拥抱我。

我们一起喝着咖啡。

“好喝吗？”我问它。

*太棒了。*它回答。

有时，我真希望自己是一条狗。

太阳完全升起，人们开始出门上班了。我坐在餐桌前，相信在我们这条沾满露水的无名小街上，没有一个人经历我那样的一个夜晚。我想象着他们晚上大概起来小了个便，或者在床上和伴侣一起达到性高潮——就在那时我却在外面，用枪口顶着别人的后脑勺。*为什么是我？*我想。尽管我觉得我每次都抱怨得很对，但是抱怨仅仅是我的习惯。做爱总该比企图谋杀感觉好吧。我想我失去了很多。咖啡凉了。看门狗的臭味阵阵传来，像是阵阵拍打着我。不管我怎样胡思乱想，它的睡觉总是让我很心安。

电话铃突然响起。

哦不，你应付不了这个，艾德。

是他们吧？

我的心跳加倍。跳得乱成一团。不争气的脉搏。

我坐下。

电话铃在响。

15声。

我跨过看门狗，盯着话筒，终于决定了接起来。我的声音在喉咙里就支离破碎。

“喂？”

那边的声音在发怒。但是谢天谢地，是马文。我能听见有人在工作的背景声。敲打。咒骂。马文的声音总是建立在这些背景声音之上，当然，马文是制高点。

“哦，感谢你接起了这该死的电话，艾德。”他对我说。个人而言，我现在没心情和他搞这些。“我正在想……”

“闭嘴，马文。”我挂断电话。

如我所料，电话又响了。我接起来。

“你他妈的到底怎么了？”

“没事儿，马文。”

“艾德，别跟我胡扯。我昨晚过得很糟。”

“你也出去杀人了吗，马文？”

看门狗看着我，好像在问电话是不是找它的。很快，它的心思回到了碗上，它舔舔碗，寻找着残留的咖啡气味。

“又开始荒谬言行了？”荒谬言行。像马文这样的家伙用这样的词，我喜欢。“我这辈子听过好多借口了，艾德，但是没听过像你这样的。”

我投降：“当我没说，马文。没事。”

“嗯，好的。”我无话可说的时候，马文总是最开心的，他达到了他一直想要达到的目的，“那么，你考虑过了？”

“考虑什么？”

“你知道。”

我提高音量：“我不知道，马文。此时此刻，我完全不知道你在说什么。时间还早。我昨天整个晚上都在外面。还有，不知道为什么，我现在真的完全没情绪跟你玩这种猜心游戏。”我想挂电话，但是忍住了，“你能不能帮帮忙，明确告诉我我们在谈什么事情？”

“好吧，好吧。”他的态度好像我是世界上最讨人厌的浑蛋，他没挂电话简直是给我的恩惠，“就是几个哥们儿问你要不要参加的事情啊。”

“参加什么？”

“你知道啊。”

“告诉我是什么，马文。”

“你知道的，年度雪橇橄榄球赛。”

哦，我靠！我骂自己，赤脚橄榄球比赛。我怎么竟然把这茬儿给忘了？我是多么自私啊！“我真的还没仔认真考虑，马文。”

他不高兴了，不是一般的不高兴，他狂怒了。他向我发出最后通牒：“以后上点儿心嘛，艾德。你要是参加，24小时内告诉我。否则，我们就找别人了。你知道，名单上一大串呢。这可是超级吃香的传统比赛。像吉米·坎特尔和豪斯·汉考克这些人都想参加……”我懒得理他。豪斯·汉考克？我甚至都懒得知道这些家伙到底是谁跟谁。电话开始嘟嘟响，我才意识到马文把电话挂了。我最好晚一点儿回拨给他，告诉他我会参加。真希望有人能在赛场上扭断我的脖子。那可太好了。

我一放下电话，便拿了一个塑料袋走到车子旁，从行李箱中拿出罪恶的证据。我把它放到抽屉里，试着忘掉。但我做不到。

我睡着了。

我躺在床上，几个小时昏迷不醒。

我梦到了昨天晚上，爆炸的朝阳，瑟瑟发抖的高个儿男人。他回到镇上了吗？他是走回来的呢，还是居然搭到了顺风车？我试着不去想这些。每次这些思绪爬上床与我共眠，我就翻身压碎它们。它们便往外扩散。

睡醒的时候，我感觉已经是下午了，但其实还不到十一点。看门狗用它的湿鼻子过来蹭我的脸。我还了车子，回到家，然后带它散步。

“小心。”我们在外面马路上散步的时候，我跟它讲。妄想症在折磨我。

我想起了埃德格街的那个男人，尽管我知道我不用再操心他的事情了。我需要担心的是，是谁给了我那张方块A？我有一种不祥的预感，他们知道我完成了那张扑克牌上的任务，很快就会送另一张扑克牌给我。

黑桃。红心。梅花。

我很好奇，接下来会是哪种花色的扑克牌出现在我的信箱里。我想我最担心的是黑桃。黑桃A让我害怕，一直就很害怕。我试着不去想这些。我感觉自己正在被人监视。

到了傍晚，我们走了很长一段路，最终来到了马文家。一帮家伙正在后院无所事事。

一到后院，我就开始大叫。马文开始没有听到，他走过来时，我说："马文，我参加。"

他握着我的手，好像我刚答应了要当他伴郎似的。对马文来说，我参加与否很重要，因为过去几年我们都是一起参加的，他希望这成为一种惯例。马文相信这点。我也意识到我不应该看轻这点。事实就是这样。

我看着马文和后院里的其他人。

他们永远不会离开这里。他们也永远不想离开。无所谓。

我和马文又聊了一会儿，谢绝了那几个提着冰桶，穿着沙滩裤、汗衫和拖鞋的郊区混混请我喝啤酒的邀请，准备离开。马文把我送到大门口，看门狗在那儿等我。我走回街上的途中，他大喊：

"嗨，艾德！"

我转身。看门狗没动。它不怎么喜欢马文。

"谢谢你！"

"别客气。"我继续往前走。我把看门狗送回家，然后，前往空车公司停车场，准备开工。开车回镇上时，我又想到了昨天晚上。那些片段记忆站立在路旁，在车窗外一个个划过。一个画面慢下来弱下来时，另一个画面马上取而代之。有一会儿，当我看着后视镜的时候，我好像不知道我是谁。感觉我不像我。我甚至仿佛不记得艾德·肯尼迪应该长什么样了。

我没有任何感觉。

幸运的是我第二天休假，完全休假。我和看门狗坐在小镇大街上的公园里。现在是下午，我给我们两个买了冰淇淋。每个甜筒里面都放了两种口味：芒果和甜橙口味是我的；口香糖和卡布奇诺口味是给它的。坐在树荫下真的很享受。我专心地看着看门狗轻轻地舔着甜甜的冰淇淋，还用口水软化甜筒。它真可爱。

有脚步声临近，踩着我们后面的草地。

我的心一惊。

我看到了影子。看门狗继续吃着——它是真可爱，同时也真没用。

“嗨，艾德。”

我听出了这个声音。

我听出了这个声音，心也就踏实下来。是苏菲，我瞥见了她运动员一般的双腿。她问我是否可以坐下来。

“当然可以。”我说，“想吃冰淇淋吗？”

“不，谢谢。”

“你不想和看门狗分吃一个吗？”

她笑了。“不，谢谢……看门狗？”

我们的目光交汇。“说来话长。”

接着，我们都沉默了，都在等待。后来我提醒自己，我年纪比较大，所以应该由我打开话题。

但是我没有。

我不想用无聊的闲谈来浪费和这样一个女孩子在一起的时间。

她好漂亮。

她的手轻柔地抚摸着看门狗。我们就那么坐了半个小时。最后，我感觉到她在看着我的脸。她的声音传入我的耳朵。

她说：“我想你，艾德。”

我看着她，说：“我也想你。”

让我提心吊胆的是，这是真的。她还那么年轻，可是我想她。或许，我一直想她只是因为她让我有一次愉快的传信经历？但我想，我想念的应该是她的单纯和真实。

她有点儿好奇。

我能感觉得到。

“你还在跑步吗？”我问。不理会她的好奇。

她礼貌地点点头，继续摸着看门狗。

“还是赤脚？”

“当然。”

她左膝上仍然有擦伤的印记，但是，当我们都看着那个伤口时，她的眼睛里没有后悔。她很满足，如果不是因为有别的事情，我也会因为她的满足而感到很安慰。

你赤脚跑步的时候非常漂亮。我想，但是我说不出来。

看门狗吃完了冰淇淋，欣然享受着苏菲的手和手指带给它的温柔触摸。

一阵汽车喇叭声从我们身后传来，我们都知道是叫她的。她站起来。“我得走了。”

没有说再见。

只有脚步声，还有她转身问出的一个问题：“你还好吗，艾德？”

我转身看着她，禁不住笑了。“我在等待。”我回答。

“等什么？”

“下一张A。”

她很聪明，知道该说什么。“你准备好了吗？”

“没有。”我只能接受这个清晰的事实，“但是它肯定会出现。”

然后她很自然地离开了，我看到她的父亲从车里注视着我。希望他别以为我是个坐在公园里诱骗青春少女的流氓。尤其是在我送了她空鞋盒以后。

我感觉看门狗的鼻子在蹭我的腿，它仰起头，用它那可爱而衰老的眼睛看着我。

“喂，”我问它，“朋友，下一张是什么？红心，梅花，还是黑桃？”

再来支冰淇淋怎样？它提议。

它真没救了，对吧？

我嘎吱嘎吱地吃完甜筒，然后站起来。我发现虽然从教堂回来两个晚上了，但我是仍然四肢僵硬，又酸又痛。杀人未遂是会让人这样的。

♣ 2 拜访

第三天过去了，依然没什么事发生。

我去了埃德格街，房子里漆黑一片。女人和小女孩都睡了，没有丈夫回来的迹象。我打算去趟教堂那里，看看他是不是跳下去了，或者发生了其他事情。

可是。

我是多么荒谬啊！

我本应该杀了那个男人，但现在却在这里为他的安危担心。一方面，我对自己在他身上的所作所为感到内疚，但另一方面，我又为没杀他而感到内疚。毕竟，我是被派到那里做那件事的。我想我信箱里的枪清楚地说明了这一点。

可能他走到了高速公路上，一直走着。

可能他把自己扔下了悬崖。

我阻止自己一个个地设想所有可能的场景。我很快就没有时间担心这些了。再过几天。

一天晚上我打牌回到家，感觉房间里气味不对。有看门狗的味道，但还有别的味道。好像是一种糕点。我忽然想起来了——

馅饼。

我一路狐疑地走向厨房，发现灯亮着。有人在坐我的厨房里，把我冷冻着的馅饼从冰箱里拿出来加热后，正在享用。我闻到了肉制品和酱汁的味道。酱汁味道很容易闻到的。

我想找到个什么东西拿来当武器，事实证明我有点儿盲目乐观，在我的路线上只看得到沙发。

我走进厨房，看到了一个人影。

我震惊了。

有个带着巴拉克拉法帽头套[1]的男人坐在餐桌前，正在吃一个蘸了酱汁的肉馅饼。许多问题冲进我的脑子里，但是没有一个停住。不是每天回家都会碰到这样的事情的。

就在我思考该如何应付的时候，却相当惊恐地发现身后还有一个人。

不！

谁舔了我一大口，把我弄醒了。

1 一种几乎完全围住头和脖子的羊毛兜帽，仅露出双眼和鼻子、嘴巴。

看门狗。

谢天谢地，你没事。我松了一口气，闭上眼睛对它说。

它又舔舔我，舌头因为舔到我脸上的血变成了红色。它对着我微笑。

“我也爱你。”我说。我的声音瓮声瓮气的。我不确信这句话到底有没有说出来，不确信我的声音是不是真的。我才发现我听不见体外的任何声音。声音都来自体内，像静电干扰的声音。

动一动。我告诉自己。但是我动不了。我感觉自己被粘在了厨房地板上。我犯了个错，我企图回想起刚才发生了什么，但这样做只带来一阵模模糊糊的噪音，让我头顶上看门狗的脸扭曲变形。我感觉这是死亡的序曲。或者说是开场白。

我的意识自动沉下来。

沉到睡眠中。

我深深地进入自己的内心，感觉陷入了绝境。我沉沉地往下坠，穿过几层黑暗，快到底层的时候，一只手抓住我的喉咙，把我拉了上来，拉进现实的痛苦中。有个人简直是把我拖进了厨房。日光灯的光芒如刀子般刺痛我的眼，馅饼和酱汁的味道让我想吐。

他撑着我坐在地板上，我神志不清，双手抱着头。

很快那两个身影朦朦胧胧地出现了，在厨房苍白的灯光下，我能看见他们。

他们在笑。

他们从两个厚厚的头套里面，对着我笑。他们比一般人略高，肌肉发达，都很强壮，特别是跟我比的时候。

他们说：

“嗨，艾德。”

“你感觉如何，艾德？”

我的脑子好像进水了。

“我的狗。”我开始呻吟。我的头把手浸湿了，我的话很快就被淹没。我已经忘记了刚刚就是看门狗让我恢复意识的。

“它该洗澡了。”其中一个说。

“它没事吧？”轻声的提问。这句话有点儿惊恐，颤抖着脱口而出，拼命想要留在空气中。

“要带一个防跳蚤项圈。”

“跳蚤？”我回答。声音散落在地板上。“它没有跳蚤……”

“那这是什么？”

一个男人抓住我的头发，把我的脑袋拎起来看。他让我看他被虫子叮得到处起包的胳膊。

“那不是看门狗身上的。”我说。天哪，我真搞不懂，自己为什么在这样的情况下选择这样的顽固。

“看门狗？”跟苏菲一样，这两个侵略者也对它的名字表示好奇。

我点头表示确认，令人惊讶的是，这动作让我清醒了一点。“听着，不管有没有跳蚤，它没事吧？”

两个男人互相看看，其中一个咬了一口馅饼。

“达里尔，”他随意地说，“到了这个时候，我还是不确定我是不是喜欢艾德说话的语气。那种语气……”他绞尽脑汁想合适的词，“那种语气……”

“酸溜溜？”

“不是。”

“不识抬举？”

“不是。”但是，他现在想到了，“更坏——是无礼。”最后一个词说得很平静，但语气是彻底的轻蔑。他说话的时候，眼睛直盯着我。他的眼睛提出了比他的言语更厉害的警告。这使我暗自想到，我应该崩溃，应该大哭，乞求他们别伤害我那条会喝咖啡的狗。

“求求你们。”我终于说出了口，“你们没有伤害它，对吧？”

强硬的眼神变柔和了。

他摇摇头。

“没有。”

这是我听到的最动听的一句话。

“不过，它是一条没用的看门狗。”还在吃馅饼的那个一边说着，一边用馅饼蘸着盘子里的酱汁，“你知不知道我们进来的时候它在睡觉？”

“我不怀疑。”

“即使醒了，它也就是进来要东西吃。”

“然后呢？”

“我们给了它一个馅饼。”

“加热的还是冷冻的？”

“加热的，艾德！”他好像被冒犯了，“搞搞清楚，我们不是野人。我们是文明人！”

“有没有给我留一点儿？”

“抱歉，最后一块给狗吃了。”

贪吃的大肚狗！我想。但是我不能怪它。狗就是什么都吃的。我不能跟天性争执。

不管怎样，我要想办法揭穿他们。

我发火了。

一个问题迅速飞出。

“谁派你们来的？”

一到了空气中，我的问题就失去了它的速度，变成了漂浮。我小心翼翼地站起来，坐在一把空着的椅子上。想到这就是后续事情的组成部分，我感觉好一点儿了。

“谁派我们来的？”现在换另一个人来负责回答了，“问得好，艾德，但是你知道我们是不会告诉你的。没有比这更好玩的事情了。但是说实话，其实我们自己也不知道。我们只是拿钱办事。”

我勃然大怒。

“什么?！”这是控诉，不是问题，“没有人给我钱！没有人给我……”

我挨了一记耳光。

出手很重。

他接着坐下来继续吃东西，用最后一块馅饼皮蘸上盘子里那一大坨酱汁。

你倒太多酱汁了，我想，谢谢。

他平静地吃着馅饼皮，吞了一半后说：“哦，别再发牢骚了，艾德。我们都有自己的责任。我们都在遭受折磨。我们都在为了人类更美好的未来而承受挫折啊！”

他打动了他的同伴，还有他自己。

他们点点头，彼此认可。

“很好。”另一个对他说，“我要记住这些话。”

“哦，什么话来着？人类的……”他拼命想，却想不起来是什么话。

“更美好的未来。”我平静地回答。

“什么，艾德？”

“更美好的未来。”

“对对对。借我一支笔好吗，艾德？”

“不好。”

“为什么？”

“搞搞清楚，这里不是书报亭。”

“又是那种口气！”他站起来，更用力地扇了我一耳光，然后又漫不经心地坐了回去。

“很疼。”我告诉他。

“谢谢。”他看着他的手，上面有血、灰尘和油污，“艾德，你现在的处境很糟糕，对吧？”

“我知道。”

“你哪里不对劲儿啊？”

“我想吃个馅饼。”我发誓，我有时候确实像个小孩子——我相信因为我以前的行为，你会认可我这样说。我是一个体型高大、令人头疼的孩子。不单单马文是这样。

扇了我一耳光的那个用小孩子的声音模仿着：“我想吃个馅饼……”他还叹了口气，“你自己听听什么腔调！拜托，该长大啦！”

“我知道。”

“这是第一步。”

“谢谢。”

“不管别的了，我们刚刚说到哪里？”

我们都陷入思考。

沉默。

看门狗走进来，它看上去愧疚极了。

*我想，要杯咖啡没问题吧？*它勉为其难地问我。我要拧断它的脖子！

但我能做的只是瞪着它，它知趣地退回去了。

厨房里的我们三个看着它离开。

“你闻一闻就知道它快来了，对吧？”一个问。

“没错。”

吃得比较慢的那个居然站起来，开始在水槽里洗盘子。

“不用洗的。”我告诉他。

“不，不，文明人，记得吗？”

“哦，对，没错。”

他拍拍手，转回身来。“我的头套上有酱汁吗？”

“我看看……没有。”另一个回答，“我的呢？”

他靠过去检查。“没有，很干净。”

“好的。”吃得慢的那个和他自己的脸过不去了好一会儿，“真他妈的难受。好痒的。”

“基思，别乱叫了。”

“你不痒？”

“当然痒！”达里尔无法相信他们在讨论这样的问题，“但是，你听见我每五分钟就抱怨一次了吗？听见了吗？”

“我们在这儿待了一个小时了。”

“就算是，记着，这是我们必须要承受的折磨，为了人类……”他冲着我啪嗒一下手指。

“更美好的未来。”

“对了。谢谢你，艾德。很棒。干得好。”

“别客气。”

我们现在是朋友了。我能感觉到。

“听着，达里尔，我们能不能赶紧做完了事，好让我能把头套摘下来？”

“职业杀手？”我问。

达里尔耸耸肩。“哦，你知道的，我们都这样自称。”

“说得蛮像回事的。”我承认。

“我想……”他开始认真思考。

他沉思。然后他说话。

“好吧，基思，你是对的。我们最好快点儿离开。你带了枪，对吧？”

“对，我带了。在他抽屉里。”

“好的。”达里尔站起来，从夹克衫口袋里拿出一个信封，信封上写着“艾德·肯尼迪”几个字。“艾德，给你的。站起来，小子。”

我照做了。

“对不起，”他现在讲道理了，“但我只是拿人钱财，替人消灾。我必须告诉你一件事情：到目前为止，你做得很好。”他的声音更低了，“就你和我知道——告诉你这个我可能会被打成残废，我们知道你没杀那个人……”

他再次道歉，然后把拳头挥向我的肋骨下方。

我弯下腰。

厨房的地板好脏。

到处都是看门狗的毛。

又一拳落在我的后脖颈。

我尝到了地板的味道。

它黏住了我的嘴。

我感觉到信封慢慢地落在我的背上。

从很远很远的地方，我最后一次听到达里尔的声音。他说：“对不起，艾德。祝你好运。”

他们的脚步声回荡在房间里面。我听见基思也在说话。

“我现在可以拿下头套了吗？”他问。

“很快就可以了。”达里尔回答。

厨房的灯光越来越弱，我再一次沉沦。

♣ 3 信封

我希望我能告诉你，是看门狗把我扶起来的，不过，当然不是它。在我有力气站起来之前，它过来舔了我好几次。

光线朝我俯冲过来。

疼痛开始站起身来。

我尽量保持平衡，看门狗摇摇晃晃，我绝望地请求它的帮助。然而，它能做的就是摇摇晃晃，傻盯着我看。

在眼角的余光中，我看到地板上有个东西。

我想起来了。

那个信封。

它从我背上落下，掉在厨房的椅子下，和看门狗的毛在一起。

我弯下腰把它捡起来，像小孩子拎着脏手帕一样，用手指把它拎起来。

我带着看门狗走回客厅，优雅地一屁股跌进沙发里。信封挥着手，嘲笑着它带给我的危险，好像在说："就是张纸。几个字而已。"它才不说这些字可能是死亡，是强奸，又是个可怕的、血腥的任务。

也许是苏菲那样，也许是米拉那样。我提醒自己。

不管怎样，我们正坐在沙发上。

我和看门狗。

什么事？它问。它的下巴搁在地板上。

我知道。

必须这样。

我撕开了信封，一张梅花A掉了下来，还有一封信。

亲爱的艾德：

如果你在读这封信，那说明一切顺利。我当然希望你的头不是那么疼。基思和达里尔肯定已经说过，我们对你的表现非常满意。如果我猜得没错，他们可能也说漏了嘴，我们知道你没有杀埃德格街的那个男人。干得好。你用一种干净利落的方式处理了这件事。非常令人难忘。祝贺你。

同时，为了让你不那么担心，告诉你吧，埃德格街的男人不久前踏上了一列开往旧矿区的火车。我相信听到这个消息你会很开心……

还有更多的挑战等着你。

梅花不是快餐，小子。

问题是，你能胜任吗？

或者这个问题无关紧要？你当然不胜任方块A。

但是你完成了。

祝你好运，继续传信吧。我绝对相信，你已经意识到你这辈子要靠它了。

再见。

完美。

太完美了。

一想到梅花A就要显露出它的意图，我就开始颤抖。满脑子的理智都告诉我别捡起来。我甚至开始逃避现实，想象着看门狗把它给吃了。

唯一的问题是，我能感觉到它就在我的脚趾上。这该死的扑克牌就像是地心引力，像是背在我身上的十字架。

它现在在我的手指中间。

我拿着它。

它在我的眼前。

我看着它。

你知道那种感觉吗？你做了一件事情，但是要过几秒钟之后，你才意识到自己真的做了。这就是我现在的感觉。最终，我看着梅花A上面的字。我以为又是一串地址。

我错了。

我就知道，事情不会那么简单。这次没有地址。扑克牌穿的不是统一制服。没有什么东西能让任务的任何部分固定不变。任务的每一部分都是测试，是无法预料的。

这次，是文字。

只有文字。

扑克牌上写着：

祷告吧

在故乡的石头前

能不能请你告诉我？能不能请你告诉我这是什么意思？地址至少是固定的。“故乡的石头”可能是任何东西。任何地方。任何人。没有人给我正确的指示，我怎么能找到这样一个没有特点的地方？

这两行文字在我耳边低语。

扑克牌轻柔地在我耳边低语，好像我应该马上开始回忆。

但是，什么都没有发生。

只有扑克牌、我，和一条正在睡梦中轻轻打鼾的狗。

过了一会儿，我蜷在沙发上睡了一觉起来，发现后脑勺又流血了。沙发上有血，我脖子上有铁锈红色。疼痛感回来了，但是不再那么尖利，伤口也不那么深了。只是持续地疼。

扑克牌放在咖啡桌上，在尘埃中漂浮。在尘埃中成长。

外面黑漆漆的。

厨房的灯光在大呼小叫。

我走进厨房的时候，那灯光要把我震聋了。

铁锈红色的血一路挠着我的脖子，流到了我的背上。走到一半的时候，我判断我需要喝杯酒。我关上灯，在黑暗中蹒跚着走近冰箱。我在底层发现了一瓶啤酒，然后回到客厅，试着喝点酒快乐起来。从某种意义上说，快乐的意思就是忘掉那张扑克牌。我用脚拍着看门狗，我不知道今天是星期几、现在是几点钟，不知道如果我费劲儿起来打开电视，电视里可能在演什么。地上有几本书。我不会去读的。

有东西顺着我的背流下。

我的头又开始流血了。

♣ 4 就那个艾德

“又来了一张？”

“又来了一张。”

“这次是什么花色？”

“梅花。”

“你还是不知道是谁寄的？”奥黛丽注意到了我夹克衫上有啤酒渍，然后看到我脖子上结了块儿的恶心的血迹，“天哪，昨天晚上出了什么事？”

“别担心。”

跟你说实话，我觉得自己有点儿可怜。当太阳升起，我做的第一件事就是去奥黛丽家求助。我们在门前说话到一半的时候，我才发现自己抖得有多厉害。太阳温暖着我，可我的皮肤想把自己从我身上抖下来。它在和我的身体搏斗。

我能进去吗？我想知道。但是，在焦急等待的几分钟过后，答案出现了。出租车公司的那个家伙出现在奥黛丽身后，问：“谁啊，亲爱的？”

“哦。”奥黛丽支支吾吾着。

真不自在。

然后很随意地。

“哦，就那个艾德。”

就那个艾德。

“好了，我会再来看你……”

我开始往后退。等待着。

等什么？

等她。

但是她没有跟上来。

终于，她走出门口几步，说：“艾德，你等会儿在家吗？”

我继续往后退。“我不知道。”这是真的。我不知道。牛仔裤裹在我的腿上，感觉它可有上千年历史了，就像一个蓝色的瓶子。我的衬衫烧得我好冷，我的夹克衫刮着我的胳膊，我的头发乱蓬蓬的，我的眼睛在充血。我还是不知道今天是星期几。

就那个艾德。

我转身。

就那个艾德走了。

就那个艾德快步走了。

他想跑。

但是摔倒了。

他狠狠地冲着地面踢了一脚，退回走路的状态。这时，他听到她的声音在大喊，声音很近。

“艾德？”

“艾德！”

就那个艾德转回身，听她说话。

“我晚点过去，好吗？”

他放弃了，屈服了。

“好吧。”他让步，“到时候见。”然后走了。他还能看到奥黛丽在门口的样子……

一件当睡衣穿的超大T恤。早上美丽而松散的头发。结实挺翘的臀部。沐浴在阳光中的瘦长的双腿。干涩的还覆盖着睡意的唇。脖子上的吻痕。

天哪，我在她身上闻到了性。

我一言不发，痛苦地希望我身上也能有这种味道。

然而，我只能闻到已凝掉的血和夹克衫上洒着的黏黏的啤酒味道。

这是美好的一天。

万里无云。

别再为这件事悲哀了。稍后我嚼着玉米片对自己说。艾德，今天是星期二，你要上夜班。

我把梅花A扔在放方块A的那个抽屉里。有一会儿，我想象着抽屉里有一把A，就像打牌的时候有人把它们在手里摊成扇子形那样。我以前从来没想过会拒绝四个A。打牌的时候心里最想的就是拿到满手的A。但我的生命不是扑克牌游戏。

我非常确信马文等一下又会来找我，希望我和他一起去准备年度雪橇橄榄球赛。有一阵子，一想到我们要光着脚跑过别人前院草坪上冰冷的露水和可怕的草地，我甚至就开始发笑。比赛规则是赤脚，大家都没有理由穿鞋。

奥黛丽是大概十点钟到的，身体洗得干干净净，闻起来很清爽。头发扎成了马尾，留了几绺漂亮的刘海搭在眼睛前面。她穿着牛仔裤、褐色靴子和一件蓝色衬衫，衬衫口袋上还绣着空车公司的徽章。

“艾德。”

“奥黛丽。”

我们坐在门廊，腿悬在边儿上晃荡。天空有几朵云正在翻滚聚集。

“嗯，这张牌上写着什么？”

我清清嗓子，小声说：“祈祷吧，在故乡的石头前。”

沉默。

“有什么想法？”最后，她问我。她的眼睛停留在我身上。我能感觉到它们。感觉到它们的温柔。

“没有。”

“你的头怎么样……”她换了一种又关心又厌恶的眼神看着我，“还有其他地方。”她说出了一个事实，“艾德，真的乱七八糟。”

“我知道。”我的话落在了我的脚上，又滑落到草地上。

“先不说别的，你去第一张牌上写的地址那里，做了些什么？”

“你真的想知道？”

“是的。”

我说着那些事情，场景在脑海里一幕幕地闪过。

“好的。我必须去给一个老妇人读书，必须让一个可爱的女孩子赤脚跑步直到被别人绊倒，浑身是血但赢得了光荣……”我仍然很平静，“我必须去杀一个几乎每天夜里都强奸太太的男人。”

太阳从一小朵云彩后探出头来。

“你说的是真的？”

“我会说假的吗？”我试图在声音里放一些敌意进去，但没有成功。我没有那份精力。

奥黛丽不敢看我，她害怕从我的眼睛里看到答案。“你杀了吗？”

我现在觉得很内疚，刚才对她那么无礼，甚至告诉了她所有这些。她帮不上什么。她甚至不能尝试去理解。她永远也不会知道。奥黛丽永远不会感觉到被安吉丽娜那样的孩子环抱着的滋味，永远不会感受到看着她的妈妈片片凋落在超市地板上时的心痛。她永远不知道那把枪有多冷，不知道米拉是多么不顾一切地想听到她给了吉米幸福、她从来没有让他失望。她永远不会明白苏菲说话时的羞涩和她那沉默着的美丽。

我失神了片刻。

想起这些事。

想起这些人。

我回过神来，发现自己还坐在奥黛丽的旁边，回答着她的问题。

“没有，奥黛丽。我没有杀他，但是……”

“但是什么？”

我摇着头，感觉几滴泪水要冲出眼眶。我努力忍着。

“什么，艾德？你做了什么？”

慢慢地，我告诉她。慢慢地。

慢慢地……

“我把他领到了教堂，用枪抵着他的头。我扣动了扳机，但不是对着他。我向天空开了枪。”这样一点一点的叙说并没有让我好过一点儿，“他离开了小镇，再也没有回来。我不知道他还会不会回来。”

“他是罪有应得吗？”

“跟罪有应得有什么关系？我算哪根葱，能决定这些事情啊，奥黛丽？”

“好了。”她的手温柔地拍着我，很平静，“冷静点。”

“冷静点？”我有点儿气急败坏，“你让我冷静点?！当你在和那个家伙干那事儿的时候，当马文在策划他那毫无意义的橄榄球赛的时候，当里奇或者打牌或者不知道在干什么事儿的时候，当这个镇上的人们都在呼呼大睡的时候，我正在铲除这里的强奸犯！”

“你是被选出来的。”

“哦，真让人欣慰！”

“那位老妇人怎么样？还有那个女孩？她们那边不都是好事情吗？”

我平静下来。“嗯，是的，但是……”

“为了她们，那个家伙也活该那样吧？”

他妈的。

我恨她。

我赞同她的话。

“我只是，我希望事情对我来说简单一点儿，你明白吗？”我给了一个特别的强调，而不单单是看着她，“我希望被选上的是别人。别的能胜任的人。要是上次我没有阻止那次抢劫就好了。我真希望我不必经历这一切。”有点儿像是吐奶，这些话一股脑儿地全都涌了出来，“还有，我希望和你在一起的人是我，不是那个家伙。我希望摸你皮肤的人是我……”

这就是你听到的。

真是愚蠢到了极致。

“哦，艾德，”奥黛丽把视线移开，“哦，艾德。”

我们的脚晃荡着。

我看着它们，看着奥黛丽腿上的牛仔裤。

我们就那么坐着。

奥黛丽和我。

还有别扭。

它挤进来，坐在我们中间。

很快，她说：“你是我最好的朋友，艾德。”

“我知道。”

你可以用这样的话杀死一个男人。

不用枪。

不用子弹。

只要这样的话，和一个女孩。

我们在门廊上又坐了一会儿，我低头看着奥黛丽的腿和膝盖。如果能蜷身睡去多好啊。所有的一切才刚刚开始，而我已筋疲力尽。

该做决定了。

我必须提起精神来。

♣ 5 出租车、妓女和爱丽丝

傍晚我开车进城。远处的建筑物遮挡了落日。

晚上很安静，适合思考。

今天，最让我感兴趣的乘客是一个坐在前排、看上去有点儿像妓女的女人。她的身体很结实。她的头发冲着我招手，嘴唇很美，不过牙齿有点儿难看。她说的话好像也是金色而甜美的。每一句都用昵称结束。

“干吗拉长着脸呢，宝贝？”

“我以前从来没有来过这边，甜心。”

与我们常见到的妓女不同，她的妆化得很有味道，也很淡。她没有嚼口香糖，穿着及膝的黑色靴子，白色的内衣让她的曲线更加玲珑，外面套着一件深色的夹克式马甲。

专心看路，艾德。

“宝贝？”

我转向她。

“你记得我们要去哪里吗，甜心？”

我清清嗓子说："码头大酒店？"

"对了。我得十点钟前赶到那里，好吗，蜜糖？"

"没问题。"我很友好地看了她一眼。我喜欢这样的乘客。

我们到那儿的时候，计价表显示是十一块六毛五分，但是她给了我十五块，还说不用找了。下车后，她斜倚着身子把头探进窗口说："你看起来很可爱。"

我笑了："谢谢你。"

"为零钱还是为赞美？"

"都为。"

她又把一只手伸了进来，说道："我叫爱丽丝。"我伸手握住她的手，"那些人叫我希芭，不过你可以叫我爱丽丝，好吗，宝贝？"

"好的。"

"那你叫什么？"

"哦。"我很不情愿地放开她的手回答她。她肯定没有发现我放在仪表板上面的驾驶证。"我叫艾德。艾德·肯尼迪。"

她最后亲昵地叫了我一次："嗯，艾德，谢谢你送我过来。不要那么苦恼和焦虑。开开心心地享受生活，好吗，甜心？"

"别担心。"

她走的时候，我想象着她会转回身来说："艾德，你可以早上过来接我吗？"

但是她没有。

她走了。

爱丽丝不复存在。

我孤零零地坐在出租车里，看着她一路走进酒店大门。

一辆车在我身后猛按喇叭，一个男人探出头来冲我大吼："走啊，车夫！"

他是对的。我们一无是处。

一整夜开着车，我总想象着爱丽丝变成了希芭。我听到了她的声音，闻到了她的气味，就在俯瞰悉尼港的朦胧暧昧的酒店房间里。

“那样好吗，甜心？”

“哦，宝贝……”

“对，亲爱的，就那样，就是那里，蜜糖，不要停。”

我看到自己被她压在身下。

被她掌控，和她做爱。

我感受着她。

认识她。

品尝着她香槟味道的嘴。

忽略不好看的牙齿。

就这样闭上眼睛，品尝她。

触摸她赤裸的肌肤。

内衣扔在地板上。

马甲在我们旁边。

靴子被遗忘了——在门边堆成了三角形。

“哦，”她喘息着，“艾德，哦，艾德。”

我在这样的声音里迷失……

“红灯！”后座的家伙冲我大叫。

我猛地刹车。

“拜托，伙计！”

“对不起。”

我深呼吸。暂时忘掉梅花A和奥黛丽真好，但是现在我回来了，回到了现实中。

那个男人的声音把这两样东西重新带回了我的记忆中。

“现在绿灯了，伙计。”

“多谢。”

开车。

♣ 6 石头

无拘无束。

当太阳在天空慢慢攀升的时候，我开车返回镇上。一路上，所有街道都是空荡荡的，我把车开进了空车公司的停车场。

像往常一样，我走路回到我的窝棚。

看门狗看到我回来很开心。

我们一起喝了杯按惯例必须得喝的咖啡，然后，我从抽屉里取出了扑克牌。我看着它，想要看出点新的灵感来，趁它毫无防备的时候把它迅速抓住，让它把秘密都告诉我。

一整晚开着车思考，我有两条路可以选择，但是，现在我准备好了。我要把我那张可怜巴巴、抱怨连连、爱找借口的嘴巴从脸上揪下来，着手开始我的事业。我把自己逼到客厅那普照我房间的灯光下面，想着：艾德，别再怪它，接受它。我甚至走到门廊，看着这世界上我所能触及的有限视野。我要掌控这个世界，生平第一次，我觉得自己能够做到。我经历了迄今为止我不得不经历的所有事情，我挺过来了。我仍然站在这里。好吧，虽然我只是站在一个破破烂烂、七碎八裂的门廊上，而且，我算老几，竟然说这世界变了？但是上帝知道，我们已经被世界掌控得够够的了。看门狗在我旁边专心致志地坐着，或者至少说，它尽力专心致志地坐着。它看起来可靠而顺从。我低头看着它说：是时候了。

有多少人能有这样的机会？

少数几个得到机会的人，又有几个真的把握住了？

我蹲下来，拍拍看门狗的肩膀（或者说狗身上最类似于人类肩膀的部位），然后，我们起身去寻找“故乡的石头”。

大约在街上走了一半的路，我们停下脚步。

我们停下脚步，是因为我们在这里碰到了一个问题。

我们不知道该去哪里寻找。

这星期接下来的几天很快就过去了——我的生活由打牌、工作、与看门狗闲逛这三件大事构成。星期四晚上，我和马文在当地的运动公园踢了橄榄球，然后看着他在家里喝到酩酊大醉。

“再过一个月就到大赛了。”他说。他啜了一口他老爸的啤酒。他从来不会自己买的。从来不会。

马文仍然和他父母同住。我必须承认，那房子里面相当漂亮。木制地板。窗明几净。当然，这都是他老妈和他妹妹玛丽莎的功劳。马文、他的懒哥哥和他老爸，油瓶子倒了都不会去扶。马文拿一小笔钱给家里，其余的都存进了银行。有时我怀疑他为什么存钱。最近一次统计，他说他的存款已经超过三万块了。

“艾德，你想踢哪个位置？球赛的时候。”

“没想过。”

“我想踢中卫，”他向我吐露秘密，“虽然我可能又会被分到边锋位置。别看你又瘦又弱，倒有可能会踢前锋。”

“多谢。”

“没错，对吧？”

我上了他的套。

“如果你别再磨洋工，你确实能踢上。”

听到这里，我应该告诉马文，他也踢得很好。但是我没有。我没张嘴。

“艾德？”

没有回应。

我又在想梅花A，还有“故乡的石头”可能会在哪里。

“艾德？”他拍拍我，“走神了？”

一闪念，我想到问问马文有没有听说过“故乡的石头”，但是，有什么阻止了我这样做。他不会懂，而且我完全知道，既然我决定了去做传信人，我就必须独自行动。

“我很好，马文。”我告诉他，“我只是在想事情。”

“想法太多人会疯掉。”他警告我，“最好别再乱想了。”

某种意义上，我希望我能不再乱想。不再乱想，你也就不再用为重要的事情担心、在意。你就会快乐，像我们可怜的朋友里奇那样。没有任何事情能影响他，他也不会影响任何事情。

“别担心，马文。”我说，“我会好的。”

马文今晚似乎很想聊天。他说：“记得我以前常去看的那个女孩子吗？”

“苏珊娜？”

他一个字一个字地说出她的全名：“苏珊娜·博伊德。”他耸耸肩，“我记得她家搬走的时候，他妈的一句话也没跟我说。那是三年前了……那时，我满脑子都是这件事，快疯了。”他的话很好地印证了我刚才的想法，“像里奇那样的人，他就很麻木的。他会先骂她是个婊子，然后喝杯啤酒，就赌马去了。”马文有点儿怜悯地笑着，低下头，“没了。”

我想跟他聊聊。

我想问问他关于那女孩的事情，他是否还爱着她，想念着她。

然而，我什么都没说。我们有多想让对方真的了解自己呢？

沉默了很久，最终我先开口。我想起别人都是切面包与朋友分享，可在我这里，能让朋友分享的只有我的问题。

“马文？”我问。

“什么？”他的眼睛瞪得老大，突然把我吓了一跳。

“如果你不得不马上去某个地方，但又不知道怎么去，你会感觉怎样？”

他审视着这个问题。思绪似乎暂时跳过了那个女孩。“比如说，赶不上年度雪橇橄榄球赛？”

我还能容忍：“差不多吧。”

“嗯……”他用粗糙的手搓着脸上金色的胡楂，全情投入地思考着，这说明那比赛对他来说是多么重要，“我可能会不停地想象着那里正在发生的事情，知道我无法改变，因为我身在远方。”

“沮丧吗？”我问。

“绝对。”

我查过地图，还找到了一些老爸留下来的老书，查了本地的历史记录。然而，没有任何东西可以给我灵感，让我知道应该到哪里去找“故乡的石头”。日和夜割裂开了。我又感觉到它们在接缝处彼此消融。每一分钟都在提醒我，我需要去调整或加速某些正在发生的事情，或者阻止。

我们打牌。

我去了几次埃德格街，那里一切如常。那个男人还没有回来。我想，他可能永远也不会回来了。

我观察着那对母女，她们看上去很开心。我的任务到此为止了。

一天晚上，我去了米拉那里，给她读书。

见到我她非常高兴。我必须告诉你再度成为吉米的感觉很好。我喝了茶，亲吻了米拉满是皱纹的脸颊，然后离开了。

一个星期六我去看了苏菲跑步。她仍然是第二名，但她信守诺言，是赤脚跑的。她看到了我，冲我点点头，什么都没说，因为她当时是在比赛。我站在直线跑道边的栏杆后面。就在她经过的时候，我们认出了彼此，这就够了。

“我想你，艾德。”我仿佛听见了她那天下午在公园说的话。直到今天，当她从我面前跑过时，我还能在她脸上的表情中看到，她在说：见到你真高兴。

我也很高兴，但是比赛一结束我就离开了。

那天晚上开车时，事情发生了。

我找到了“故乡的石头”。

或者坦白说。

“故乡的石头”找到了我。

那天晚上我在城里开着车，睁大眼睛找着爱丽丝，特别是在靠近码头大酒店或者十字旅店的时候。然而，哪里都没有她，这让我有点儿失落。我今天晚上的乘客要么是自以为自己知道那条路更近的老男人，要么就是一边看表一边打电话的商务人士，就这两个类型不断地重复。

很晚了。大概是凌晨四点，在我回程路上上来一个年轻男人。看到他在路边招手拦车，我先把他打量了一番。他看起来站得挺稳，一点儿也不像是会吐的人。如果最后一个乘客吐在我车上，那简直是给我一天的辛苦工作加了个狗屎般的结尾。有这可恶的几秒钟，你一晚上就算白忙活了。

我靠边停下，他上了车。

“去哪儿？”我问。

“一直开就行了。”从一开口说话，他的声音里就充满了威胁，“带我回家。”

我很紧张，但还是问了：“你家在哪里？”

他扭头瞪着我，来势不妙。“你住的地方。”他的眼睛是一种诡异的黄色，像猫的眼睛。黑色短发。黑色衣服。他又多说了几个字：“开车，艾德。”

当然，我得照他说的做。

他知道我的名字，于是我知道，他要带我去的是梅花A要我去的地方。

我们坐在车里，看着光线斜斜地往后退，好一阵子没有说话。他就坐在前座，我每一次想扭头看他的尝试都失败了。我总能感觉到那双眼睛。它们已经准备好撕裂我了。

我尝试挑起话题。

“所以说……”我说。不行的，我知道。

“所以说什么？”

所以说我换了个切入点。孤注一掷了。“你认识达里尔和基思吗？”我问。

“谁？！”

他对我的嘲弄让我毛骨悚然，但是，我还是要继续。“你知道的，达里尔和……”

“伙计，听着，你说第一次我就听到了。”他的声音更强硬了，“再给我提那两个名字，你就回不了家了。我发誓。”

听到这句话，我问自己：*为什么所有来找我的人不是暴力狂就是爱吵架？或者又暴力又爱吵？*仿佛不管我去多远，我在我的破房子和这破车里，碰到的都是这种人。

快到镇上的时候，我再没多说一句话，原因谁都知道。我只是开着车，试着能偷偷摸摸看他一下，但没有成功。

“开到底。”我们到了缅因街上时，他告诉我。

“靠河那里？”

“别要小聪明。开就行了。”

车子开过了我家。

开过了奥黛丽家。

一路向河边开去。

“就这里。”

我靠边停下。

“好的，谢谢。”

“二十七块五。”

“什么？”

我鼓起勇气才开了口。这家伙看上去像要杀了我。“我说，车费是二十七块五。”

“我不会付钱。”

我相信他。

我相信他，因为他只是坐在那里，任由眼珠子在那堆黄色中间变得又圆又黑。这个男人不付钱。不容讨论，不容争辩——但我想试试。

“为什么不付？”我问。

“我没钱。”

“那就拿你的夹克衫来抵吧。”

他向我靠近过来，第一次有点儿类似于友善的样子：“他们说得没错，你这个狗娘养的很倔，对吗？”

“谁告诉你的？”

但是，我没有得到答案。

他的眼神变得很野，他打开门，跳下了车。

暂停。

我立刻知道自己上了他的当，便也跳下车，跟在他后面。走向河边。

潮湿的草地，潮湿的语言。

“回来！”

奇怪的想法。

我想着：你说“回来”，艾德？“回来”司空见惯。这是每个出租车司机在这种情况下肯定要喊的话。你应该想出点儿新花样啊。你刚才没在后面加上一句“废物”，真是奇迹……

我的双腿紧绷。

空气从我嘴边拂过，但我好像无法呼吸。

我跑起来。

我跑起来，然后我意识到，我以前曾经有过这样的感觉——心里不舒服。

那时我还小，在追我的弟弟汤米。就是那个在城里的汤米，他前途比我光明，选咖啡桌比我有品味。当然，甚至回到更早的时候，他就跑得比我快。他比我优秀，样样都比我优秀，这让我很难为情。有一个比你跑得快、比你强壮、比你聪明、比你优秀的弟弟是件可耻的事情。但汤米就是这样。每件事情上都是这样。事情就这么简单。

我们以前常去河边钓鱼，我们会比赛看谁能先跑到。我没有一次能赢的。

当然，我安慰自己我能赢，只要我全力以赴。

因此只有一次。

我全力以赴了。

但我输了。

汤米那天不知道发现了什么特别的诀窍，赢了我大概五米。

我11岁。

他10岁。

将近十年以后，我故地重游，可仍然在追一个跑得比我快、比我强壮、比我厉害的人。

跑了大概一公里，我喘不过气来。

他回头看着我。

我的腿一点儿力气都没有了。

我停了下来。

结束了。

他在我前面大概二十米，嘴里爆出了一阵大笑。

“你运气不好，艾德。”然后他转过身去。他走了。

我站在原地，看着他的腿消失在黑暗中，搜寻着自己的记忆。

一阵阴森的风穿过树林。

天空似乎也很紧张。青一块紫一块的。

我的心脏在耳朵里鼓掌，开始像是喧哗的一群人，然后渐渐慢下来，直到好像就剩一个人在拍手，带着一种毫无顾忌的挖苦。

拍手。拍手。

拍手。

干得好，艾德。

放弃了真好。

我站在草地上，现在是第一次听到了河流的声音。听起来像是河流在喝水。当我看向它的时候，我看见了里面的星星。它们好像是画在水面上的。

车子。我忽然想到，门开着。钥匙还在里面，这是出租车司机在追逐逃跑乘客时会犯的头号错误。其实是最基本的错误。你一定会拿出钥匙。你一定会锁上门。只有我例外。

脑海里浮现出我的车子。

孤独地停在路上。

两边的门都开着。

“我得回去。”我轻声说。但我没有动。

我仍然待在原地，直到第一束光芒出现，我看见了我和我弟弟赛跑。

我自己，输了。

我看见我们一起在河边钓鱼，然后又往上游走去，经过了所有能看见房屋的地方，到了上游，那里只能爬上去，我们坐在石头上钓鱼。

石头。

光滑的石头。

更像是……

我开始走得很慢，后来路途变得很艰难。我艰难地向河流上游的地方走去。

我跟在我弟弟和我自己后面，往上攀爬。

往下游冲去的河水碎成片片水花，我手脚并用推着自己往前。世界渐渐亮了，显露出万物的轮廓和颜色。我好像身处油画当中。

我的脚有点儿痒。

从冰冷变为温暖。

我看见了它。

我看见了我们。

*那里，*我指着，*石头在那里，巨大的石头。*天哪，我看见我们在那里往下抛鱼线，蹦跳着，有时哈哈大笑着，还互相发誓，不能告诉任何人我们来过这里。

我快要到了。

远远的，出租车的车门还开着。

太阳升起来了，仿佛是厚纸板一样的天空中，挖出了一个橘色的圆圈。

我爬到了山顶，跪了下来。

我的手碰触到冰冷的石头。

我松了一口气。

开心。

我听到河流的声音，往上一看，才发现自己正跪倒在“故乡的石头”之间。

那块石头上刻了三个名字。

我再度仰头看了好一会儿，才看清楚它们，于是，朝着它们走去。

那三个名字是：

托马斯·奥瑞里

安吉·卡鲁索

加文·罗斯

一时，河流冲刷过我的耳朵，裹着汗水冲击到了我的胳膊下，然后，沿着我左侧身体流下，流过我的胸腔，到达了我的裤子那里。

明知道身上没带纸笔，我还是下意识地找了半天，就像是你告诉了别人一个错误的答案，虽然知道不太可能实现，但你还是希望突然有一天答案会变成对的。

事实证明，我什么也没带，所以，我用铅笔把名字写在了脑子里，然后用钢笔再描了一次。这样我就把它们刻在脑子里了。

托马斯·奥瑞里。

安吉·卡鲁索。

加文·罗斯。

没有一个名字是我熟悉的。很好。我判断。我想如果我认识我要传信的对象，事情可能会更难。

我最后看了一眼就走了，一面反复背诵着这几个名字，以免忘记。

我花了四十五分钟才返回车上。

回到那里，车门关上了，但没有锁，钥匙也不在油门锁孔里。我坐到驾驶座上，拉下遮阳板，钥匙却掉到了我的膝盖上。

♣ 7 神父

“奥瑞里，奥瑞里……”

我在翻着当地的黄页。中午了。我已经睡了一觉。

有两个名字首字母是“T”的奥瑞里。一个住在高级区，一个住在贫民区。

一定是这个，我想，住贫民区的。

我知道。

保险起见，我先是去了高级区的那个地址。那是一栋有着宽宽车道的豪宅。我敲了敲门。

“谁啊？”

一个高个儿男人出现在门口，透过纱门看着我。他穿着短裤、衬衫和拖鞋。

“抱歉打扰了。”我说，“不过……”

“推销？”

“不是。”

“耶和华见证人会的？”

“不是。”

感觉他被吓了一跳。“嗯，那你可以进来。”他的语气马上变了，眼睛也开始流露出一种友善。这让我考虑了一下是不是要接受他的邀请，但我还是决定不要。

我们各自站在纱门一边。我想知道怎样做才更恰当，最终还是觉得，直截了当可能是最好的方式：“先生，请问你是托马斯·奥瑞里吗？”

他向前一步，等了一会儿才回答：“不是，伙计，我是托尼。托马斯是我哥哥。他住在下面那条什么亨利街的烂房子里。”

“好的，抱歉耽误您这么长时间。”我准备离开了，“多谢！”

“嘿，”他打开纱门跟了过来，“你要找的人是我哥哥吗？”

我停下脚步：“我还不知道。”

“如果你去了那里，”他说，“见到他的时候，可不可以帮我一个忙？”

我耸耸肩：“没问题。”

“麻烦你告诉他，贪婪还没有把我吞没。”这句话像一个泄了气的皮球一样，落在我们中间。

“好的，没问题。”

我快要走出大门时，托尼·奥瑞里又喊了我一声。我转过身，面对着他。

“我想我应该警告你，”他走近些，“我哥哥是神父。”

我们两个有几秒钟完全僵在那里，我一直细想着这句话。“谢谢。”我说。然后离开了车道。

我走了，一边想着：神父总归比打老婆的强奸犯好。

“你要我跟你说几次？”

“你确定吗？”

“不是我，艾德。如果是我，我会告诉你的。”

我正在和我弟弟汤米在电话里进行这样的谈话。在被领去河边看到“故乡的石头”之后，我的思绪一直围着他转。就我所知，汤米是唯一一个知道我们去过那里的人，因为我们从来没有告诉过别的任何人。我们一直觉得两个人单独去到那么远的河流上游，被家人知道了肯定会挨一顿好打。再说，也许有人知道，但人家才不会理这事情。我们都会游泳。

早些时候，我告诉过他扑克牌的事情，他说：“这种事情怎么总会发生在你身上啊，艾德？如果说有什么怪异的东西在飘来飘去的话，也一定会落在你的身上。你就像是一个吸引怪事的磁铁。”

我们哈哈大笑。

我想了想。

出租车司机。当地混混。平庸之辈。性爱侏儒。可怜的扑克牌玩家。而现在，还要加上“吸引怪事的磁铁”。

承认吧。

我建立起来的头衔清单还不错。

“不管怎样，你还好吗，汤米？”

“还好。你呢？”

“不错。”

谈话结束了。

不是汤米。

最近我们在闹牌局荒了，所以马文组织了一个大大的夜牌局。地点选在里奇家。他父母正好出去度假了。

去里奇家之前，我先去了一趟亨利街，去看看托马斯·奥瑞里。到那儿的时候，我心里很忐忑，手在口袋里摸来摸去的。这条街让人毛骨悚然，它以遍布该街的破屋瓦、破窗户，和同样破败的人而闻名。即便神父家也是如此，相当让人讨厌。我从很远就感觉到了。

屋顶仿佛是皱的，红色，斑驳。

水泥墙是脏兮兮的白。

油漆起了泡，看上去像是脓包。

跛了脚的栅栏挣扎着想继续站立。

濒死的大门。

当我意识到我无法再靠近那房子的时候，我已经站在那里了。

三个彪形大汉从巷子里走出来，开始问我要东西。他们没有一句恐吓，但仅仅是他们的出现，就已经让我局促不安，深感孤独。

“嘿，小子，你有四毛钱吗？”其中一个问。

“或者香烟？”另一个说。

“你真的需要那件夹克吗？”

“过来，小子，就一根烟。我知道你抽烟的。就借我一根烟又不会要你的命。”

我在那里僵了一小会儿，然后忙转身跑开。

妈的，跑得飞快。

在里奇家，其他人打牌闲聊的时候，我不断地回忆起那过程。

“哎，里奇，你爸妈去哪里了？”奥黛丽问。

这问题让里奇想了好久，结果还是：“我不知道。”

“你开玩笑吧？”

“他们告诉过我，但我肯定给忘了。”

奥黛丽摇摇头，马文在雪茄烟雾后面微笑。

我想着亨利街。

今晚和平常不同，我赢了。

有几盘我没赢，但总的来看，我是我们几个里赢得最多的。

马文还在心满意足地说着即将到来的雪橇橄榄球赛。“听见没？”他朝着里奇和我喷出一股烟，“猎鹰队今年招了一个新人，据说有一百五。”

里奇问：“一百五什么？公斤？”

跟马文和我一样，里奇过去几年也参赛了，是边锋位置，但是，他对这所谓比赛的兴趣比我还寡淡。给你一个概念：比赛到没劲无聊的阶段，他常会去和观众喝上一两罐啤酒。

“对的，里奇。”马文确认一番。这是件严重的事情。“一百五十公斤的大块头。”

“你参加吗，艾德？”这次问题来自于奥黛丽。她知道我要参加，问这问题不过是想让她自己在我面前自在一点儿。自从那次“就那个艾德”事件以后，她还不知道该怎样跟我说话。我的视线从桌子上向上移，看着她微微一笑。她知道这意味着我们和好了。

“是啊，”我告诉她，“我会参加。”

她回给我一个代表“那很好”的微笑。“很好”是因为我们和好了，就这样。奥黛丽才不关心雪橇橄榄球赛。她讨厌橄榄球。

然后，牌局结束了，她回到我家，我们一起在厨房喝酒。

“跟那新家伙交往顺利吗？”我问。我把吐司碎屑倒进水槽里。转身听到她的答案时，我注意到地上还有一些凝固了的血渍。从我头上流出来的血还在那堆狗毛当中。到处都是那件事情的提醒物。

“不错。”她说。

我想告诉她我多么抱歉那天早上自己的表现，但我还是选择了不说。我们现在和好了，重提那些我无法改变的事情毫无意义。有几次我差点儿说出口，但是忍住了。这样比较好。

我把烤面包机放回原位，从上面看到了自己的影子——虽然有点儿脏兮兮的。我的眼神闪烁不定，似乎受了伤。就在那一瞬间，我看到了我生命的可怜本质。我不能拥有这个女孩。我感觉我无法传递这些信息……但是，接着我看到我的眼神变得坚定起来。我看到未来的自己又一次走上亨利街，去看托马斯·奥瑞里神父。我还穿着我的又脏又旧的夹克，没有钱，没有香烟，就跟上次一样。只是下一次，我计划走到门前。

我必须。我想。于是我对奥黛丽说。

“我知道我应该去的地方了。”我告诉她。

她喝着我给她的葡萄果味酒问：“嗯，去哪里？”

“又有三个人了。”

那三个刻在大石头上的名字出现在我脑子里，但是我没有告诉她。我前面说过，这没有意义。

她很想问三个什么人。

我看得出来。

不过，她一个字也没问。我必须为奥黛丽说句话，她从不强迫别人做什么事。她知道如果她逼得太紧，我什么也不会告诉她。

我告诉她唯一的一件事是，我是在哪里找到这些名字的。

“我遇到了一个不给钱就跑的乘客，名字就在他去的地方……”

奥黛丽能做的只有摇头：“不管他是谁，这件事一定很麻烦。”

“他们似乎非常了解我，真难以置信，几乎跟我对自己的了解一样。”

“哦，不过，”奥黛丽说，“谁真的了解你呢，艾德？”

是啊。

“没有人。”我说。

连我都不了解？看门狗走进来问我。

我回头看看，回答它。

听着，哥们儿，几杯咖啡不代表你了解我。

有时我甚至觉得自己都不了解自己。

它的眼睛里又出现了我的影子。

但是你知道接下来该做什么。它说。

我同意。

第二天晚上下班后我去了亨利街，走到前门。我必须说，奥瑞里神父的房子给这个世界的残忍加上了新的意义。

听完我的自我介绍以后，神父没说什么，就邀请我进去。

在走廊上，我想都没想，脱口而出一句话。

“天哪，偶尔打扫一下房子不会要了你的命吧？”

我刚刚说了这种话？

但是我不需要担心，因为神父很快就回答我。

“嗯，那你怎么样？你上次洗这件夹克是什么时候？”

“说得好。”我说。我感谢他的迅速回应。

神父快秃顶了，大概45岁。他不像他弟弟那么高，长着一对绿玻璃球般的眼睛，耳朵很大。他穿着长袍，我奇怪他为什么住在这里而不是教堂。我一直认为神父是住在教堂里的，这样人们在需要帮助或建议的时候，便可以到那里去。

他领着我走进厨房，我们在餐桌边坐下。

“喝茶还是咖啡？”他说话的语气给人感觉是，在喝不喝东西这件事情上我无从选择，我只是可以选择喝哪一种。

“咖啡。”我回答。

“加牛奶和糖吗？”

“是的，麻烦你。”

“几块糖？”

我有点儿不好意思地说：“四块。”

“四块糖！你是谁啊，大卫·赫夫高特[1]？”

“我靠，那是谁？”

“你不知道啊？钢琴家，半个疯子。”我不知道这个人让他很惊讶，“他以前一天喝十二杯咖啡，每杯放十勺糖。”

“他优秀吗？”

“嗯，是啊。”他把水壶放到炉灶上，“很疯，但是很优秀。”他玻璃球般的眼睛现在充满了友善。非常友善。“你也很疯，很优秀，对吗？”

“我不知道。”我说。神父笑了，笑给自己，而不是给别人。

咖啡好了，神父拿过来，和我坐在一起。在开始喝第一口之前，他问道：“外面有人问你要烟或者要钱了吗？”他朝着外面街上扭了下头。

“有，有个家伙还一直要我的夹克。”

“真的？”他摇摇头，“没道理的嘛。没品味，我想。”他开始喝咖啡。

我低头看着自己的衣袖。“这衣服真那么破？”

“没有。”他现在的口气很认真，“我只是和你开个玩笑，小子。”

我又检查了一下袖子，还有拉链旁边的布料。黑色的山羊皮已经被磨破了。

一阵不自在的安静横亘在我们中间。它告诉我是时候谈正事儿了。我想可能神父也感觉到了，他脸上充满了好奇的表情，然而还是很耐心地等候着。

---

1 澳大利亚钢琴家。

我刚要开口，隔壁房间里爆发出一阵争吵。

一个盘子被摔碎了。

尖叫声跳过栅栏。

争执越来越烈，砰的一声，门被关上了。

神父注意到了我的关心，他说：“等我一秒钟，艾德。”他走到窗前，把窗户打开，喊道，“你们两个能不能帮帮忙，冷静点儿？”他继续，“嘿，克兰！”

嘀咕声靠近窗户，接着传来一个声音：“嗨，神父。”

“今天又怎么了？”

那个声音回答：“她又把我惹火了，神父。”

“嗯，这谁都知道，克兰。但是关于……”

另一个声音传来。是个女人的声音。“神父，他又在酒吧待了一晚上。喝酒，赌博！”

神父的声音变得很令人尊敬，正直而坚定：“是真的吗，克兰？”

“嗯，是的，可是……”

“没什么可是，克兰。今晚待在家里，好吗？手拉手，看看电视。”

第一个声音：“好的，神父。”

第二个声音：“谢谢你，神父。”

奥瑞里神父摇着头，回到我这边。“这对帕金森夫妇，”他说，“他妈的没用的家伙。”他的评论让我震惊。我以前从没想到神父是会这样说话的。事实上，我也从来没跟神父说过话，但我确信他们不会这样说。

“这种情况经常发生？”我问。

“一星期两三次。至少。”

“你怎么能容忍？”

他只是摊开胳膊，用手指指他的长袍：“这就是我在这里的原因。”

我们聊了一会儿，我和神父。

我给他讲开出租车的事。

他给我讲他的工作。

他所属的教堂是镇边上的一个老教堂，我现在明白他为什么选择住在这里了。那个教堂对于他来说太远了，无法真正地帮助任何人，所以这里对他来说是最适合的。到处都需要他的帮助，四面八方，各个角落。这里才是神父需要出现的地方。而不是那个落满灰尘的教堂。

有时我很好奇他说话的方式，他给我讲教堂情况的时候，证实了我的好奇。他承认，如果他的教堂是商店或者饭店，肯定几年前就关门了。

“最近生意不好？”我问。

“听实话？”他眼睛里的玻璃球破裂了，刺穿了我，“他妈的。”

这时我不得不问他：“你平时就这样说话吗？还是假装神圣那样？”

他没有继续说“上帝认识我们每个人，每个人都很独特”这样布道的话，这一点上，他让我松了口气。他没有说教，一点儿也没有。在我们两个都没话说的时候，他甚至坚定地看着我说：“但是，艾德，我们今晚不要只谈宗教。聊点儿其他事情吧。”他变得有点儿拘谨，“我们谈谈你为什么来这里。”

我们凝视的目光穿过餐桌。

很短的时间。

凝视着彼此。

好长时间的沉默之后，我向神父坦白。我告诉他我现在还不知道我为什么来。我没有告诉他我已经传过的信，也没有告诉他我还没有传的信。我只是告诉他，我来这里有目的，这个目的将会主动显现。

他听得很专心，手肘放在餐桌上，十指交叉撑着下巴。

过了好几分钟，他才知道我没别的事情要说。然后，他平静而清晰地说：“别担心，艾德。你要做的事情一定会主动出现。我有种感觉，以前也是这样的。”

“是的。”我同意。

“只是一定帮我一个忙，记住一件事情，”他说，我能感觉到他在尽力地避免那种典型的宗教语气，“有信心，艾德，好吗？”

我寻找着咖啡杯，里面已经空了。

他陪我走出房间，然后一直沿着街走。路上，我们又碰到了要香烟、钱和夹克衫的无赖。神父把他们都集拢起来，让他们待在一起。

他说：“现在听着，各位。我希望你们认识艾德。艾德，这是乔、格雷姆，还有约书亚。”我和他们握手，“伙计们，这是艾德·肯尼迪。”

“很高兴见到你，艾德。”

“嗨，艾德。”

“你好吗，艾德？”

“现在，你们几个家伙给我记住，”神父严肃地说，“艾德是我的新朋友，你们别跟他要烟要钱。尤其别要他的夹克。”他很快对我咧嘴一笑，“我是说，看看这个，乔，这是种侮辱，对吗？妈的，这确实很糟糕。”

乔由衷地表示同意：“当然是，神父。”

“好的。那么我们互相都明白了？”

他们都明白了。

“很好。”神父和我继续走向街角。

我们握手道别，就在神父快要走出我视线的时候，我突然想起他弟弟交代过的事情。我跑回去，大声喊着：“嘿，神父！”

他听到我的声音，转过身来。

“我差点儿忘了。”我停下脚步，站在他前面约十五米的地方，“你弟弟，”神父的眼睛微微眯了起来，“他让我告诉你，贪婪还没有吞没他。”

神父的眼睛亮了起来，带着一丝缓缓浮现的遗憾。

“我弟弟托尼……”他的话语很柔和，它们步履蹒跚地朝我过来，“我好久没见到他了，他好吗？”

“不错。”我带着一种不知哪里来的信心说。直觉告诉我，这才是正确的答案。我们站在那里，站在尴尬和垃圾中间。

“你好吗，神父？”我问。

“我很好，艾德。”奥瑞里神父回答，“谢谢你的关心。”

他转身离开了，第一次，我感觉他不像个神父。

我甚至感觉他不像个男人。

在那个时候，他就是一个走路回家的人，家在亨利街上。

现在完全相反。

我坐在马文家，看着《海滩护卫队》[1]，电视机的声音开得很小。我们不关心情节，也不关心对话。

我们都在听着音乐，是马文最喜欢的乐队——雷蒙斯乐队[2]。

---

1 美国20世纪90年代的热门电视剧。

2 美国20世纪90年代的朋克乐队。

“我可以放点别的音乐吗？”里奇问。

“可以，放普莱的。”马文说。我们这些天把吉米·亨德里克斯叫做里奇·普莱。《紫色迷雾》的音乐响起，他问：“奥黛丽呢？”

“我在这儿。”她走进来。

“什么味儿？”里奇往后退缩着问道，“很熟悉。”

马文知道，毫无疑问。他拿手指着我，以控诉的态度问我：“你把看门狗带来了，是不是？”

“我没法儿不带。我要出门的时候，它看起来好孤独。”

“你知道，它在这里不受欢迎。”

看门狗站在敞开的后门口，看着里面。

它冲着马文狂吠。

它只冲着他叫。

“它不喜欢我。”马文挺知趣。

又一声狂吠。

“那是因为你一直摆个臭脸给它，还一直朝它吐口水。它懂的，你要知道。”

我们又争论了一会儿，但是奥黛丽发牌打断了我们。

“先生们？”她清清嗓子。

我们坐下来，我开始捡牌。

在第三盘的时候，我捡到了梅花A。

奥瑞里神父。我想。

“马文，你这周日干吗？”

“什么意思？我这周日干吗？”

“你认为我是什么意思？”

里奇说：“马文，我发誓你是个呆头鹅。我相信艾德只是问你周日忙不忙而已。”

马文现在指着里奇。因为我把看门狗一起带过来了，他今天对谁都充满敌意。“你也别惹我，普莱。”然后看着奥黛丽，“还有你，也给我保持安静。”

奥黛丽吓了一跳：“我又怎么了？”

我打断她：“好了，马文，不只是你，是你们三个。”我把牌放在桌上，牌面朝下，“我需要帮忙。”

“帮什么忙？”马文说。

他们都听着。

等待着。

“嗯，我想我们能不能一起去……”怕自己等会儿就没了勇气，我赶紧说完，“去教堂。”

“什么?！”

“怎么了？”我争辩。

马文努力从震惊中恢复过来：“你到底要我们去教堂干吗？”

“嗯，有一个神父，他……”

“他会不会是骗子？”

“不，他不是。”

“为什么是骗子？”里奇问。但是他没有得到回答。反正他并不真的关心答案是什么，可能等会儿他连问题都忘了。

接下来说话的是奥黛丽，所有人中总算有她还在理性分析。她说：“那么，为什么，艾德？”我想她感觉得出，这件事情跟梅花A有点儿关系。

“那个神父挺好的，所以我想去去应该也不错，哪怕去消遣消遣也好。”

“它去吗？”

马文用手指指看门狗。

“当然不去。”

里奇成了我的救星。他是个领救济金的小混混，是个赌徒，胳膊上有全世界最难看的刺青，但是他几乎会同意任何事情。他以自己最具代表性的亲切语气说：“为什么不去？艾德，我跟你去教堂。”然后补充，“当做消遣，好吗？”

“当然。”我说。

然后是奥黛丽：“好的，艾德。”

现在轮到马文了，他知道自己处在一个两难境地。他不想去，但是他知道如果拒绝了，自己会成为名副其实的浑蛋。他最终深吁一口气，说道：“天哪，我无法相信。我去，艾德。”他笑了，笑得很不爽，“星期天去教堂。”摇摇头，“我的天哪。”

我捡起我的扑克牌。“太合适了。”

那天稍晚时候，电话铃又响了起来，我没有被它吓着。

“喂？”

“嗨，艾德。”

是老妈。我放松地叹了口气，准备好接受她的怒骂攻势。我很久没听到她的消息了，所以她一定积攒了至少半个月到一个月的咒骂给我。

“你好吗，妈？”

“你给凯斯打电话了吗？今天是她生日。”

凯斯，我的姐姐。

“哦，妈的。”

“哦，你是欠骂，艾德。现在你给我闭上臭嘴，打电话给她。”

“好的，我马上……”

电话断了。

没有人能像我老妈这样谋杀一次电话交流。

我犯的唯一错误是：反应不够快，没有问问凯斯的电话号码，以防止我找不到。我有种不祥的预感，我会找不到这个号码。在我搜寻了房间里的每一个抽屉、厨房里的每一条裂缝之后，这个预感最终被证明是正确的。哪儿都没有，电话簿里也没有。

哦，不。

你猜对了。

心惊肉跳地给老妈打回去。

我拨了号码。

“喂？”

“妈，是我。”

“又怎么了，艾德？”她的叹气声告诉我，她现在是多么地不耐烦。

“她的号码是多少？”

我相信你能猜得到接下来的事情。

周日到了，比我想象的快。

我们坐在教堂靠后的地方。

里奇很开心；奥黛丽很满足；马文还处在余醉当中——他又喝了他老爸的啤酒；我很紧张，因为我也说不清楚的原因。

除了我们之外，教堂里真的只有差不多十几个人。它的空虚让人沮丧。地毯被蛀出了好多洞，教堂长凳看起来有点儿抑郁。只有窗户显得神圣而圣洁。除了我们之外，教堂里其他人都很老，弯腰驼背地坐在那里，仿佛殉道者。

奥瑞里神父出来了，他说："谢谢你们来到这里。"这一刹那，他看上去仿佛筋疲力尽。然后他注意到了坐在后面的我们四个："特别欢迎我们这个世界的出租车司机。"

他的秃顶在从窗户射进来的一线光里闪耀。

他抬起头来，跟我们打招呼。

我笑着，只有我笑。

里奇、马文和奥黛丽都扭过头瞪着我。马文的眼睛还在充血，很吓人。

"昨晚玩得很凶？"我问他。

"能吓死你的凶。"

神父整理好思绪，扫视着下面。我能感觉到他提起了勇气，准备精力充沛地开始。奥瑞里神父发自内心，开始布道。

后来，我们都坐在外面，仪式结束了。

"牧羊人那段废话，重点是什么啊？"马文问。他躺在草地上，连声音听起来都像是余醉未醒。

我们坐在一棵大柳树下，柳条垂落在我们四周。刚才，在教堂里面，就在我们要离开前，他们传了个盘子出来，要我们捐钱。我放了五块，里奇没带钱，奥黛丽拿出了几块钱，马文翻遍了口袋，拿出一个两毛的硬币，还有一个笔帽。

我看着他。

"怎么了？"

"没事，马文。"

"才怪。"

我们坐在树下时，奥黛丽给自己唱着歌，里奇往后斜倚在台阶上。马文睡着了，我在等待。

很快，一个身影在我后面出现了。奥瑞里神父还没有开口，我就知道是他了。这就是我对这个男人的印象。他安静、好笑、实际。

他在我身后说："谢谢你来，艾德。"他看了看马文，"那小伙子看上去比你还惨得多。"一点邪邪的神色在他脸上闪过，"我的天哪。"我们都笑了，除了马文。马文也醒了。

"哦，"他抓抓手臂，"嗨，神父。布道不错。"

"谢谢。"他又看着我们，"谢谢你们都来。下星期再见？"

"可能。"我说。但马文决定自己回答。

"不可能。"他说。

神父很有涵养地接受了这句话。

我想我不确定神父需要什么，但是我知道自己计划要做的事情。回到家，我和看门狗坐在一起，不时看看书或者电视机上的相框。我有了主意。

我要让他的教堂里坐满人。

问题是怎么做。

♣ 8 幼稚

几天过去了，我反复琢磨着怎样才能让别人去那个教堂。我想过让奥黛丽、马文和里奇带他们的亲戚朋友去，但是，第一，他们没一个真的可靠的；第二，光是想想第二次要怎么带他们过来，我就够烦的了。

这星期开始几天，我出了很多趟车，一边在脑子里左思右想着这件事。

就是那次带一个乘客去机场，我想到了办法。

我们快到机场的时候，他说："嘿，哥们儿，我其实预留了一点儿时间，你在这儿过去一点儿的那个酒吧把我放下来好吗？"

我看看后视镜，我明白他的意思。

"行。"我告诉他。

"我就想在真正的酒吧喝杯啤酒，"他说，"我受不了候机厅。"

我靠边停下，让他下车。

"你想不想也来一杯？"他问，"我买单。"

“不喝了。”我说，“我等会儿还要去接人。但是如果你愿意，我可以跟你进去坐半个小时。”

“当然愿意。”他很开心。

坦白说，我也很开心，因为我马上要告诉你一个事实：

在这个国家，只有一件事情能够毫无疑问地聚集到一大群人。答案是？

啤酒。

免费啤酒。

我去找神父，差点儿冲破他家的前门，我告诉他，我们这周日要办一个大型活动。我告诉了他我所有的想法：“免费啤酒，给孩子的礼物，食品。我说过免费啤酒了吗？”

“是的，艾德，我相信你说过了。”

“嗯？你觉得怎么样？”

他冷静地坐下来，考虑着。“听上去很好，艾德，但是你忘了一件事情。”

今天任何事情都不会让我沮丧的。“什么？”

“要有这些，我们需要钱。”

“我以为天主教堂里都是满满的，那些大教堂里都有金子啊什么的……”

他笑了笑：“你在我的教堂里看见过黄金吗，艾德华？”

艾德华？

我想我只允许神父这样叫我。甚至在我的出生证明上都是简简单单的“艾德”。

我继续说：“你确信你没有在附近埋点儿钱？”

“嗯，其实不是真的没钱，艾德。我把钱都用在了给未婚妈妈基金会，还有酗酒者、无家可归者、吸毒者上面，还有我去斐济的假期。”

我想斐济假期是开玩笑的。

“行，好吧，那么，”我说，“我自己筹钱。我拿一点儿存款出来。我捐五百。”

“五百？很多啊，艾德。你不像是那种有钱人。”

我快步从他的前门倒退出去。“什么都别担心，神父。”我甚至冲自己笑了笑，“有信心就好。”

现在，我必须说。

在这样的时候，有一些不成熟的朋友会帮得上忙。有很多办法可以让你想做的事情很快传播开来。你不用费心做海报，也不用费心在当地报纸上打广告。你要知道只有一个实际的答案。有东西可以将这些烙在每个人的脑子里。

喷漆。

马文突然对周日去教堂很感兴趣。我告诉了他这个计划，确信我可以依靠他。这是马文既擅长又喜欢的领域。有时，幼稚行为是他的特长。

我们从我老妈那里和里奇家偷来了烤肉架，我打电话预订了一套弹跳城堡，然后向马文一个在酒吧工作的哥们儿借了一台卡拉OK机。我们还弄了几大桶啤酒，从肉贩那里半价买来了香肠，我们准备就绪。

喷漆时间到了。

我们周四下午从当地五金店买了喷漆，那天凌晨三点开始袭击小镇。马文的车子一瘸一拐地到了我家门口，我们决定从我家出发走到镇上。在缅因街的前后两端，我们都用斗大的字喷出同样的话：

认识神父日
本周日上午十点
圣迈克尔教堂

吃喝、唱歌、跳舞
以及

免费啤酒

一定要来，否则会错过
最精彩的聚会！

我不知道马文怎么想，但是当我们跪着喷漆时，我感受到一种哥们儿情谊。我们喷那几句话时，好像都变年轻了。喷了一段，我扭过头去看着我的朋友——爱争辩的马文，小气吝啬的马文，被女朋友甩了的马文。

工作完成之后，他拍拍我的肩膀，我们迅速开溜，就像是很帅的小偷。我们俩一边笑一边跑，那个时刻的气氛笼罩在我四周，我感觉像是被它拖走了，任由它带着我走。

我爱这个晚上的笑声。

我们跑啊跑，我不想停。我想就这样跑啊，笑啊，永远都保有这样的感受。我想待在这个空间，这个时间，永远也不去其他地方，在别的地方，我们总不知道该说什么、该做什么。

现在，让我们跑吧。

我们穿过今晚的笑声，一路往前跑。

随着第二天的到来，每个人都在谈论这件事。绝对是每个人。

警察去找了神父，问他对这事儿是否知情。他承认知道今天有活动，但是对他的某些教徒采取的宣传手段则一无所知。

星期五下午在他家里，他把所有情况告诉了我。

"正如你想象的，"他告诉警察，"是有那么几个教徒有点儿可疑。哪个穷人的教堂里没有这种人呢？"

当然，他们相信了他的话。谁能不相信这个人呢？"好的，神父，如果你有任何消息，马上告诉我们，好吗？"

"当然，当然。"甚至在警察就要离开时，神父还加了最后一句，"星期天你们几个会过来吗？"

显然，警察也不过是凡人。

"免费啤酒？"他们回答，"无法抗拒。"

太爽了！

一切准备就绪。所有人都去了。家人、醉鬼、彻底的浑蛋、无神论者、撒旦教派信徒……所有人。免费啤酒可以吸引所有人。你可以依靠它。绝对百分之一万地保险。

周五晚上我还在上班，但是周六休假。

那天，发生了两件事情。

第一件是神父到了我家。我给他做了点儿汤当午饭。喝到一半，他停下来，我看见某种情绪蔓延在他脸上。

他扔掉调羹说：“我必须得告诉你一件事情，艾德。”

我也停下来：“什么事，神父？”

“你知道，据说有很多圣人跟教会无关，几乎对神一无所知。但是，尽管那些人不知道，但神却和他们同行。”他的眼睛看着我的内心，接着说，“你就是这种人，艾德。认识你很荣幸。”

我很震惊。

我听过很多人们对我的各种不同的评价，但是，从没有人说过，认识我很荣幸。

我忽然想起苏菲问我是不是天使，我回答，我只不过是另一个愚蠢的凡人。

这次，我允许自己接受这个评价。

“谢谢你，神父。”我说。

“不客气。”

发生的第二件事情是，我到镇上拜访了几个人。首先，我去看了苏菲，就一会儿。我问她星期天是否过来，她说的是：“当然，艾德。”

“带上你的家人。”我建议。

“我会的。”

然后，我去了米拉那里，问她是否允许我周日送她去教堂。

“吉米，我真的太开心了。”简而言之，她兴奋不已。

然后。

最后一个拜访。

当我发现自己在敲托尼·奥瑞里家的门时，我对结局并不乐观。

“哦，”他说，“是你啊。”但是他很高兴看到我，“把我的口信带给我哥哥了吗？”

“带到了。”我说，“顺便说一下，我叫艾德。”

我现在有点儿局促不安。我不喜欢指使别人做这做那，甚至连请求也不喜欢。但我还是看着托尼·奥瑞里说道：“我有点儿……”这个句子被拦腰折断了。

“什么？”

我捡回了刚才的那句，但保留起来。我换了一句。

“我想你知道是什么，托尼。”

“是的。”他同意，“我知道。我看见喷漆了。”

我低下头，又抬起头：“所以呢，你怎么打算？”

他打开纱门，我担心他要出来骂我，但他其实是请我进去。我们在他家客厅坐下。他穿着跟上次差不多的行头：短裤、衬衫和拖鞋。虽然看起来不太像，但我坚定认为他是那种人——所有最厉害的罪犯都穿着短裤、衬衫和拖鞋。

他没问我，拿出了一罐冰凉的饮料：“橘子甜酒，可以吗？”

“当然可以。”里面甚至还有冰沙。他肯定有一个万能的豪华冰箱。

我听到有小孩在后院里跑。很快，我就看到有小孩的脸时不时地冒出来，他们在蹦床上蹿上跳下。

“小坏蛋。”托尼暗笑道。他跟他哥哥一样幽默。

我们看了几分钟电视，一个类似于《体育世界》的节目在放一个非常有趣的拔河比赛特别报道，但是，当广告出现在他那大屏幕电视上时，托尼的注意力转到了我身上。

“跟我说吧，艾德，我猜你想知道，为什么我和我哥哥之间有那么大的隔阂。”

我无法回避：“嗯，是的。”

“你想听听事情是什么回事吗？”

我看着他。

很诚恳地。

我摇摇头：“不，那不关我的事。”

托尼重重地吁了一口气，喝了一小口酒。我更听到他在嘴里嚼碎了冰块。我不明白他为什么这样，不过我已经给了他正确的回答。

有个小孩哭着跑了进来。

“爸爸，雷恩老是……”

“哦，少在这里哭哭啼啼，给我滚！”托尼大吼。

那孩子进屋来本来打算哭得更厉害点儿的，但他几乎是马上挺直了身体。他控制住自己：“那是甜酒吗，爸爸？”

“是的。”

开始，我以为孩子会要求爸爸能不能对他好一点儿，平易近人一点儿。接着我想起了那杯酒。

“我可以喝一点儿吗？”

“魔法咒语是什么？”

“麻烦你？”

“对。放到句子里说。”

“我可以喝一点儿甜酒吗，麻烦你？”

“对，好多了，乔治。现在滚到厨房去，自己倒。”

那孩子微笑着：“谢谢你，爸爸！”

“死孩子，”托尼笑着说，“这些天老是没礼貌……”

“我知道。”我说。我们哈哈大笑。

我们还在笑着，托尼说：“你要知道，艾德，如果你明天仔细看，你很可能会看到我。”

内心里，我欢呼雀跃，但是我不能表现出来。

太好了。

“谢谢你，托尼。”

“哎呀，爸爸！”乔治在厨房里喊，“我打翻了！”

“他妈的，我就知道！”

托尼站起身来，摇摇头：“我去清理清理那该死的地方，你自己在这儿行吗？”

“别担心。”

我离开了大屏幕电视，离开了大房子，很放松。一个令人愉快的结尾。

我睡得比我想象的沉，而且很早起来。昨天晚上我看了一本美妙而奇怪的书，书名是《万物之桌》[1]。我伸手找书，但是发现它掉在了床与墙中间的缝儿当中。找到一半的时候，我想起了今天是什么日子——“认识神父日”。我不找了，起床。

奥黛丽、马文和里奇八点到了我这儿来，我们一起向教堂进发。神父已经在那儿了，踱来踱去，不断重复着自己的布道词。

其他人也来了：

带着啤酒桶和卡拉OK的马文的同事；

蹦床城堡公司的人。

1 澳大利亚现代作家特鲁迪·怀特的作品。

我们弄好烤肉架，安排里奇和他的几个朋友在布道进行的时候看着啤酒。

九点一刻，人们开始郑重而真诚地出现了，我意识到我该去接米拉了。

“嘿，马文……”我无法相信我在做的事情，“把你的车借我十分钟？”

“什么？”我看得出来他要好好利用这个机会，“你要借我那破车？”

我没有时间了。“是的，马文。我收回所有所有我对你那车说过的不敬之辞。”

“还有？”

还有？

我知道了。“以后我也再不会说它坏话了。”

带着一副小人得志的笑，他把钥匙扔给我：“照顾好它哦，艾德。”

我没想到他这么说。马文知道我肯定克制不住不开腔，肯定会再对他的车子抱怨一通，他甚至就在那儿等着我说，浑蛋。但我什么都没说。

“好孩子。”他说。然后我离开了。

米拉正在焦急地等待着我，我还没有走上门廊台阶，门就开了。

“哈啰，吉米。”她说。

“嗨，米拉。”

到了车边，我给她打开车门，然后开车带她回了教堂。一阵舒适的微风从破窗户吹了进来。

我们到的时候是九点五十五分，我很惊讶，教堂里挤满了人。我甚至看见我老妈穿着条绿裙子走来走去。我想她肯定不是为了免费啤酒而来的，她只是不想错过这样的热闹。

空位子很少，我找到一个，请米拉过去坐下。

“你呢，吉米？”她紧张地问，“你坐哪里？”

“别担心。”我告诉她，“我会有地方坐。”但是我没有。我加入了站在教堂后面的人群，等着奥瑞里神父出来。

十点一到，会众的注意力就都被教堂的钟声吸引了，所有人——小孩，拿着小包、涂脂抹粉的女士，醉鬼，青少年，还有每周固定来去的人，都安静了下来。

神父。

走了出来。

他走了出来，每个人都等待着，等他开口。

他只是看了看聚集在这里的人们，然后脸上显露出踏实的笑容。他说："大家好。"人们一阵狂躁，鼓掌，欢呼。神父看上去比以往任何时候都精神焕发。我不知道他自己还准备了几招把戏呢。

他没有再说什么。

没有祷告。

等人群恢复安静，他从长袍里拿出一支口琴，开始吹起一曲深情的旋律。吹到一半，三个穿着西装的流浪汉出现了，一个敲打着垃圾桶盖，一个拉小提琴，还有一个也吹口琴——一支很大的口琴。

他们演奏着，音乐声穿过教堂，传向四面八方。一种以前从来没有过的感觉在所有人心中蔓延。

他们停下来后，人群又是一阵欢呼，神父等待着。

最后，他说："这首曲子是给上帝的。上帝创造了音乐，这首曲子应该献给他。阿门。"

"阿门。"人们重复着。

然后神父讲了一会儿，他布道的内容和方式我都很喜欢。他不像那种来自阴森恐怖的教堂的传道者，那里简直除了胡扯之外没别的。神父以一种催眠一般的、诚恳真挚的声音开始布道。没有谈上帝，只是谈镇上的人们应该聚在一起，一起做些事情，互相帮助。总之，只是在一起就好。他邀请人们每个星期日都来他的教堂聚会。

他让那几个家伙——乔、格雷姆，和约书亚读了几段。他们读得很难听，又拖拖拉拉，但是，当他们读完的时候，人群中居然响起了欢呼英雄般的掌声，他们脸上浮现出骄傲的神情，与要钱、要烟、要夹克衫的他们迥然不同。

我找了好一会儿托尼在哪里。当我再检查一遍人群时，苏菲吸引了我的目光，我们互相招了下手，然后她继续听讲了。我哪儿都没找到托尼。

快结束时，神父领头演奏了一曲老学究们的最爱，唯一一首众人皆知的歌曲——《世界在他手中》。所有人都跟着哼唱、鼓掌，曲子快结束时，我终于看见了托尼。

他从人群中挤出来，站在我旁边。

“嗨，艾德。”他两手各牵着一个孩子，跟我打招呼。

“有甜酒吗？”他问，“给孩子喝。”

“没问题。”

大概五分钟后，神父看见了我和托尼站在后边。

他正在总结这次布道，然而到现在都还没有祷告。托马斯·奥瑞里终于有时间做了。

他说：

“各位，现在我要大家祷告了。我先大声说，然后停下来。接着你们随便一点儿，说出自己的任何祷告。”他低下头，说道，“主啊，感谢你。感谢你赐给我们这光荣的时刻，感谢你赐给我们这杰出的会众，感谢你赐给我们这免费的啤酒，”人们都笑了，“并且感谢你今天赐给我们的音乐与圣文。不过，最重要的，主啊，感谢你让我弟弟今天来到这里，还要感谢你赐给我一个挑夹克衫的品味那么糟糕的人……阿门。”

“阿门。”人群也重复一次。

“阿门。”我比别人晚一步说。然后，跟这里许多人一样，我开始了多年来的第一次祷告。

我祷告说：主啊，保佑奥黛丽一切都好，还有马文、老妈、里奇和我所有家人。请将我爸拥入您的怀抱，请……请帮助我顺利传出我必须要传的信。帮助我做得对……

大约一分钟以后，神父说了最后一句话。

“谢谢你们每一个人。现在聚会开始！”

人群欢呼着。

今天最后一次。

里奇和马文负责烤肉。奥黛丽和我负责啤酒。奥瑞里神父负责照看孩子们的食品和饮料，以确保每个人都能吃到每样东西。

食品和饮料分发完后，我们拿出了卡拉OK机。有好多人唱歌，各种歌曲都有。我陪了米拉很久，她也遇到了几个女士，据她说是自己以前的同学。她们一起坐在一条长凳上，其中一个的脚短得够不到地。米拉的两个脚踝勾着，来来回回地荡，这是我这一天看到的最美好的画面。

我甚至请奥黛丽和我一起唱歌。披头士[1]的《一周八天》。里奇和马文表演邦乔维乐队[2]的《你给爱一个恶名》时，博得了观众的满堂喝彩。我发誓，整个镇子还生活在过去呢，赶不上流行。

我跳了舞。

我和奥黛丽、米拉还有苏菲跳舞。我特别喜欢带着她们快速旋转，然后听到她们声音里的笑意。

结束以后，我先送了米拉回家，然后又回到教堂，我们一起打扫残局。

那天我看到的最后画面是：托马斯·奥瑞里和托尼·奥瑞里坐在教堂的台阶上，一起抽着烟。接下来的几年，他们见面机会就很少了，但是，有这个画面，我也别无所求了。

我不知道神父抽烟。

♣ 9 警察来了

那天晚上，我家来了一些客人——开始是奥瑞里神父，然后，是警察。

神父敲敲我的门，然后站在那里，一言不发。

“什么事？”我问他。

但是神父没有说话。他只是站在那里看着我，上上下下在我身上搜索着关于今天发生的一切的答案。我想，最终他是放弃了语言。他只是上前一步，拍拍我的肩膀，认真地看着我的眼睛。我能够在他脸上看到情绪改变了表情。他的表情以一种安宁、神圣的方式扭曲着。

我想，这是长久以来第一次，神父需要向别人表示感谢。通常都是别人谢他。我想，这就是他的表情之所以进退两难的原因了，也就是他试图对我表达的感谢之所以会僵在脸上的原因了。

“没事的。”我说。一阵无言的快乐在我们之间伸展开来。我们拥着它。

他转身离开，我一直看着他沿着马路往前，直到他的身影消失。

大概十点半的时候，警察出现了。他们手里拿着擦洗刷和一种液体溶剂。

1 又译甲壳虫乐队，20世纪60年代成立，是流行音乐史上最有影响力的乐队。

2 美国摇滚乐队，1983年成立，风格为硬摇滚、金属摇滚。

“清洗马路上的油漆用的。”他们说。

“多谢。”我回答。

“这是我们起码能做的。”

凌晨三点，我又一次站在了小镇的缅因街上，这次是把马路上的油漆擦掉。

“为什么是我？”我问上帝。

上帝一言不发。

我笑了，星星看着我。

活着真好。

♣ 10 简单的任务和冰淇淋

接下来的几天，我的胳膊和肩膀都酸痛得要命，但我还是认为很值得。

那段时间里，我开始找安吉·卡鲁索。黄页上有几个姓卡鲁索的，我挨个儿地进行排除，最后找到了她。

她有三个孩子——两个男孩和一个女孩，看起来是我们镇上典型的那种未成年母亲。她在一家药厂兼职，留着一头深褐色短发，穿着工作服的时候看起来很漂亮——是那种及膝的白大褂，所有的药剂师助理好像都穿那种衣服。我喜欢。

每天早上，她都要打点小孩上学，送他们走路去学校。一周有三天，送完小孩后她会去上班，另外两天则走回家。

我远远地观察她，注意到她每周四领薪水。每到那天下午，她接孩子放学后就会带他们到公园玩，就是我和看门狗坐着、苏菲过来跟我说话的那个公园。

她给每个孩子都买一支冰淇淋，他们狼吞虎咽的速度之快让我难以置信。他们一吃完，就又想再要一支。

“不行的，你知道规定。”安吉告诉他们，“下星期就可以吃了。”

“求求你了！”

“求求你了！”

一个孩子开始闹起来。有一会儿，我还以为这次的任务是要去纠正一下这孩子的行为。幸好他很快就不闹了，原来他是想去玩滑梯。

安吉一直看着他们，直到觉得百无聊赖了，才带着他们离开。

我知道了。

我已经知道了。

这次简单。我想。

像吃冰淇淋一样简单。

我看着她离开，看着她的腿，我觉得很悲伤。我不知道为什么，可能是因为对于她的年龄来说，它们走得那么那么慢。她爱那几个孩子，但是，他们却让她步履维艰。为了握住她女儿的手，她的身子有点儿倾斜。

“妈妈，晚饭吃什么？”一个孩子问。

“还没想好呢。”

她轻轻地把搭在眼睛上的一缕头发撩开，然后一边听着女儿说话一边继续往前走。女儿正在告诉安吉，学校里有个男生老欺负她。

至于我，则继续看着安妮偏斜的小碎步。

它们仍然让我悲伤。

那次之后，我轮到了好几个白班，所以利用晚上的时间走了很多地方。我第一站停留在埃德格街，灯火通明中，我看到那对母女在吃饭。我突然想到，家里没有男人，她们可能没有足够的钱去付账单。不过另一方面，说不定那男人喝酒喝掉的钱更多，而且，我相当肯定，她宁可穷一点儿，也不愿意回到他在的时候。

我也去了米拉家附近，之后，还去拜访了奥瑞里神父，他仍然处在那次“认识神父日”聚会的兴奋状态中。虽然，接下来那周参加礼拜的人数少了一些，但教堂里的确比以前增加了很多人。

最后，我去了每个姓罗斯的人的住处。镇上有大概八家，到第五家的时候，我就发现了我要找的人。

加文·罗斯。

他大概14岁，穿着旧衣服，脸上是永远的冷笑。头发虽然长，但还能容忍，绒布衬衫就像破布一样，披在他的身上。

他还在上学。

他未成年，但抽烟，是个流氓。

他的眼睛是蓝色的，就像是加了某种清洁剂后马桶水的颜色，脸上仿佛被谁匆匆忙忙扔上了几把雀斑。

哦，还有一件事情——

他是个十足的浑蛋。

比如，他会去街角的商店，冲着不怎么会说英语的老板做出无礼举动。他会偷店里的东西——只要能放在他胳膊下或者裤子里的东西，他什么都偷。他会欺负比他弱小的孩子，一有机会就朝他们吐口水。

在他去学校前，我观察着他，同时很小心地不要被苏菲撞到。先前的那种恐惧感又浮现了出来。一想到她看到我会认为我喜欢在学校操场上闲逛，我就有点儿畏畏缩缩的。不管了，继续观察。

大部分时候，我观察着在家里的加文·罗斯。

他和他的妈妈、哥哥住在一起。

他老妈的烟瘾很大，鞋子很丑，还喜欢喝酒，他哥哥就跟他一样的坏。说实话，要是在这两个人中间硬要选出谁更坏，还真是一件左右为难的事情。

他们住在小镇最里面，离那条肮脏的冒着泡的水沟不远。他们家的定义性特征就是：罗斯兄弟俩做的唯一一件事情就是打架。如果我早上去那里，他们在吵架；如果我晚上去，他们在拳打脚踢。不管什么时候，他们都在恶语相向。

当妈的管不了他们。

她处理问题的方式就是喝酒。

当最后一集肥皂剧向电视屏幕袭来、向她袭来的时候，她在沙发上睡着了。

整整一个星期，我至少目睹这俩兄弟打了十几次架，星期二，他们爆发了有史以来最激烈的一场战争。这场仗从前门一路打出来，打到房子的一边，他的哥哥——丹尼尔，绝对把加文揍得够戗。加文弓着身子，丹尼尔抓着衣领就把他拎了起来。

他对他弟弟破口大骂，同时前前后后地猛摇他的头。

“我告诉过你不要碰我的东西听见了没有——”

他把他重重地丢在地板上，然后径直走回了里屋。

加文留在原地，几分钟以后，他手脚并用强撑了起来。我在街对面看着他。

终于，在检查了脸上的血迹之后，他开始大骂着沿街连走带跑。一路上他都狂骂着恨他、要杀了他之类的话，直到最后停下来坐在一个斜坡底端的排水沟旁。灌木丛在路周围恣意生长。

我走过去站在他前面，我必须告诉你，一种紧张感慢慢地向我移来。这孩子是个流氓，不会白白给我什么的。

头顶上有盏街灯，看着我们。

微风吹过，把我脸上的汗吹凉了。慢慢地，我看见自己的影子一步步走近加文·罗斯。

他抬头看着。

“你到底想要干什么？”

几行眼泪还在他的脸上翻滚，他的眼睛能吃人。

我摇摇头：“什么都不想。”

“那么给我滚远点儿，你这个头号傻瓜！否则我把你打成一堆会呼吸的狗屎。”

他14岁，我想，记得埃德格街吗？这件事小意思。

我告诉他：“哦，那就打吧，因为我是不会走的。”我的影子现在已经完全覆盖住了他，他没有动静。如我所料，他就会说。他从地上揪起一把草扔到马路上，揪那草的时候就像在揪头发，双手充满了凶狠和残暴。

过了一会儿，我在几米远的排水沟旁坐下来，开口打破了他威胁之后的沉默。

“怎么了？”我问。但是我没有看他。我不看他才有用。

他的回答很简洁。

他说：“我哥哥是个十足的浑蛋，我想杀了他。”

“哦，对你来说很好。”

他勃然大怒：“你想把我惹火了才高兴吗？”

我摇摇头，仍然没有看他：“不，我不想。”你这个小浑蛋。我想。

他开始重复起来：“我想杀了他。我想杀了他。杀了他。”他的头发似乎也发怒了，盖住了他的脸庞。雀斑在街灯的照射下闪闪发亮。

我看着这个男孩，思考我接下来要做的事情。

我想知道罗斯兄弟是否被这个世界考验过。

他们将要面对考验了。

♣ J 她的唇色

星期四下午进行得很顺利。

安吉·卡鲁索完成平时的例行工作后从学校接了孩子，一起走到公园，孩子们讨论着要买哪种冰淇淋。有个孩子作了个狡猾的决定，想买便宜点的冰淇淋，这样他就可以买两个了。他向安吉建议，但安吉告诉他还是只能吃一个，他就转而还是买那个贵点儿的了。

他们去了商店，我在公园一条较远处的长椅上等候。他们一出来，我就自己走进商店，想找出安吉·卡鲁索喜欢吃哪种口味的冰淇淋。

*快点儿，我想，否则等你回来他们就走了。*我最后选择了两种口味的冰淇淋球：薄荷巧克力碎和百香果，放在一个甜筒上。

当我出来时，孩子们还在大口吃着自己的冰淇淋。他们都坐在长椅上。

我走过去。

我一下子就说了出来，同时惊讶于自己的语气还挺彬彬有礼。

“抱歉，我……”安吉和孩子们都转过头看着我。我靠近看，才发现安吉·卡鲁索漂亮的脸庞显得有些尴尬。“我见过你几次，注意到你从来没给自己买过冰淇淋。”她奇怪地看着我，好像是我个疯子，“我想你也应该吃一个。”

我笨手笨脚地，伸手把冰淇淋拿给她，甜筒外面已经流下了绿的黄的冰淇淋印迹。

她慢慢地伸出手，小心翼翼地接过冰淇淋，惊愕中夹杂着些许落寞的表情。她看了它好一会儿。然后，她的舌头拯救了甜筒外面流下的冰淇淋小溪。

把外面舔得足够干净以后，她试着咬了一口，但感觉好像是在犯罪。*我该不该吃呢？*在牙齿咬向薄荷巧克力碎之前，她再次警惕地看着我。她的嘴唇被染成了浅绿色。这时两个男孩跑去玩滑梯了，只有小女孩说话了，并且一语中的：“妈妈，好像你今天也有冰淇淋啊。”

安吉把女儿眼睛上的刘海拨开：“是啊，凯西，好像是，对吗？继续吧，”她告诉她，“去和你哥哥玩。”

凯西走了，长椅上只剩下我和她。

天气很暖和，也很潮湿。

安吉·卡鲁索吃着冰淇淋，而我的双手不知该如何是好。她的嘴唇在薄荷巧克力碎上游动，接下来开始在百香果上，很愉快，也很缓慢。她用舌头把冰淇淋推进甜筒里，所以甜筒不会空，好像如果甜筒空了她会无法容忍。

她一边吃，一边看着她的孩子们。小孩子们几乎无视我的存在，只是更专注地对着他们的母亲大喊，唧唧喳喳地讨论着谁在秋千上荡得比较高。

“他们都很可爱，”安吉对着甜筒说，“大多数时候。”她摇摇头，“年轻时我很随便。现在我有三个孩子，但我却孤孤单单。”她看着秋千，我能感觉到她在幻想如果当初没有孩子，他们会怎么样。这样想马上让她觉得有些内疚，但这种想法好像经常出现。这想法无可躲避，尽管她深爱她的孩子们。

我意识到，再没有任何东西属于她，而她属于一切。

看着孩子们的时候，她哭了。虽然就一会儿，但至少她允许自己掉眼泪了。泪水落在她的脸上，冰淇淋留在她的唇上。

味道跟以往不一样。

她站起身的时候，还是向我道谢。她问我的名字，我告诉她这不重要。

“不，”她反对，“这很重要。”

我心一软：“艾德。”

“非常感谢你，艾德。”她说，“谢谢。”

她又谢了我几次，但是，就在我以为一切都结束了的时候，我听到了今天听到的最动听的一句话。是小女孩凯西说的。她扭着身体来到安吉身边说：“妈妈，下周我给你吃一口我的冰淇淋。”

从某种意义上说，我觉得既悲伤又失落，但我也觉得做了一件自己想要做的事情。就这一次，给安吉·卡鲁索买冰淇淋。

我永远都会记得她唇上的颜色。

♣ Q 血和罗斯兄弟

现在，我得处理罗斯兄弟的事情了。我前面说过，我认为他们没有接受过世界的考验。如果有人从外面闯进来，挥舞着陌生的拳头要干预他们的战争，他们好像都不知道该怎么反应。

我有他们的地址。

我有他们的电话号码。

我准备好了。

接下来的一周，我大多数是白班，晚上一有空我就会去那里。他们这几天只是在吵架，没有真正打起来，所以我失落地回家了。在回去的路上，我寻找着离他们家最近的电话亭，最后，在离他们家几条街远的地方找到了一个。

接下来的两个晚上，我得上夜班，我觉得也是好事。他们那场惨烈的战争刚刚发生，可能需要几天时间来逐步酝酿下一场。我需要的就是加文再次离开房子。不是个令人愉快的工作。

星期六晚上，事情发生了。

我在那里待了快两个小时，这时房子开始摇晃，加文又像一阵暴风雨一样冲了出来。

他跑到上次相同的地方，又坐在排水沟旁。

我再度走过去。

我的影子刚刚接近他，他说："你又来了。"但是他瞥都没瞥我一眼。

我的手向下伸，一把抓住他的衣领。

我感觉我好像不是我自己。

我看见自己把加文·罗斯拖到灌木丛里，把他打倒在草地上，他掉进泥土和枯枝里。

我的拳头在他脸上一顿乱揍，还在他肚子上狠狠给了一拳。

他哭着求饶，声音都抽搐了。

"别杀我，别杀我……"

我看见了他的眼睛，但特别注意不去接触他的目光。我照着他的鼻子给了一拳，让他可能还有的视力消失。他受伤了，但我没有停止。我要确信我打完他以后，他得完全动弹不得。

我能闻到他有多么害怕。

这害怕的味道从他的身体倾泻而出。

它往上汹涌，钻进我的鼻子。

我意识到这样可能带来可怕的适得其反的效果，但我似乎别无选择。

我该解释了，在解决埃德格街的事情之前，我从来没有这样打过人。感觉很不舒服，特别是当对方只是一个没有还手机会的小孩子时。我不能让自己被这种想法影响。我发疯一般地继续朝着加文的身体和脑袋痛打。天黑了，风也大了，穿过灌木丛吹过来。

没有人能帮得了他。

除了我。

那么，我是怎么帮的？

我最后踢了他一脚，确信至少五到十分钟他动不了。

我离开他，气喘吁吁的。

加文·罗斯哪里也去不了。

我手上还沾着血，从灌木丛快步出来，匆忙走到街上。匆忙路过罗斯家的时候，我听到里面传出来电视的声音。

转个弯看见电话亭时，我发现了一个大问题——里面有人。

“听着，我不在乎她怎么说，”一个带着脐环的很壮实的年轻女孩在里面，“那跟我无关……”

我束手无策。

我心里想着：*愚蠢的泼妇，给我滚出来！*

但她却越说越起劲了。

一分钟，我决定了，我再给她一分钟，然后就冲进去。

她看见了我，但是很明显根本不在意，转过身去自顾自继续说话。

*好的，我要进去了。*我敲着玻璃门。

她的反应是转过身来，问道：“干吗?！”说话像是打机关枪。

我尝试先礼后兵。“抱歉打扰你了，但是，我真的需要打一个紧急电话。”

“哥们儿，滚开！”不用多说，她不高兴。

“看！”我举起手，把手掌上的血给她看，“我有个朋友出了点儿意外，我得叫救护车……”

她又对着电话说道：“凯尔？是，刚刚没听到。听着，我一分钟后打回给你。”她说这句话的时候，还厌恶地瞪了我一眼，“行吗？”

挂上电话，她慢悠悠地走了出来，我闻到电话亭里一股汗水和除体臭剂混合的味道。实在是不好闻，不过，倒没赶上看门狗的恶臭程度。

我关上门，开始拨号。

电话响了三声，丹尼尔·罗斯接了起来。

“喂。”

我压低声音，清晰而强硬地：“现在你给我听好。沿着灌木丛走到这条街尾，你会看到你弟弟的情况很糟糕。我强烈建议你过去看看。”

“你是谁？”

我挂了电话。

“谢谢你。”出来时，我对那女孩说。

“电话机最好别沾上血。”

好女孩。

回到罗斯家的那条街道，我正好看见。

丹尼尔·罗斯扶着他弟弟走回家。虽然我站得很远，但还是能看见他搂着弟弟的肩膀，支撑着他。他们第一次看起来像是两兄弟。

我甚至想象着他们之间这样的对白：

“加油，加文，你能行。我会带你回家，照顾你好起来。”

我手上有血，街尾有血。我希望他们能明白自己在做什么、在证明什么。

我想告诉他们这些，但是，我意识到自己要做的所有事情只是传信而已。我不去解释它，不告诉他们这背后的道理。他们要自己去弄明白。

当我回到家，冲向自来水和看门狗的时候，我只希望他们能够明白。

♣ K 梅花扑克牌的脸

嗯，我必须说，我对自己太满意了。“故乡的石头”上刻着三个名字，我确信我完成了所有我应该完成的任务。

我带着看门狗沿河向上游走着，目的地当然是刻在石头上的名字。上坡路对看门狗来说有点儿吃力，我失望地看着它：“你非要来，是不是？我告诉过你这路对你来说有点儿费劲，但是你听了吗？”

我就等在这儿吧。它回答。

它趴下来的时候，我拍了拍它，然后继续往上游走。

往巨石那里前进的时候，我感觉到自豪感在我心里膨胀。第一次来的时候，心里是不确定的忐忑感，而现在，我是以胜利者的姿态故地重游。

接近黄昏了，气温不高，所以直到我看见那几个名字的时候，我都几乎没有出汗。

立刻，我注意到有些异样。还是那几个名字，但是在它们旁边，却另外刻上了一个个勾，显然是为我每一次完成的任务而刻的。

看到第一个名字，我很开心。

托马斯·奥瑞里。一个大大的勾。

然后是安吉·卡鲁索。又一个大大的勾。

然后……

什么？

我难以置信地看着石头上，加文·罗斯的名字仍然孤零零的，旁边没有打钩。

我站在那里，一只胳膊绕到身后挠挠背。

“我还有什么要做的？”我问，“给加文·罗斯的信息已经完全传递了啊。”

答案不会很远。

几天过去了，快到十一月底了。离年度雪橇橄榄球赛的时间也越来越近了。马文一直打电话给我，还是为我的毫无兴趣而焦虑不已。

十二月到了，比赛前的两个晚上，我还在紧张着石头上加文·罗斯旁边的勾。我回去过那儿，但还是什么也没有。不管是谁在做这部分的事情，我希望他仅仅是来晚了，但是，不可能三四天过去了还没来啊。无论是谁负责这个，都不会允许这种情况发生的。

我有点儿失眠。

我对着看门狗乱发脾气。

星期四过后，我又无法入睡，便想去缅因街上那家通宵营业的药店去买点药，什么药都行，只要能帮我入睡。当初处理埃德格街那家伙的事情后，我该留着那几颗安眠药的。

走出药店，我注意到有一帮男孩在马路对面闲逛。

快到家的时候，我发现他们显然是在跟踪我。站在十字路口等绿灯时，我听到了丹尼尔·罗斯的声音。

“是他，加文？”

我想把他们打跑，但是寡不敌众。他们至少有六个人。这帮人把我拖到一条巷子里，就像上次我对加文那样地对付我。他们用拳头揍我，把我压在地上然后所有人轮番上阵。我能感觉到血从我的脸颊蜿蜒爬过，淤伤出现在我的肋骨上、腿上、肚子上。

他们很享受。

“叫你再招惹我弟！”是丹尼尔·罗斯在说话。他重重地踢了我的肋骨一脚。兄弟情谊也能伤人。“过来，加文，最后一击交给你。”

加文照他说的做了。

他朝我肚子上狠踹一脚，又在我脸上狠揍一拳。

他们跑了，消失在夜色里。

而我，我想站起来，但失败了。

我把自己拖回了家，感觉好像绕了个大圈，回到了刚收到那张梅花A的时候。

我跌跌撞撞地穿过前门，看门狗一脸震惊地看着我。几乎是在关心。我能做的就是摇摇头，露出一个微微的苦笑让它相信我很好。我想，所有这一切发生的同时，一个大大的勾应该正在被刻上岩石，刻在加文·罗斯名字的旁边。结束了。

那天深夜，我在浴室镜子里看着自己。

两个黑眼圈。

肿胀的下巴。

一道血流到了我脖子上。

我看着自己，使出全身力气挤出一个微笑。

干得好，艾德。我告诉自己。最后几秒钟，我瞪着自己镜子里那张受了伤的、淌着血的脸。

不可思议地，我看见了梅花扑克牌的脸。

SPADE

艾德·肯尼迪最难挨的时光

格雷厄姆·格林

莫里斯·韦斯特

西尔维娅·普拉斯

·特别介绍·

♠ 英语是spade，意思是铲子。

♠ A 球赛

一只蚊子在我耳边唱歌，我有点儿感激它的陪伴，甚至想跟它一起哼唱。

天黑了，我脸上有血，蚊子不用叮咬就可以轻轻松松地坐下来畅饮。它还可以跪下来，啜饮我右脸颊和嘴唇上的血。

我下床，站起身来，地板凉凉的，我的脚享受着这一刻的放松。床单摸起来像是混合着汗水织成的。我斜靠在走廊的墙上，几滴汗水滴落到我的脚踝，又一路滚落到脚底。

我感觉还不坏。

我看了看表，去浴室洗了个冷水澡，忍不住笑了出来。冰凉的水让我的伤口和淤青像火烧一样，但是所有事情都那么美好。快要凌晨四点了，我不再恐惧。我全身上下只穿着一条旧牛仔裤，走回床前寻找那两张牌。我打开抽屉，把两张牌拿在手上。房间里昏黄的灯光照着我，我开心地低头看着两张扑克牌，仿佛看着所经历过的故事。想起米拉和埃德格街，有种感觉抓紧了我；还有，我希望苏菲得到一个灿烂的人生；想起奥瑞里神父、亨利街和“认识神父日”，我不由得笑了出来；然后想起安吉·卡鲁索，我希望能再为她做点儿什么；还有，罗斯兄弟那两个浑蛋。

下一张扑克牌会是什么花色呢？我想知道。

我猜应该是红心。

我等待着。

等待天亮，等待下一张A。

这次我希望它快点出现。

我希望立刻拿到那张扑克牌。不要含含糊糊，不要玩猜谜游戏，直接给我地址、给我名字，派我过去就好。这就是我想要的。

我唯一担心的是，每次我以为事情可能会往某个方向发展，事情肯定会走向反面，设计一大堆未知的事情来挑战我的想象。我希望基思和达里尔会再度走进门来。我希望他们把下一张扑克牌带给我，顺便批评一下看门狗的臭味和它身上的跳蚤。我甚至就把门开着，好让他们像个“文明人”那样走进房间来。

但是我知道他们不会来。

我找到一本书，往客厅走去。两张A也带着，看书的时候也拿在手里。

再醒来时，我躺在地板上，两张扑克牌在我左手边。已经快十点了，天气很热，有人在砰砰地敲门。

是他们。我想。

“基思？”我跪起身来大叫，“达里尔？是你吗？”

“究竟谁是基思啊？”

我抬起头，看见马文站在我身边。我揉揉眼睛。

“你来干吗？”我问他。

“有你这样对朋友说话的吗？”他现在看清楚了我的脸，还有我肋骨上青一道紫一道的淤伤。天哪。我看得出他在想，但他并没有说出口。他答非所问。这就是典型的马文式回答，让人充满挫败感。他没有回答我他来这里干吗，而是告诉我他是怎么进来的：“门没锁，看门狗也变了态度，让我进来。”

“看到了吧？我说过它很乖的。”

我走到厨房，马文跟在我后面。他询问了我的情况。

“你怎么搞成这个德行啊，艾德？”

我把电水壶打开：“来点咖啡？”

好的，麻烦你。

不用问，看门狗刚走进来。

“谢谢。”马文回答。

我们喝咖啡的时候，我告诉了马文发生的事情：“就是几个臭小子。他们盯上我，从背后偷袭我。”

“你自己没有揍他们几拳？”

“没有。”

“干吗不？”

“他们有六个人呢，马文。”

他摇摇头：“上帝啊，这世界疯了。”他决定回到神智健全的事情上来，“你觉得你今天下午能上场吗？”

对了。

雪橇橄榄球赛。

是在今天。

"能，马文。"我非常清楚地回答，"我会上场。"我突然对今年的比赛充满了期待。尽管我的身体现在惨遭劫难，但我感觉比以往任何时候都要强壮，而且我好喜欢伤得再重一点儿这个想法。别问我为什么，我自己都不知道。

"走吧。"马文站起来开始朝门口走，"我请你吃早餐。"

"真的？"这根本不像是马文说的话。

出门时，我要他告诉我实话。

"如果我退出比赛，你会这样吗？"

马文开门上车："没门儿。"

至少他很诚实。

他的车子没发动起来。

"也不提前打个招呼。"他看着我。

我们都微微窃笑。

这是美好的一天。我能感觉得到。

我们走到缅因街尾一个蹩脚的咖啡馆。他们供应鸡蛋、意大利香肠和一种扁面包。女服务员体形健硕，嘴巴很大，手里还拿着条手帕。莫名地，我觉得她叫玛格丽特。

"你们两个烂人要点什么？"

我们被吓倒了。

"烂人？"马文问。

她甩给我们一副"没时间跟你们废话"的表情，显得极度无聊："当然，你们都是烂人，不是吗？"然后我突然反应过来，她想说的是"男人"。

"嘿，"我对马文说，"是男人。"

"什么？"

"男人。"

马文开始研究菜单。

玛格丽特清了清嗓子。

不想进一步让她烦，我很快点了菜：“可以的话，我想要一杯香蕉奶昔。”

她皱起眉头：“牛奶没了。”

“牛奶没了？一家咖啡馆怎么能没有牛奶？”

“听着，我不会去买牛奶。我现在不卖任何加牛奶的东西。我只知道我们一滴牛奶也没有了。你干吗不点别的东西吃？”她“爱”她的工作，这位女士。我能感觉到。

“有面包吗？”我问。

“别耍小聪明，讨厌。”

我侦察了一番咖啡馆的其他客人，看看他们在吃什么。“我要那边那个家伙吃的东西。”我们三个都看过去。

“你确定？”马文警告我，“那看起来很有挑战性哦，艾德。”

“但至少他们店里有这个，对不对？”

现在玛格丽特真的火了。她说：“给我听着。”她用笔挠挠头皮，我想等会儿她可能会用笔来掏耳朵，“如果这个地方对你们两个‘烂人’来说不够好，你们他妈的最好给我滚，到别的地方吃去。”至少可以说，她很暴躁。

“好好好。”我举起手，往后退，“给我一份那个人吃的，再来一根香蕉，好吗？”

“好主意。”马文表示赞成，“为比赛补充钾。”

钾？

我不认为那东西能帮上什么忙。

“你呢？”玛格丽特把注意力转到马文身上。

他在座位上挪了挪身体：“你们店里的扁面包，加上你们最好的精选奶酪，怎么样？”他必须得这样。面对玛格丽特这样的人，马文不可避免地显露出自以为是的德行。这是他的天性。

但是，玛格丽特不是一般人，她从头到尾都“容忍”着像我们这样十足的笨蛋。“这方圆多少里唯一的臭奶酪就是你。”她回答道。我必须说，我们都笑了，以示给她的鼓励。她选择不理会我们：“你们两个‘烂人’还要什么？”

“不要了，谢谢。”

“好。一共二十二块五。”

“二十二块五？”我们再也无法隐藏我们的愤怒。

“嗯，对啊，你们知道，这里是高级餐厅。”

“这显而易见。服务也让人难以置信。”

于是，我们坐在火烧一样的咖啡馆外面的座位上，汗流浃背地等待着我们的早餐。玛格丽特很乐意端着别人的食物经过我们的位子。我们有几次差点儿要问她，我们的早餐消失到哪里去了，但是，我们知道那样只会让我们等得更久。我们还没吃到早餐，真的有人开始在吃午餐了。当那让我们望穿秋水的早餐终于出现时，玛格丽特又把它溅得到处都是，感觉她在喂我们吃混合饲料。

“干杯，亲爱的。”马文说，“你今天超常发挥啊。”

玛格丽特擤擤鼻涕走开了。完全的漠不关心。

“你的早餐怎么样？”马文很快询问道，“或者换句话说，那是什么东西？”

“鸡蛋，奶酪，还有不知道什么。”

“你喜欢吃鸡蛋？”

“不喜欢。”

“那你干吗点？”

“嗯，它在那家伙盘子里的时候，看起来不像是鸡蛋啊。”

“有道理。你想吃点儿我的吗？”

我接受了他的提议，吃了几口他的扁面包，真的不难吃。我终于开口问马文，为什么别的时间不选，单单选在今天请我出来吃早餐。我这辈子还从来没在外面吃过早餐。另外，马文也从来没有想到过要请我。这根本是不可能发生的事情。在正常情况下，要他请我吃饭，他宁可死了算了。

“马文，”我直视着他说道，“我们为什么来这里？”

他摇着头：“我……”

“你要确保我下午上场比赛，是吗？你在巴结我。”

在这种事情上马文没法儿对我撒谎，他知道。“差不多就是这样。”

“我会去的。”我告诉他，“四点整。”

“太好了。”

这天剩下的时间很快就过去了。谢天谢地，马文赏了我几个小时的安静，所以我回家又睡了一会儿。

时间差不多的时候，我带着看门狗去了运动公园。虽然我的生活好像是一团糟，但看门狗看得出我最近的快乐。

我们停在奥黛丽家门口。

没有人在家。

可能她已经去运动公园了。她是很讨厌橄榄球，但是她每年都会去那儿。

我们走进运动公园所在的山谷时，已经是三点三刻了，我想起苏菲曾和我到过这里，到田径场那边。这样的回忆顿时让比赛显得黯然无光。人群已经聚集在了球场旁，田径场那边很空，我脑子里只有她赤脚跑步的画面。

我一直在那里看着她的美丽，直到球赛开始，然后我转身，转身去面对现实。

我离人群越近，啤酒的味道就越浓烈。天气很热，大概32 °C。

两支队伍聚集在球场的不同角落。观众席上开始是几百号人组成的人群，然后慢慢壮大。雪橇橄榄球赛也算是一个重大事件。它在每年十二月的第一个星期六举办，我想这应该是第五届了。至于我，是第三年参加。

我把看门狗留在一块树荫下，走向队友的时候，有些人注意到了我，还多看了几眼我的脸。然而，他们的兴趣一闪而过。这样的淤青和血迹，他们看过很多了。

五分钟内，有人扔给我一件蓝色带红黄条纹的运动衫。是12号。跟队友一样，我把牛仔裤也换成了黑色短裤。没有短袜，没有鞋子——这就是雪橇橄榄球赛的规则。没有鞋子，没有防护用具。就一件运动衫、一条短裤和一张骂脏话的嘴。这就是你需要的所有装备。

我们的队叫做小马队。对手是猎鹰队。他们穿着绿白相间的运动衫，同样颜色的短裤。不过没有人关心衣服。想想看，我们这样的队伍每年都是从当地真正的橄榄球俱乐部要么偷、要么捡人家不要的运动衣，有衣服穿已经是很幸运了。

雪橇橄榄球赛的参赛者有40多岁的中年男人、又壮又丑的消防员或者采煤工人，有一些中年人，也有一些年轻的，像马文、里奇和我。有几个人确实打得很好的。

里奇是我们队最后出现的。

“哎，瞧瞧是哪位喜客来了。”我们队的一个小胖说。一个队友告诉他应该是“稀客”，不过说实话，那小胖肯定是不懂的。他留着我们称之为“默文·休斯[1]式”的胡子。如果你不知道是什么样子，只要知道是那种很浓、很密、很招人烦的胡子就行了。最悲惨的是，他也恰好是我们的队长。我想他的本名应该是亨利·狄更斯，当然跟作家狄更斯没关系。

里奇扔下背包回答：“嗨，弟兄们，我们怎么样啊？”但是他看着地面，没有人真的愿意搭理“怎么样”这种问题。差五分钟就四点了，大多数队友都在喝啤酒。有人扔了一罐给我，不过我留着等会儿再喝。

当人群继续朝着球场聚集的时候，我在附近站了一会儿，里奇走了过来。

他上上下下把我研究一番，然后开口说道：

“天哪，艾德，你看起来好凄惨啊。满身是血，乱七八糟。”

“谢谢。”

他凑近了看着我：“出了什么事情？”

“哦，就是几个臭小子开玩笑。”

他拍拍我的背，用力得快要伤着我：“也是教训你，是不是？”

“为什么？”

里奇对我眨眨眼，转头喝光了他的啤酒。“不知道。”

每当里奇这样的时候，你就会不由得喜欢上他。他不过多关注事情是怎么发生的，也不费心去问为什么。他能感觉到我不太想多说这次事件，所以说了句俏皮话，然后我们就把这事儿扔到脑后了。

里奇是个好哥们儿。

我很好奇，居然没有一个人建议我去报警。在这里，人们不做那种事。随时都有人被抢劫、被狠揍，大多数情况下，你要么直接回击，要么默默承受。

这次呢，我会选择默默承受。

做了几个懒洋洋的伸展动作，我向对面看过去。他们都比我们高，我盯着马文前段时间一直讨论的“巨无霸”。他很庞大，说实话，我分辨不出来他是男是女。事实上，从远处看，他就像是《德鲁·凯里秀》[2]中的大婶咪咪。

然后。

1 前澳大利亚板球运动员，留着标志性的小胡子。

2 美国热门情景喜剧。

最悲惨的发现。

我看见了他的号码。

也是12号，和我的一样。

“那就是你要盯紧的人。”一个声音从我背后传来。我知道是马文。

里奇也过来了。

“祝你好运，艾德。”他想笑，但拼命压抑着。这倒让我一下子爆发出一阵大笑。

“真他妈的倒霉，我会被这小子压扁的。一点儿也不夸张。”

“你确定那是个男的？”马文问。

我弯下腰，翘起脚指头，伸展后腿肌肉。“他压在我身上的时候，我会问问看。”

然而，奇怪的是，我不怎么担心。

人群越来越不耐烦。

“好了，上场吧。”默文说。

没错，我说的是“默文”，不是“马文”。我用小胡子默文的名字来称呼我们的队友小胖，因为我根本不知道他是不是真的叫亨利。不管怎么说，我觉得队友们会因为小胡子的缘故叫他默文。

所有人都有序而紧凑地聚集在一起，现在我们要为比赛鼓劲儿、打气。难闻的胳肢窝下的汗水、啤酒味儿的呼吸、缺牙、三天没刮的胡子都聚集在了一起。

“好的。”默文说，“上场之后，我们要做什么？”

谁都没说话。

“嗯？”

“我不知道。”终于有人说道。

“我们要去把对面扫平！”默文喊道。接着是一阵表示赞同的隆隆声。里奇没喊，他正在打哈欠。另外几个人跟着喊了，但根本不成气候。他们骂脏话、擤鼻涕、天南地北地聊，就是不提把猎鹰队扫平。

都是成年人了，我想，我们还没长大。

裁判吹哨了。跟以往一样，裁判还是雷吉·拉·莫塔。他在小镇上广受欢迎，因为他完全是个醉鬼。他担任球赛裁判的唯一理由是，他可以得到两瓶我们集资购买的烈酒。两队各提供一瓶。

“好了，去干掉那群家伙！”这是大家的普遍共识。队伍开始上场了。

我快步跑回看门狗在的树荫下。它睡着了，一个小男孩正拍着它。

“你想照顾我的狗吗？”我问。

“听起来不错啊。”他回答，“我叫杰伊。”

“它叫看门狗。”我跑上场，加入到排成一排的球员中。

“现在听好，伙计们。”裁判雷吉开始说话。他的声音含混不清。比赛还没有开始，可裁判已经醉得口齿不清了，真是好笑的事情。“如果再发生去年那样的烂事儿，我就拍屁股走人，你们自己当裁判！”

“那你就拿不到那两瓶酒了，雷吉。”有人说。

“胡说，我不会拿不到。”雷吉发火了，“少说废话，听到没有？”

所有人都附和着。

“谢谢你，雷吉。”

“好的，雷吉。”

每个人都往前一步，相互握手。我和对方的12号握手，他比我高得多，我在他的影子里。我是对的。他是男的，但的确酷似《杜鲁·卡瑞秀》中的大婶咪咪。

“祝你好运。”我说。

“给我几分钟，”咪咪声音嘶哑地回答。只要化上浓厚的眼影就真的是她了，“我会把你撕成碎片。”

开始比赛吧。

猎鹰队开球，很快我就得到第一次地面冲球的机会。

我被封杀。

然后我再冲。

我又被封杀，还被巨无霸咪咪把头压在地上，冲着我的耳朵骂脏话。这就是雪橇橄榄球赛的魅力所在。人群不停地“哦”呀“啊”呀，大声说着脏话，失去控制地大笑——其间还要喝啤酒或者葡萄酒，吃馅饼或者热狗。每年都会有同一个小贩出现在球赛上卖这些东西。他的小摊就设在球场边上，他甚至还为小孩子们准备了汽水和棒棒糖。

猎鹰队几次得分，已经遥遥领先。

“到底怎么回事？”我们站在球门柱旁时，有人这样问道。是小胖默文。作为队长，他觉得自己至少要说点儿什么：“天哪，我们队只有一个人还有点儿用，他就是……嘿，你叫什么名字来着？”

我吃了一惊，因为他说的是我。

被吓了一跳的我开口作答：“艾德，”我说，“肯尼迪。”

“嗯，艾德是唯一努力地冲球、抢球的人。好了，上场！”

我继续努力。

咪咪继续威胁和谩骂我，我很好奇他是不是会喘不过气来。在这么热的天气下，这样的巨无霸肯定撑不了多久。

当雷吉宣布上半场比赛结束时，我还在场上，大家都去拿啤酒了。每个参赛者都得费半天劲儿，才能说服自己在下半场继续。

中场休息时间，我躺在树荫下，躺在看门狗和那小孩旁边。就在这时奥黛丽出现了。她没问我身上的伤是怎么回事，因为她知道那只是传信人工作的组成部分。现在有点儿伤对我来说是再正常不过的，所以我不用多说。

“你好吗？”她问。

我开心地叹了口气，说道：“当然，我热爱我的生活。”

下半场形势逆转，我们组织了反击。里奇在角落得了几分，还有个家伙冲进了球门。现在平手。

马文现在也打得很好。很长一段时间，比分咬得很紧。

咪咪终于体力不支。在一次我受伤下场时，马文过来激励我：“哎，”他盯着我，“你到现在都还没让那该死的胖姑娘受伤。”他满头金发黏黏糊糊的，眼神很坚定。

我反驳道：“喂，马文，看看他的体形。天哪，他比葛瑞普妈妈[1]还胖！”

“谁是葛瑞普妈妈？”

“你不知道啊，书里的人物啊。”我表示让步，“他们还根据那书改编了电影。你不记得了？约翰尼·德普啊？”

1 葛瑞普妈妈是1993年的美国电影《不一样的天空》中的人物，她因为无法接受家庭变故而意志消沉，不断进食，导致肥胖过度。演员约翰尼·德普在电影中饰演她的儿子。

“不管怎么样，艾德，站起来，给他点儿厉害！”

我站起来。

有个家伙被扶下场，我朝着咪咪走过去。

我们看着彼此。

我说：“下次抢到球后，朝我这儿来。”

然后我就走了，绝对是自取其辱。

比赛继续，然后咪咪抢到了球。

他兴奋起来，莫名地朝着我冲了过来。我知道我该出手了。他带球前冲，我挡在他的行进路线上，往前突，只听见一个声音。巨大的撞击，世界在地动山摇。人群疯狂了，我意识到我还站着——而咪咪蜷成一团躺在地上。

很快所有人都围上来，说“干得好”等等，但是，我突然感觉一阵恶心。我觉得自己刚才做的事情很糟糕，咪咪背上那个大大的“12”凄惨地瞪着我，一动不动。

“他还活着吗？”有人问。

“谁在乎那个？”有人回答。

我吐了。

我慢慢地走离赛场，所有人都在讨论着怎样把咪咪搬走，好继续比赛。

“搬副担架来就行了。”我听到。

“我们根本没有担架。再说，看看这家伙的尺寸。不管怎么说，他真是个巨无霸。我们需要的是该死的起重机。”

“或者山猫牵引机。”

建议没完没了。这些人根本不在乎贬损一个人。只要能说得上来的东西：体形、体重、体臭，如果你有，他们一定会损你，哪怕你已经被踩得遍地都是。

我听到的最后一个声音来自小胖默文。他说：“这么久以来，这是我见过的最厉害的‘别惹我’。”他说这话时流露出万般的兴奋，其他球员也表示赞同。

我继续走着。我仍然感觉很糟糕。我很内疚。

对于我来说，比赛结束了。

比赛结束了，但是别的事情开始了。

我返回树荫下，看门狗不见了。

一种熟悉的恐惧感在我心里加速。

♠ 2 二十块钱买狗和扑克牌

我站起来，疯狂地四处寻找，想找到我的狗和那个男孩的影子。

球场过去有条小溪，我决定从那儿开始。我以现在的身体状况所能达到的最快速度跑向那里，已经全然忘记了球赛。眼角的余光中，我看到一个黄头发的女孩朝我走来。

“看门狗，”我对奥黛丽喊，“它不见了！”我意识到我有多么爱这条狗。

她跟我一起跑了一会儿，然后往另一个方向去找。

在溪边，什么都没有。

我回到球场开阔的草地上。比赛还在继续，我仍然能听到人群的喊声，但它们在离我的心思几公里远的后面。

“找到了吗？”奥黛丽问。她去下游更远的地方找过了。

“没有。”

我们停下脚步。

冷静。

这是最好的办法。

但是，当我一转身，看向看门狗原本待着的地方时，我竟然看见它和那个小男孩回来了。那孩子拿着一罐饮料和一根甘草糖，而且，我看见他们旁边还有个人。

她看见了我。

是个年轻女子。她看见我怒视的目光，迅速跪下身来抓住了那小男孩。她给了他一个什么东西，说了几句话，然后立刻往相反的方向走了。

“是下一张扑克牌。”我对奥黛丽说。然后，我拔腿就跑，跑得比以往任何时候都要努力。

跑到小孩和狗的身边，我停了下来，发现我是对的。小男孩拿着一张扑克牌，但是，我现在看不到是什么花色。我继续追着那个年轻女子。她消失在人群中，但是我不管，继续追着，因为我确定，我绝对相信她至少能让我知道是谁在背后操纵这一切。

但是她走了。

她消失了。我只能站在球场边上，气喘吁吁。

我可以继续追下去，但是一点儿用都没有。她走了，我得去拿回扑克牌。就我所知，那个男孩说不定会把它撕成碎片。

谢天谢地，我回去的时候，他还拿着牌。紧紧的。看起来好像不打一架他是不会放手的。

事实证明，我绝对正确。

“不！”他说。

“听着，”我想做的最后一件事情是把这小子扔到垃圾堆去，“给我扑克牌就好。”

“不！”那孩子要哭了。

“嗯，那个阿姨跟你说什么了？”

“她说……”他擦擦眼睛，“她说这张牌是给这条狗的主人的。”

“哦，我就是啊。”我说。

“不……这条狗是我的，这条狗是我的！”

让我面对达里尔和基思吧，或者哪天再把我痛打一顿，我想，任何事情都比这破小孩好。

“好了，”我调整了作战计划，“我给你十块钱，买你这条狗和扑克牌怎么样？”

那孩子不傻：“二十。”

说客气点，我不高兴。但我还是开口向奥黛丽借二十块，她给了我。“稍后还你。”我告诉她。

“没关系。”

我把二十块交出去，换回了看门狗和扑克牌。

“跟你交易很愉快。”那孩子因为自己的胜利而狂喜。

我想掐死他。

不是我期待的。

“黑桃。”我对奥黛丽说。

她离我很近，头发碰到了我的肩膀。看门狗站在我的脚旁。

“还有你，”我指责它，“下次好好待着，别乱跑。”

好，好。它回答。突然，它一阵咳嗽。

果然，一根甘草糖从它嘴里喷了出来，内疚感爬上了它的眼底。

“这样能给你个教训。”我狠狠地指责它。它不想理我。

“它还好吗？”我们离开的时候，奥黛丽问我。

“当然。”我回答，“它会比我活得长，这个贪吃的浑蛋。”但是，悄悄地，我笑了。

♠ 3 挖掘

很显然，我们赢了比赛，在小胖默文的家里举办了一场庆功会。马文晚上打电话给我，命令我必须去，因为我解决了咪咪大哥，所有人一致投票选我为最佳球员。

“你必须得来，艾德。”

所以我去了。

途中，我又停在奥黛丽家门前，但是她不在。我想她可能和男朋友一起出去了。这差点儿让我从去默文家的路上返回去，但我发现自己还是去了。我进了门。

没有人认出我来。

没有人跟我说话。

开始，我甚至找不到马文，但后来，他在门廊找到了我。

“干得好。感觉如何？”

我看着我的好朋友说：“超乎寻常地好。”我们听见身后有人喝多了在大呼小叫，有人在前面的卧室里做着人们在卧室里做的事。

我们坐了一会儿，马文把球赛后面的事情讲给我听。他问我消失到哪里去了，但我只是告诉他我觉得想吐，没法儿再继续比赛。我们又把我给咪咪的那一击详细讨论了一番。

“太有劲了。”马文说的是心里话。

“还是谢谢你。”我努力把内疚的感觉推回心里。其实，想到咪咪，我还是有点儿同情他，或者她，什么都行。

又聊了十分钟左右，我发现马文可能想进屋里去了。

在我口袋里，是那张新的扑克牌。

黑桃A。

想到它，我往街道深处望去，努力地试图发现将要发生的事件。我很开心。

“什么？”马文问，“你咧着嘴在冲着什么笑啊，‘烂人’？”烂人？我想。然后我们俩顿时心灵相通，齐声笑了。马文继续问：“笑什么，艾德？”

“挖掘时间到了[1]。”我说着走出门廊，“我得走了，马文。抱歉，改天见。”

我感觉不好，因为感觉自己这些天来好像一直在躲着马文。今晚，他留给我一些空间。我想他终于明白到，对他重要的东西，对我来说不一定重要。

“再见，艾德。”他说。我能从他的声音里听出来，他很开心。

夜色很深了，但很迷人。我走路回家。我在一个地方停了下来，在闪烁的街灯下再次审视着黑桃A。在家里和在默文家的门廊上，我已经看了好几次了。我最困惑的就是花色的选择，因为我期待的是红心。出现红心可能是在遵循“一红一黑”的模式，而且我认为，作为看起来最危险的花色，黑桃应该在最后才出现。

这次扑克牌上有三个名字：

格雷厄姆·格林

莫里斯·韦斯特

西尔维娅·普拉斯

这些名字很熟悉，只是我不太确定为什么。他们不是我认识的人，但我听

1 扑克牌中的“黑桃”在英语中的表达是“spade”，意思是“铲子”。

说过。我确定。我回到家在当地的黄页上查询，有一个姓格林的，姓韦斯特的有几个，但是，没有一个名字跟扑克牌上的名字搭得上边儿的。然而，这些地址或许还有别的名字的人住着。我决定第二天去镇上各处走一趟。

我和看门狗在客厅放松了一下。我烤了点薯条，我们一起分享。我能感觉到我的身体在逐渐累积着雪橇橄榄球赛带来的酸痛，到半夜我几乎不能动了。看门狗在我的脚边，我坐在那里，等着入睡。

我的头往后一跌。

黑桃A从我手中滑落，掉在沙发缝里。

我做了个梦。

漫长的一夜，我被困在梦的世界里，无法分清楚清醒和梦境。天快亮时我醒过来，但却仍然在雪橇橄榄球赛上，我在追着拿扑克牌的女人，在对那小孩发火、讨价还价。

后来，我又梦见我在学校，但是学校里没有别人，只有我。教室里的空气是土黄色的。我坐在里面，书摊在桌上到处都是。黑板上写着字。那些字写得很潦草，我无法辨认。

一个女人走了进来。

一个老师，腿颀长而纤细，白衬衫，紫色开襟羊毛衫。她大概快50岁了，但从某种角度看很性感。她基本上不理我，直到铃声响起（很大声，仿佛那铃就在屋外），她才第一次承认我的存在。

她抬起头。

“艾德，开始上课了。”

我准备好了：“是。”

“请你念一念我身后黑板上的字。”

“我没法儿念。”

“天哪，为什么没法儿念？”

我更努力地看，但仍然无法辨认。

我把视线移下来，盯着课桌看，她冲着我摇摇头，我没看见，但我能感觉到她的失望。我盯着课桌看了好长时间，因为自己让她失望而心烦意乱。

几分钟以后。

我听见了声音。

先是绳子的声音，然后是嘎吱嘎吱的声音，相继传进我的耳朵。

我抬头一看，映入眼帘的场景让我震惊，让我窒息——老师用一根绳子，在黑板前面上吊了。

她死了。

她荡来荡去。

天花板不翼而飞，绳子被紧紧地绑在一根房椽上。

我吓得毛骨悚然，坐在那里，发疯般地拼命吸气，可空气中似乎缺氧。我的手被粘在课桌上，粘得很牢，我费了好大的劲儿才把它们撬开，站起身来，试图跑出去求救。我的右手碰到了门把手，这时，我慢慢地停下来，扭头看着吊在绳子上的女人。

慢慢地。几乎是蠕动着。我走过去，面对她。

我想：*她看起来甚至还算平静*。就在这个时候，她的眼睛突然睁开了，吓了我一跳。接着，她开口了。

“艾德，现在认得那些字了吗？”她说。我站在那里，视线越过她，看着黑板。现在我看到了上面的标题，明白了它的内容：

不孕的女人

所以如何？

我重复着这个标题，这次我开心地抓住了它的关键，因为现在我知道黑桃A的答案了。或者至少，我找到方向了。

《不孕的女人》，这首诗是一个自杀的女诗人的作品，我非常确定，她叫西尔维娅·普拉斯[1]。

我到沙发上去找扑克牌，再次看见了她的名字，名单中的第三个。*他们都是作家，我想，他们都是作家*。格雷厄姆·格林、莫里斯·韦斯特和西尔维娅·普拉斯。我很惊讶自己以前没有听说过前面两个，但是，我安慰自己说，谁也不可能知道所有的作家。但是，我确信自己知道西尔维娅。看，我现在甚

1 美国20世纪著名女诗人，曾获普利策奖。1963年31岁时自杀身亡。

至只喊她名字呢。我真的很得意。

那时我开心了好一会儿，好像自己意外解开了一个很大的谜题。我的身体现在却是异乎寻常地僵硬，我的肋骨疼死了，但是，我还是能吃点儿谷物脆加牛奶，还加了很多糖——保守地说，那牛奶是可能快变质的。

大概七点半了，我发现我只解决了问题的一部分。我还是不知道我应该去哪里，应该去找谁。

从图书馆开始吧。我想。遗憾的是，今天是星期天，图书馆不会开得很晚。

奥黛丽来了。

我们看了一部她极力推荐的电影。

很好看。

我强忍着没问她昨天晚上去哪里了。

我告诉了她黑桃扑克牌的事情，还有那些名字，还有我下午要去图书馆。我确信星期天的开馆时间是中午十二点到下午四点。

当她喝着我煮的咖啡的时候，我看着她红润的嘴唇，希望自己能就这么站起身来，走过去，吻上去。我想感受她的唇，感受触碰到她的嘴唇时那种温软。我想在她的嘴唇里面呼吸，和她一起呼吸。我想亲吻她的脖颈，想触摸她的背，然后用手指梳过她那迷人的、浅黄色的头发。

说实话。

我不知道今天早上是怎么了。

但是，我很快就明白了为什么会有这种感觉——我应该得到点什么。我到处去解决别人的生活问题，哪怕只是暂时。我伤害需要伤害的人，但是，由此引来的痛苦却让我本来生活中的一切都变得无法顺心。

我至少应该得到点儿什么，我判断，奥黛丽肯定可以爱我哪怕只有一秒钟吧。但是我知道，毫不怀疑，我知道什么都不会发生。她不会吻我。她不可能碰我。我跑遍了小镇，被践踏，被痛打，被侮辱，都为了什么？我从这里得到了什么？什么回报是给艾德·肯尼迪的？

我来告诉你是什么——

什么都没有。

但是，我在撒谎。

我在撒谎。就在那个瞬间，我发誓要停止。我经历了所有这一切，认为在梅花A之后，我真的扭转了局势。

我要停止。

停止这一切。

而且，我做了件愚蠢的事情——

完全是出于冲动，我站起身来，走到奥黛丽面前，吻了她的唇。我感受到了红唇和里面的气息，闭上眼睛，我只感受了她一秒钟。我感受到全部的她，但那种感觉倏忽而逝。穿透我，经过我，笼罩我，我又热又冷，我颤抖着，我被击沉。

我被我的嘴唇滑过她的嘴唇时的声音击沉，直到沉默在我们之间摇摆。

我尝到了血。

然后我看到了血，在奥黛丽的唇上。惊讶写在她的脸上。

上帝啊，我甚至连好好亲她都不会。我连亲她都会让她受伤流血。

我闭上眼睛。

我紧紧地闭上眼睛。

很快我就停止了所有动作，说："奥黛丽，对不起。"我转过身，"我不知道我在做什么，我……"我的话也停止了。它们切断了自己，还不算晚，我们两个站在厨房里。

我们俩嘴上都有血。

她不愿意爱我，我能接受，但是我想知道，有一天她会不会知道，没有人会像我这样辛苦地爱着她。她擦去了嘴上的血，我又说了几遍我是多么抱歉。奥黛丽一如往日地亲切，她接受了我的道歉，并解释说她就是不能和我做那种事。我想她宁可不要任何意义任何真相地去做那件事，就只有那件事，不要任何感情的冒险。如果她不愿意得到任何人的爱，那我必须尊重她的想法。

"别担心，艾德。"她说。她是认真的。

一件很好的事情是：奥黛丽和我总是很好。不管什么状况，我们都能处理好，不会影响我们的关系。无论发生什么事情，我们好像都能够这样。我考虑过这件事情，坦诚地说，我也怀疑这种情况可能持续多久。肯定不会永远的。

“笑一笑，艾德。”后来，她走的时候说。

我情不自禁。

对她笑了一下。

“黑桃的事情，祝你好运。”她说。

“谢谢。”

门关上了。

现在已经快十二点了，我穿上鞋，朝图书馆走去。我还是觉得自己很蠢。

真的，我读过很多书，但主要是从二手书店买的。实际上我最后一次去图书馆时，他们还在使用那种又大又长的目录检索抽屉。甚至在学校里，当电脑已经作为标准配置的时候，我仍然在使用抽屉。我喜欢抽出某个作者的卡片，看看上面列出的书目。

我走进图书馆时，一直在想着柜台后会站着一个老妇人，但事实上却是个年轻小伙子，跟我差不多大，留着长长的卷发。他牙尖嘴利，但我喜欢他。

“你们有那种卡片吗？”我问他。

“哪种卡片啊？扑克牌？借书卡？信用卡？”他自得其乐呢，“确切说你指的是什么？”

我知道了，虽然我并不真的需要他的帮助，但他想让我现出没读过书又很没用的样子。“你不知道啊？”我向他解释，“那种写着作者和其他信息的卡片。”

“哦——”他哈哈大笑，“你很久没来图书馆了吧，对吗？”

“是很久没来了。”我说。现在我真的觉得自己没读过书又很没用。我还是在背后贴一个告示比较好，上面写上我在“装傻充愣”。我行动了：“可是我读过乔伊斯、狄更斯和康拉德。”

“他们都是谁？”

现在我占上风了：“什么？你没有读过这些人的书？你还说自己是图书馆管理员？”

他带着狡猾的笑，承认了我的厉害：“讲得好！”

讲得好。

我受不了这种表达。

不过，现在那家伙帮上忙了。他说：“我们不用那种卡片了，所有的资料都存在电脑里。跟我来。”

我们走到电脑跟前，他说：“好了，告诉我作者的名字。”

我结巴起来，因为我不想告诉他黑桃A上面的名字。它们是我的。我请他查莎士比亚。

他输入名字，所有的书名就都出现在屏幕上。然后他输入了《麦克白》旁边的号码，说道：“这就是你要的。会用了吗？”

我看着屏幕，明白了。“多谢。”

“如果有需要，大声叫我就行了。”

“没问题。”

他离开了，剩下我一个人，和键盘、作者、屏幕在一起。

开始，我输入了格雷厄姆·格林[1]。我要按照他们在扑克牌上的顺序来搜索。我翻遍口袋想找张纸，但是只有一张破旧的餐巾纸，那边桌上系着支笔。当我把名字输进去，按下回车，格雷厄姆·格林的所有著作就出现在了屏幕上。

有些著作很辉煌。

《人性的因素》。

《布赖顿硬糖》。

《问题的核心》。

《权力与荣耀》。

《我们在哈瓦那的人》。

我把它们都写在餐巾纸上，还有第一本书的索书号。同一作者所有书的索书号都是一样的。

然后，我输入莫里斯·韦斯特[2]。他的一些作品如果不说比格林的更精彩的话，至少是不相上下。

《沙滩上的绞刑架》。

《渔夫的鞋子》。

《太阳之子》。

《马戏表演者》。

---

1 英国著名作家。

2 澳大利亚著名作家。

《上帝的小丑》。

现在，西尔维娅。

我必须承认，我对她有偏爱，因为我曾经读过她的作品，况且到我梦里的也是她的诗。如果不是她，我不会坐在这里，慢慢靠近“我应该去哪里”的答案。我希望她的作品是最好的，不管是不是有偏见，对于我来说，它们就是最好的。

《冬天的船》。

《巨神像》。

《爱丽尔》。

《渡湖》。

《钟形罩》。

我拿着餐巾纸走到书架那边，按照顺序，又把所有的书再找了一次。它们都很漂亮，也都有些年头了，或红或蓝或黑的精装封面。我拿下所有的书，每一本，然后带着它们坐了下来。现在干什么呢？

我究竟怎样才能在一两个星期内把它们都看完？西尔维娅的诗或许还有可能，但是其他两位写的可都是长篇巨作。希望它们好看。

“听着，”当我拿着所有的书站在柜台前的时候，图书馆的小伙子说，“你不能借这么多书。有数量限制的，你不知道？另外，你有卡吗？”

“什么卡？”我忍不住说，“扑克牌？信用卡？你指的是哪种卡？”

“好了，自以为聪明。”

这一刻我们很开心。他把手伸到柜台下，拿出一张纸给我。

“请填这张表。”

我一拿到借书卡，就马上试着讨好他，希望他能让我借走所有的书。

“谢谢你，哥们儿。你的工作做得真好。”

他抬头看看我：“你还是想借走所有的书，是吗？”

“对对对。”我把书从地板上堆到了柜台上，“基本上，我真的很需要它们，不管用什么方法，我都要带走。只有在如今这个病态的社会，才会有人因为读了太多书而备受刁难。”我往后看看，看看空空如也的图书馆，“这些书现在几乎不会离开书架，对不对？我不认为刚才还有谁想看它们。”

他走过场般允许我说完。“听着，说实话，”他说，“我个人才懒得管你借几本。但这是规矩。如果被老板抓到，我就死定了。”

“怎么死定了？”

“我他妈的不知道，但是我肯定会死得很惨。”

我还是看着他，一点儿也不肯让步。

他投降了。

“好吧，都拿来。让我看看能怎么帮你糊弄一下。”他开始扫描那些书，“反正，我老板非常讨厌。”

扫描完之后，柜台那边总共有十八本书。

“谢谢你。”我对他说，“非常感谢。”

*我怎么把它们全都搬回家呢？*我问自己。

我想到了打电话让马文来接我，但最后还是决定靠自己完成。一路上我掉了几本书，休息了几次，但是最终，所有书都跟着我回到了家。

我的胳膊疼死了。

我不知道文字也可以这么重。

整个下午，我都在读书。

中间也睡着一次，不是不尊重作者，而是我还没从罗斯兄弟的痛殴和雪橇橄榄球赛的疲惫中恢复过来。

读格雷厄姆·格林让我很享受。我没有找到任何关于我要去什么地方的线索，但我想一定不难。我看着自己堆积起来的小书山。不夸张地说，它有点儿垂头丧气。我怎么才能从几千页的书中，找到我要的东西呢？

我醒来时，一阵南风从外面吹进来，对于一年中的这个时节来说，天气的确有点儿凉。现在是十二月初，我觉得穿上套头衫有点儿奇怪。走过前门的时候，我看见地上有张纸。

不，是张餐巾纸。

我有点儿紧张，闭了一会儿眼睛，然后弯腰把它捡了起来。我弄清楚了一件事：这段时间我一直被人跟踪。他们看着我去图书馆，他们看着我在图书馆，他们看着我回家，他们知道我把书名写在了餐巾纸上。

我看着纸上的内容。

只有几行字，用用红笔写的。

亲爱的艾德：

干得好。别担心，事情比你想象的简单。

我走回去，坐在书本前，读着《不孕的女人》，直到每个字都印在我心里。

然后，看门狗想要出去散步，我们就出去了。我们穿过小镇的街道漫步，我一直在努力猜测下一个地址会是哪里。“有线索吗，看门狗？”我问。

没有回答。它太忙了，忙着漫不经心地用鼻子进行着它的探查工作。

我直到现在才意识到，答案都是路标。每个地方、每个街口、每个十字路口都有路标。如果信息只是被隐藏在书名里呢？我想知道。书名。我要做的就是把街道和每个作家的书名连上线。

“比你想象的简单。”我告诉自己。那张餐巾纸还在我口袋里，和黑桃A一起。我把它们都拿出来看着。那些名字注视着我，我发誓当我搞明白了的时候，它们也感觉到了。我弯下身子，兴奋地跟看门狗说话。

“过来，”我说，“我们得出发了。”

我们跑回家，或者至少，我们以看门狗的最快速度跑回家。我需要书、街道指南，还有几分钟时间。有希望。

是的，我们要跑。

每本书都在等着我。我拿着旧的《格里高利街道指南》坐在那儿，试着找到与任何书名相匹配的街道。我还是从格雷厄姆开始。没有“人性街”，没有“因素街”，没有“核心街”。

大概一分钟以后，我找到了。

我把书拿在手里。

是一本黑色封面的书，书名烫金印在书脊上。《权力与荣耀》。没有“权力街”。当我把指南往回翻了几页，我的眼睛因为目标实现而睁得好大。那个名字出现的时候，就像是在我眼睛上打了一拳。“荣耀路”。

我咧嘴笑着，把看门狗的毛都撸了起来。荣耀路。真他妈的精彩。我好想住在荣耀路上。

在地图上，它位于小镇北边的边缘地带。

现在我开始梳理莫里斯·韦斯特的书名。这次比较快。

《上帝的小丑》。

我在小镇北边找到一条“小丑街”。

最后，西尔维娅的是“钟街”，来自于《钟形罩》。按照指南，钟街是小镇的缅因街岔出的一条小路。

我检查了其他的书名，看有没有与之想配的街道名称。我不用担心。就那几个。

现在只有一个问题，对每条街来说。

几号？

现在我不得不挖掘一下了。

这次是黑桃，所以我必须挖掘。

线索肯定在书里，所以，现在我把其他几本堆到一边，集中精力研究最后三本决赛入围书。说实话，对于被抛弃的几本，我有种很抱歉的感觉。它们好像是从一次引人注目的、热闹喧哗的比赛中败下阵来，坐在地板上。如果它们是人，肯定每本书都在用双手抱着头，懊丧不已。

首先，我伸手拿《权力与荣耀》。我一直读到深夜，在我的视线从书页上离开的时候，已经过了一点钟。我还没有找到线索，我能感觉到沮丧开始爬上心头。*如果我漏掉了怎么办呢？*我想知道。但我肯定我看到了一定就会辨认出来。就我所知，荣耀路上的号码可能只有二三十个，但是我继续看了下去。我感觉我必须得这样。这就是精髓：现在，放弃是一种罪。

在凌晨三点四十六分（这个时间烙在了我的记忆中），我找到了。

第114页。

在那一页的页脚，左边角落里，有一个用黑笔画出的黑桃符号。旁边还有一句话：

“精彩，艾德。”

我胜利地往后倒在沙发上。没有比这更好的了。没有石头，没有暴力。也是时候把方式方法变得文明点了。

这次我拿起《上帝的小丑》，直接快速地翻找起来。真不敢相信我没有从一开始就这么做。这的确是比试图在每一页书的每一个字里寻找线索容易多了。比你想象的简单。我提醒自己。

这次是在第23页。只有符号。在《钟形罩》里是在第39页。我找到了地址，也已筋疲力尽。

挖掘工作结束。

我去睡了。

♠ 4 撒谎的好处

星期四晚上，我们在我这里打牌。里奇抱怨着雪橇橄榄球赛让他锁骨酸痛，奥黛丽玩得很高兴，马文一直在赢。他还是让人难以忍受，一如往常。

我去了荣耀路，也去看了114号。这是一户波利尼西亚家庭，丈夫比埃德格街那个家伙还要高大。他在建筑工地工作，像照顾女王一样照顾妻子，像对待上帝一样对待孩子。下班回家后，他把他们抱起来，往空中抛。孩子们笑着闹着，总是期待着他回家。

荣耀路又长又冷僻。那里的房屋都很老，全是石棉水泥的。

我还不知道去那里做什么，但我到现在为止都相当有信心。它会主动出现。

“看来我又赢了。”马文独自暗笑。他嘴里塞了一根雪茄，状态很好。

“马文，我恨你。”里奇说。他只是总结了我们几个在这种时候的心声。

马文很快想到了组织圣诞节牌会。

“今年该谁了？”他问。我们都知道是该他了，但也知道他肯定会想方设法逃避这项工作的。马文永远也不可能去做一顿圣诞大餐。不是因为他学不会，他只是太小气了。他绝对不会去掏钱买只火鸡的，哪怕这只火鸡能救自己的命。雪橇橄榄球赛那天的早餐是绝无仅有的一次。

“你。”里奇指着马文，直截了当地说，“该你了，马文。”

“你确定？”

“是。”里奇强调，“我确定。”

“但是你知道，我爸妈在家，还有我妹妹，还有……”

“狗屁，马文。我们喜欢你爸妈。”里奇反应很快。我们都知道他其实根本不在乎牌会在哪里办，他只是爱跟马文抬杠，“我们也喜欢你妹妹。她就像夏天的沙子一样热情，小子。席卷而来。”

“夏天的沙子？”奥黛丽问，“席卷而来？”

里奇的拳头砰的一声敲在桌子上：“他妈的就是这样，小姐。”

我们三个都笑了，马文则坐立不安。

“你不像没钱的样子啊。”我说，“三万了，是不是？”

“刚到四万。”他回答。这引发了我们一场关于马文将如何用这些钱的讨论。他告诉我们这是他自己的事情，我们不用费心。我想，也没有多少事情是需要我们费心的。

又过了几分钟，我动了恻隐之心。

“我们就在这儿办吧。”我看着马文，说，“但是你们必须忍受看门狗，哥们儿。”

马文不高兴，但他还是同意了。

我要多讹诈他一点儿。

“好了，马文，”我说，“我告诉你，就在这里办圣诞牌会，但我有一个条件。”

“什么条件？”

“你要给看门狗带一个礼物。”我忍不住再多为难为难他。对于马文，你必须得多占点儿便宜。另外我必须说，事情比我希望的还要好玩。我对自己的表现很满意。“你可以给它带一块鲜嫩多汁的牛排，还有……”这是事情变得更好玩的地方，“你必须得给它一个大大的圣诞节香吻。”

里奇打了下响指：“这主意有劲！艾德，绝了！”

马文惊愕了。

异常愤怒。

“那很丢人啊。”他跟我说。但是，这仍然比花钱买一只火鸡，再花工夫做熟它更能让他接受。他最终作出了决定：“好的，我照做。”他指着我，“不过，你是个变态的浑蛋，艾德。”

“谢谢你，马文，我感激你的赞美。”我发现，这么多年来第一次，自己开始期待圣诞节的到来。

按照给我排的班，我不断地回到荣耀路。很显然这家人努力工作来维持生活，我还是不知道我应当做什么。一天晚上，我站在灌木丛后面，那个爸爸朝我走过来。他很高大，用一只手就可以把我勒死在他背后。他看起来很不高兴。

“嘿，”他大喊，“那边那个，我以前就看见过你。”他快步朝我过来，“聪明的话，快点给我从灌木丛里滚出来。”他的声音不是很大，听起来是那种在大多数情况下都温和而沉默的人。让我担心的是他的体形。

别担心，我让自己冷静，你必须在这里。该付出的就要付出。

我走出来面对这个男人，这时，太阳落在了房子后面。他的皮肤光滑而黝黑，黑色的卷发，眼神让我害怕。

“你一直在窥视我的孩子们吗，小子？”

“没有，先生。”我抬起头。我必须让自己看起来很自豪，而且很诚实。

悠着点儿，我提醒自己，我很诚实，嗯，差不多。

“那么你在这儿干吗？”

我撒了谎，希望能混过去。

“我过去住在这栋房子里。”我说。我靠，好主意，艾德。我确实被自己感动了。“很多年前了，后来我们搬到了离镇上比较近的地方。有时我喜欢回这儿来，来看看这个地方。”拜托，我祈求，希望这家人没在这里住了很久。“我爸不久前去世了，来这里，我就会想起他。看见你和你的孩子们在一起，把他们抛到空中，放在你肩膀上，我就会想起他……”

这个男人变得柔和起来，微微的。

谢谢你，上帝。

他离我更近了一点儿，太阳经过了他的手、他的膝盖，在他身后沉入地平线。

“是啊，这里的确又破又老，”他用手比画了一下，“但它是我们现在能负担得起的最好的房子。”

“在我看来，这房子很好。”我说。

我们又聊了一会儿，最后，这个男人提出了一个让我很惊讶的建议。他往后退几步，想了想说：“嘿，你想进来四处看看吗？我们准备吃晚饭了。欢迎你留下。”

我的直觉说应该婉拒，但是我不。更艰难的决定是：进去。

我跟在那个男人身后踏上他家的门廊，进入了房间。在我们进屋以前他说："我叫鲁亚。鲁亚·塔图布。"

"艾德·肯尼迪。"我回答。然后我们握了握手。鲁亚差点儿捏碎我右手的每根骨头。

"玛丽？"我们进去后他大喊，"孩子们？"他转向我，"这里跟你记忆中一样吗？"

"什么？"然后我想起来了，"嗯，是啊，一模一样。"

小孩子们不知从哪里蜂拥而来，开始在我们全身上下地爬。鲁亚向孩子们和他妻子介绍我。晚餐吃土豆泥和法兰克福香肠。

吃饭的时候，鲁亚讲了几个笑话，孩子们笑个不停。按照玛丽的说法，即使听了一千遍，他们还是会笑。玛丽的眼睛下面长出了皱纹，看来生活、孩子们、每天晚上的晚餐让她疲惫不堪。她的肤色比鲁亚的略浅，一头深棕色的波浪卷发，看得出来她曾经很美，比现在美丽得多。她在一家超市上班，每天都去。

他们有五个孩子，没有一个在吃东西的时候能够闭上嘴，但是，当他们笑的时候，你能在他们的眼睛里看到全世界，你也就会明白为什么鲁亚会那样地疼他们、爱他们。

"爸爸，我可不可以骑在艾德的肩膀上？"一个小女孩问。

我向他点点头。鲁亚说："当然可以，亲爱的。但是你得在句子里加点儿别的东西。"这让我想起了奥瑞里神父的弟弟托尼。

小女孩拍了一下脑门儿，笑着说道："我可不可以请艾德拿肩膀给我坐？"

"对了，宝贝。"鲁亚说。我让小女孩坐了上来。

在玛丽把我从最小的男孩的屁股底下营救出来之前，我的肩膀背小孩背了十三人次。

"杰西，我想艾德肯定累坏了，下来好吗？"

"好——吧。"杰西让步了。我往后倒在沙发上。

杰西大概6岁，我坐在沙发上时，他悄悄告诉了我一些事情。

是我要的答案。

他说："我爸很快就要把圣诞彩灯挂出来了。你那天一定要来看看。我好喜欢那些彩灯哦……”

“我保证，”我说，“一定会来。”

我最后一次环顾这房子，自己都几乎相信我以前真的住在这里。我的脑海中甚至还显现出对我爸在这房子里好多事情的美好回忆。

我走的时候鲁亚睡了，送我出门的是玛丽。

“谢谢你，”我说，“为了今晚的一切。”

她只是用她那温暖真挚的眼神看着我，说道：“不用客气，艾德。随时再来。”

“我会的。”我说。这次，我没有说谎。

周末，我在白天过去了一趟。圣诞彩灯已经挂出来了，它们很旧，也已经褪色，有些灯泡还不见了。是老式的彩灯，不是会闪的那种。只是几个不同颜色的灯泡系在门廊上方的屋檐上而已。

我晚点儿再来，我想，来看看。

果然，到了晚上，当彩灯开启后，我看到只有一半的灯泡还能亮。换句话说，只有四只灯泡还在工作，今年只有四只灯泡照耀塔图布家。这不是一件大事，但我想有个道理是真的：所谓大事，往往就是被人忽略的小事。

一有机会我就回来，得在白天，所有人都去上学或者上班的时候。

必须得处理处理这些灯泡了。

我去了卡马特超市，买了一组崭新的灯泡，跟原来的几乎一模一样。漂亮的大灯泡，红的、蓝的、黄的、绿的。今天是星期三，天气很热，出人意料的是，当我在塔图布家的门廊上，站在一个倒放的大花盆上的时候，居然没有邻居怀疑我。我拆下原来的灯泡，扳直原来挂电线的钉子。把灯整个儿取下后，我才注意到插头在屋子里面（我早就应该想到的），所以我无法把全部工作做完。我只好把旧的灯泡再装回去，把新的灯泡留在门廊上。

我没有留下字条。

没有别的事情要做了。

开始，我还想在盒子上写个“圣诞快乐”，但后来还是决定放弃了。

关键不是说什么。

关键是闪亮的灯泡，和重要的小事。

♠ 5 权力与荣耀

当天晚上，我正在厨房里吃意大利水饺，一辆货车停在了我的窝棚前。引擎声一停止，我就听到了车门砰地关上的声音。接着，前门就传来了小拳头敲门的声音。看门狗一改往常，开始汪汪大叫。我让它安静，然后去开门。

站在外面的是鲁亚、玛丽和他们所有的孩子。

“嗨，艾德。”鲁亚说。其他人也跟着他打招呼。他继续说：“我们查了本地黄页，但没找到你，所以我们打电话给这一带所有姓肯尼迪的人。你妈妈给了我们你的地址。”

一阵沉默。我想知道老妈可能会跟他们说什么。玛丽打破了沉默。

“跟我们来。”她说。

我踏上货车，挤在所有孩子们中间坐着。这是我第一次和这家人一起坐车，所有人都很安静。你可以想象，这让我多么心神不安。街灯快速轻轻掠过，光线就像一页页翻动的书本，一道道冲我而来又一道道离我而去。打烊时分。我往前面看，正好看到鲁亚在后视镜里盯着我看。

五或十分钟之内，我们到了那里。

玛丽控制局面。“好了，进去吧，孩子们。”

她和孩子们进了屋，车上只留下鲁亚和我。

他又在镜子里看了我一眼，眼睛看着坐在后面的我的眼睛。

“准备好了吗？”他问。

“准备什么？”

他只是摇摇头：“艾德，别给我来这套。”他下了车，猛地把门关上，“嗯，过来。”他通过车窗叫我，“出来，小子。”

小子。

我不喜欢他这么称呼我时的语气。有种不祥的预感。我最害怕的是，因为那些灯泡，我侮辱了他。他可能把这当成了一个暗示，暗示他不能很好地养活他自己的家庭。他可能以为我在说：*你这个穷光蛋，这个不称职的笨蛋，连弄*

一组能亮的灯泡也办不到。他站在马路边，我就站在他身旁，但我不敢看那栋房子。我往后看。很暗。一片漆黑。

我们站着。

鲁亚看着我。

我看着地面。

然后我听到纱门开开关关几次的声音。小孩子们奋力地朝着我们跑过来，玛丽快走着跟在他们后面。

我数了数孩子，发现有一个没在。

杰西。

我在他们每个人的脸上搜寻着答案，然后将视线重新投向地上。鲁亚的大喊声把我吓得差点儿跳起来。

“好了，杰西！”他大喊。

几秒钟的时间聚集，然后又坠落。我抬头一看，水泥老房子被点亮了。那些彩灯好漂亮，漂亮得几乎要把房子举起来了。孩子们、鲁亚、玛丽的脸上都被红的、蓝的、黄的、绿的光映衬着。我能感觉到自己的脸上有一道红光闪过，我也放松地笑了。孩子们欢呼着，拍着手，说这是他们过的最好的圣诞节。女孩子们开始牵着手一起跳舞。就在那时候，杰西也从房间里跑出来看。

“他坚持要负责开灯。”鲁亚告诉我。我看看杰西，他的笑容开心、迷人、生动，无人能比。这是属于他的时刻，我想，也属于鲁亚和玛丽。“我们装上这些新的彩灯，杰西说希望点亮它的时候你能在这里。所以，除了请你过来，我们还能做什么呢？”

我摇摇头，看着在院子各处闪耀着的色彩。

它们游过我的眼睛。

我对自己说：“权力与荣耀。”

♠ 6 美丽的瞬间

在夜色和灯光的映衬下，孩子们在前院四周跳舞，我看见了一个场景。

鲁亚和玛丽拉着手。

看着老房子前面的孩子们和灯光，在那个瞬间，他们看上去是那么快乐。

鲁亚吻了她。

只是在唇上轻轻一吻。

她也吻他。

有时候，有些人真的好美。

不是因为外表。

不是因为说的话。

而是因为他们的本质。

♠ 7 说实话的时刻

玛丽让我进去喝杯咖啡。我先是拒绝，但是她坚持："一定要来，艾德。"

我妥协，我们进屋喝喝咖啡，聊聊天。

一直都很舒服惬意，直到谈话进行了一半时，玛丽停了下来，一边搅拌咖啡一边说道："谢谢你，艾德。"她眼周的皱纹变得有些不安，眼睛里好像充满了闪烁的光芒，"非常感谢你。"

"谢我什么？"

她摇摇头："别非要让我说出口，艾德。我们知道是你——就算是用胶水把杰西的嘴巴黏上，他也保守不了秘密。我们知道是你做的。"

我完全投降："你们应得的。"

她仍然不满意："但是为什么？为什么是我们？"

"因为……"我告诉她实话，"我不知道。"我喝了一小口咖啡，"故事很长，也很难解释清楚。我只知道，我站在这栋老房子外面，其他事情就这么发生了。"

鲁亚不管这些，他插嘴道："你知道吗，艾德，我们在这里住了将近一年了，从来没有人——绝对没有，动动手指头帮帮我们，没有人让我们感觉自己受欢迎。"他喝了口咖啡，"现在我不再为此抱怨了。这些日子以来，我们也不再期待。人们应付自己的事情也够麻烦的了……"他注视着我，就一秒钟，"但是你来了，不知道从哪里冒出来。我们真的无法明白。"

就是在那一刻，我眼前清楚地呈现出一件事情。

我说："别再费劲儿想去搞明白了。我自己都不明白。"

玛丽接受了我的说法，但还是想更进一步。她说："有道理，艾德，但是我们真的要谢谢你。"

"是啊。"鲁亚也说。

玛丽对他点点头，他站起身来，走到冰箱旁。冰箱贴下面有一个信封，上面写着"艾德·肯尼迪"。他走回来，把信封递给我。

"我们没有什么东西，"他说，"但这是我们能表达谢意的最好办法。"他把信封放在我的手里，"不知道为什么，我觉得你会喜欢。只是一种感觉。"

里面是一张自制的圣诞贺卡。所有孩子都在上面画了图案。圣诞树、亮着的彩灯、玩耍的孩子。有些图案画得很吓人，但仍然非常出色。里面还有文字，也是一个孩子手写的：

亲爱的艾德：

圣诞快乐！我们希望你也能有那样美丽的彩灯，就像你给我们的一样。

塔图布一家

我笑了。我起身走进客厅，孩子们全都在懒洋洋地看电视。

"嗨，谢谢你们的卡片。"我对他们说。

他们都回答我，但是杰西说得最大声："这是起码的，艾德。"没几秒钟，他们的注意力又都回到了电视上。是一个录像，讲一个动物的冒险故事，他们都被那个装在纸箱里顺河而下的猫咪牢牢吸引着。

"改天见。"我说。但是没有人听到。我只是再次心满意足地看了看卡片上的画，然后返回厨房。

回到厨房，发现他们的礼物还没有送完。

鲁亚站在那里，拿着一个黑色的小石头，上面有一个像是十字架的图案。

他说："艾德，这是一个朋友以前送给我的——它会带来好运。"他伸手把石头拿给我，"我希望你能拥有它。"

开始，我们都低头看着石头，没有说话。

我的声音吓了自己一跳。

“不，”我说，“我不能要，鲁亚。”

他平静、温和的话语镇定但急迫，眼神真挚而诚恳。“不，艾德，你必须收下。你给了我们那么多，比你知道的还多。”他再次伸出手来，把石头放在我的掌心里，然后再把我的手合起来，牢牢地攥紧它。他用双手握着我的手：“是你的了。”

“不只是带来好运，”玛丽告诉我，“也是一种纪念。”

于是，我收下了石头，看着它。“谢谢你们，”我对他们两个说，“我会收好它的。”

鲁亚拍拍我的肩膀：“我知道。”

我们三个站在厨房里，一起。

我离开时，玛丽吻了我的脸颊，我们互相道别。

“记着，”她说，“随时回来。这里永远欢迎你。”

“谢谢你。”我回答，然后向前门走去。

鲁亚想开车送我回家，但是我拒绝了，主要是因为今晚我真的想走一走。我们握握手，鲁亚又一次差点儿捏碎我的骨头。

他送我走到前面草地的尽头，还想再让我回答最后一个问题。

“艾德，我可不可以问你件事。”我们相隔几步路。

“当然，你问。”

我们站在黑暗中，他离我远了一点点。在我们身后，圣诞彩灯仍然在夜色中骄傲地散发着光芒。这是说实话的时刻。

鲁亚说：“艾德，你从没在我们那房子住过，对吧？”

现在无需隐瞒。无路可退。

“是，”我回答，“我没住过。”

我们彼此注视着，我看得出鲁亚还想知道很多事情。他的问题就要说出口了，但他又使劲儿把它们拖了回去。他选择不要用更多的问题破坏这一切。

事实就是事实。

“再见，艾德。”

“再见，鲁亚。”

我们握握手，走向不同的方向。

在我要拐过街角的时候，在路的尽头，我最后一次转身，看着那里的灯光。

♠ 8 小丑街，薯条，看门狗和我

今年最热的一天，我上白班，在城里开了一整天的车。出租车上倒是装了空调，但是坏了，这让每一个上车的乘客都气坏了。每次有人上车，我都要先警告他们，但是就一个人打了退堂鼓，是个男人，嘴里还叼着一根差一口抽完的温菲尔德香烟。

“他妈的，那没辙了。”他告诉我。

“我知道。”我只是耸耸肩膀，表示同意。

鲁亚·塔图布给我的石头放在我的左边口袋里。

虽然在这拥挤不堪的城市中，即使是绿灯所有的车也没法儿前进，但我仍然感到很快乐。

我把车子开回公司不久，奥黛丽也开车回来。她摇下车窗跟我说话。

“坐在里面汗流浃背的。”她说。

我想象着她身上的汗水，真想尝一尝那滋味。我面无表情地，沉浸到了我看到的细节当中。

“艾德？”

她的头发有点儿油腻但很漂亮。迷人的金发，像干草一样的颜色。我看见她脸上零星有三四块晒斑。她又叫了我一声：

“艾德？”

“对不起，”我说，“刚才在想事情。”我回头一看，见她的男朋友站在那里等着她，“他在等你呢。”我回过头来再看奥黛丽的脸，却没有看到，只是瞥见方向盘上她的手指。它们很放松，披着一层光芒。那么美。他是否注意过这些小事？我想知道。但是，我没有问奥黛丽。我只是说：“祝晚上过得愉快。”然后下车扭头走了。

“你也是，艾德。”她继续开车进去。

更晚时候，当太阳下山，我走回了镇上，走到小丑街上。

我眼前全都是奥黛丽。我看见她的胳膊，她结实的腿。我看见她笑着和她的男朋友聊天、吃饭。我想象着他在她的厨房里用手指喂她吃东西，她吃着，然后亲着他。

看门狗陪着我。

我忠实的伴侣。

沿途中，我给我们买了一些热薯条，放了很多盐和醋。这是老式吃法，整份儿用今天报纸的赛马版包起来。热门的小贴士说的是一匹叫做贝肯·罗素的两岁母马。我想知道它成绩如何。另一方面，看门狗不在乎。它闻到了薯条的香味。

我们找到了小丑街23号，发现那是一家餐厅，做意大利菜，很小，名字叫梅卢梭餐厅。它处在一个小型的商业圈里面，按照小餐厅的老规矩，灯光朦胧。闻起来这里的菜味道不错。

我们坐在餐厅街对面的公园长椅上，吃着薯条。我把手伸进沾满了汗水和油渍的报纸卷成的漏斗形袋子里面。我喜欢这时候的每一分钟。我每次抛给看门狗一根薯条，它就先让它掉在地上，然后再靠过去舔起来。它来者不拒，这狗。我不认为它会过多担心胆固醇的问题。

今晚无事。

第二天晚上也没事。

事实上，我们在浪费时间。

现在这成了惯例。小丑街，薯条，看门狗和我。

餐馆老板有点儿老了，但很有威严。我很肯定我要来找的不是他。我能感觉出来。就要出事了。

星期五晚上，我照例在餐馆外站了半天，人家打烊后我回到家，却发现奥黛丽坐在我家门廊上等我。她穿着沙滩裤、浅色衬衫，没戴胸罩。奥黛丽的胸不大，但很漂亮。我停下脚步，犹豫了一会儿，然后继续往前。看门狗很喜欢她，一路小跑着就扑了过去。

“嘿，看门狗。”她说。她热情地蹲下来迎接它。他们俩是好朋友，“嗨，艾德。”

“嗨，奥黛丽。”

我打开门，她跟着我走了进来。

我们坐下。

在厨房。

“哎，这么晚你去哪里了？”她问。我差点儿笑了出来，因为通常情况下，这个问题是老婆轻蔑地问不可靠的浑蛋老公的。

“小丑街。”我回答。

“小丑街？”

我点点头：“那里有家餐馆。”

“真的有条街叫小丑街？”

“我知道你的意思。”

“发生什么事了吗？”

“没有。”

“明白了。”

她移开视线，我下了决心。我说：“那，奥黛丽，你怎么会在这里？”

她低下头。

不看我。

终于等到了她的回答。她说：“艾德，我想我是想你了。”她的眼睛是浅绿色的，很湿润。我想告诉她从我们上次在一起到现在还不到一周时间，但是我想，我明白她的意思。“不知道为什么，我感觉你好像正在悄悄溜走。自从这一切开始之后，你变得不一样了。”

“不一样？”

我问道。但是我知道答案。我是不一样了。

我站起来，看着她。

“是的。”她确认道，“就是说与你过去的样子不同了。”她解释着，但给人感觉她不是真的很想解释，这就是一个她必须说出来的情况，“现在你是个人物了，艾德。我不知道你做的每件事情，不知道你经历了什么，我不知道……你现在好像离我越来越远了。”

真是讽刺。你不记得吗，我一直期望的就是离她近点。我甚至绝望地试过。

她得出了结论：“你更好了。”

正是这句话，让我可以从奥黛丽的角度来看这些事情。她喜欢我就是艾德，这样更安全，也更稳定。现在，我改变了这一切。我在世界上留下了自己的足迹，无论这足迹多么渺小，它打破了奥黛丽和我之间的平衡。可能她担心如果不能拥有她，我就不想念她了。

就像这样。

像我们以前那样。

她不想爱我，但是她也不想失去我。

她希望我们相处得很好。就像以前一样。

但是情况不再像以前那样确定了。

我们会的。我试图承诺。

我希望我是对的。

我还在厨房里，手指又碰到了口袋里鲁亚给我的石头。我回想着奥黛丽对我说的话。可能我真的正在蜕变，我不再是以前的艾德·肯尼迪，而日益成为一个心里充满目标，而不是无能为力的人。可能有天早上我醒过来，从自己的躯壳当中完全蜕变出来，转回头看看原来的自己，已经死在床单中间。

这是件好事，我知道。

但是一件好事怎么会突然让人觉得这么难过?

从一开始，我就希望是这样。

我回到冰箱旁又拿了些酒。我得出以下结论：我们必须喝醉。奥黛丽同意。

“哎，我在小丑街的时候，”稍后我靠在沙发上问她，“你在干吗？”

我看见她的思绪在旋转。

她醉得至少敢用一种腼腆的语气告诉我。

“你知道的呀。”她有点儿难为情。

“不，”我要嘲弄一下她，“我不知道。”

“我和西蒙在我房间，我们……几个小时。”

“几个小时？”

我好受伤，但是声音中不能流露出来：“你怎么还能有力气到这儿来？”

“我不知道。”她承认，“他回家了，我觉得很空虚。”

所以你来这儿。我想。但是我不痛苦。此时不会。我用理论跟自己说明，生理行为没那么重要。因为过去的时光，奥黛丽现在需要我，这样已经很好了。

后来她叫醒我。我们还在沙发上。桌子上集合了一小群瓶子，它们坐在那里像是看热闹的，像是意外事故的看客。

奥黛丽认真地看着我的脸，犹豫着，然后丢给我一个问题。

“艾德，你恨我吗？”

胃里的气泡酒和伏特加让我仍然很蠢，我回答她。很严肃地回答。

“是的。”我低声说，“我恨你。”

我们用笑声打破了突然的沉默。沉默再次回来时，我们再次打破。笑声在我们前面旋转，我们不断地打破沉默。

当笑声终于平静下来时，奥黛丽低声说：“我不怪你。”

我再次醒来，是被重重的敲门声吵醒的。

我跌跌撞撞地走到那儿，打开门，站在我眼前的是上次从我车上跑掉的那个家伙。好像是上辈子的事情了。

他看起来很不耐烦。

就像以前。

他举起手来要我安静，然后说道：“就——”他等了一会儿，为了加强效果，“闭上嘴听我说。”他继续说的时候，听起来真的不只是不耐烦，“听着，艾德，”他那黄色镜框的眼镜让我很不安，“现在是凌晨三点。居然还他妈的这么潮湿。我们都在这里。”

“是的。”我同意。一朵醉云悬在我头顶。我甚至感觉马上要下雨了。“我们都在这里。”

“别嘲笑我，小子。”

我晕乎乎地往后退：“对不起。什么事？”

他停顿片刻，我们之间的气氛很紧张。他说话了。

“明天。晚上八点整。梅卢梭餐厅。”他准备走了，又想起了什么事情，“还有，帮我一个忙，行吗？”

“当然。”

“看在上帝的面上，少吃点薯条。你让我想吐。”他指着我，威胁道，“赶紧处理这件破事儿。你可能认为我没有更重要的事情去做，其实我有的，明白吗？”

“好的。很有道理。”恍惚中，我想起了另一件事情，我大喊，“谁派你来的？”

这个家伙带着黄框眼镜、穿着黑色西装、性情野蛮，他站在门廊台阶上扭回头来说道：“肯尼迪，我他妈的怎么知道？”他甚至笑了笑，摇摇头，“你可能不是唯一一个信箱里有扑克牌A的家伙，想过这个问题吗？”

他又停了一小会儿，然后转身，蹒跚而去，消失在夜色里。与夜色融为一体。

奥黛丽出现在我身后。我有些事情需要思考。

我记下他告诉我去梅卢梭餐厅的事情。

明天晚上，八点，我必须去那儿。

把纸条贴在冰箱上后，我爬上床，奥黛丽也和我一起。她睡觉的时候把腿压在我身上，我喜欢感受到她的气息在我的身边。

大概十分钟以后，她说：“艾德，告诉我，告诉我你都去了哪些地方。”

我以前曾经告诉过她方块A的任务，但只是草草带过。虽然我现在很累，但我还是告诉了她。

关于米拉，美丽的米拉。我说着的时候，又仿佛看见她脸上恳求的神情，她恳求我告诉她，她对吉米很好。

关于苏菲，那个赤脚的女孩……

奥黛丽睡着了。

她睡着了，但是我没有停止。我给她讲关于埃德格街的事情，还有所有别的故事：石头、打人、奥瑞里神父、安吉·卡鲁索、罗斯兄弟、塔图布一家。

就在这时候，我发现我很开心，我想就这么醒着，但是很快黑夜降临了，把我狠狠地打入了睡梦中。

♠ 9 女人

一个女孩子的哈欠居然这么美，美得让人想退缩。

特别是当她穿着内裤和衬衫，站在你的厨房打哈欠的时候。

刚刚我在洗碗的时候，奥黛丽就是这个样子。我用水冲盘子，她站在那儿，揉着眼睛，打着哈欠，微笑。

“睡得好吗？”我问。

她点点头说：“艾德，你让人很舒服。”

我意识到我可以认为这是句评语，但它其实是一句赞美。

“坐一下。”我说。下意识地，我看着她的衬衫纽扣和她的臀部。我顺着她的腿一直看到膝盖、小腿和脚踝。所有这一切就在瞬间。奥黛丽的脚看起来柔软而精致，简直能融化在厨房地板上。

我冲了点谷物脆给她，她嘎吱嘎吱地吃着。我不需要问她要不要吃。有些事情我就是知道。

稍后，奥黛丽冲了个澡穿好衣服以后，我证实了这一点。

她站在前门口，说：“谢谢你，艾德。”停了一下又补充道，“你知道吗？所有人当中，你是最了解我的、对我最好的，我跟你在一起是最舒服的。”她居然斜倚过来，吻了一下我的脸，“谢谢你昨晚留我。”

她走了，她的唇给我的感觉还留在皮肤上。嘴唇的滋味。

我看着她沿街一路走远，直到她转弯。就在她转弯之前，她知道我还站在原地，最后还扭回头看看我，冲我招手。作为回应，我举起手，但她已经走了。

慢慢地。

有时候很痛苦地。

奥黛丽让我心痛。

“帮我一个忙，行吗？看在上帝的面上，少吃点儿薯条。”

我又一次听到了昨天晚上那个朋友的话。

整整一天这些话不停地回响在我脑子里，和他说的另一句话一起：

“你可能不是唯一一个信箱里有扑克牌A的家伙，想过这个问题吗？”

当然，在句子末尾有一个问号，但是我知道这是个陈述句。这让我想起我遇到的每个人。会不会像我一样，他们也都是传信人呢？他们是不是也都被迫绝望地经历着所有必须经历的一切呢？我很好奇，他们是否也在信箱里收到了扑克牌或者手枪，或者收到了给他们提供的特殊工具呢？应该都是因人而异吧，我想，我收到扑克牌是因为我打牌。达里尔和基思收到的可能是头套，昨天晚上那哥们儿收到的可能是黑色外套和坏脾气。

晚上七点三刻前，我得去到梅卢梭餐厅，不带看门狗。这次我要进去。出门前，我得给它解释清楚。

它看着我。

什么？它问。今晚没有薯条？

“抱歉，伙计。我会给你带东西回来的，我保证。”

我出门前，它好像很开心，因为我给它冲了杯咖啡，还在里面放了冰淇淋。我倒咖啡给它的时候，它高兴得四处乱蹦。

太好了。它在厨房里告诉我。我们还是朋友。

我必须承认，去小丑街和梅卢梭餐厅的时候，我甚至有点儿想念它。感觉好像任务是我们共同的，现在，我不得不独自完成，领受所有的荣耀。

是的。

如果有荣耀的话。

我差点儿忘了，事情可能出错，可能很困难。证据一：埃德格街；证据二：罗斯兄弟。

当我走进梅卢梭餐厅的大门，走进意大利面酱、通心粉、大蒜——所有一切混合出来的味道和温度之中时，我很奇怪我这次要传的信息是什么。我睁大眼睛注意着所有身边经过的人，但是，我没有发现看起来有点儿奇怪的的地方，就是一些做着日常琐事的人而已。

说话。车子停歪了。

骂脏话。告诉他们的孩子快点，别乱叫。

所有这些事情。

进了餐厅，我请丰满的女服务员带我去最暗的角落。

“那边？”她惊讶地问，“靠近厨房？”

“好的，麻烦你。”

“从来没有人要求坐在那里，”她说明一下，“你确定吗，先生？”

“确定。”

好怪的人。我知道她在想。但她还是带我过去了。

“酒单？”

“什么？”

“你想喝点酒吗？”

“不喝，谢谢。”

她从桌上撤走了酒单，告诉我今天的特价菜。我点了意大利面、肉丸子和一份千层饼。

“你在等人吗？”

我摇摇头：“没有。”

“你吃双份？”

“哦，不，”我回答，“千层饼是给我的狗的，我答应它带东西回去。”

这次她给我的表情好像在说：这家伙是多么穷、多么可怜、多么孤单啊！这样想是可以理解的，我觉得。但是她说：“你走之前我再把千层饼打包给你，好吗？”

“谢谢。”

“要点饮料吗？”

“不，谢谢。”

我在餐厅都拒绝饮料，因为我认为饮料在哪里都可以买，我来餐厅是为了吃我不会做的东西。

她离开了，我审视着餐厅。这里坐得半满。有些人在自顾自地狼吞虎咽，有些人在小口喝酒，一对年轻恋人在接吻，一起吃东西。唯一一个有点儿说法的是跟我坐在同一边的一个男人。他在等人，喝着酒，没吃东西。他穿着西装，花白的头发整齐地向后梳着。

肉丸子和意大利面上桌后不久，今晚的重点来临了。

那男人等着的人到达时，我差点儿被我的叉子卡住窒息。那男人站起来吻了她，还把手放在她的屁股上。

那个女人是贝芙丽·安妮·肯尼迪。

贝·肯尼迪。

在别的地方，人们都知道那是我老妈。

我靠，真他妈的。我想。我一直低着头。

莫名，我觉得想吐。

我老妈穿着一身讨人喜欢的裙子。有光泽的深蓝色，简直是暴风雨的颜色。她很有礼貌地坐下，头发确实非常漂亮地衬托着她的脸。

简而言之，这是我第一次看到她像个女人。平常她是个满嘴脏话的妈，只会骂我，说我没用。但是今晚，她戴着耳环，深色的脸庞和棕色的眼睛都笑着。她笑的时候现出几条皱纹，但是没错，她很开心。

作为一个女人，她很开心。

那个男人倒是很绅士，给她倒了酒，问她想吃什么。他们愉快、放松地聊天，但是，我听不见他们说什么。说实话，我也不想听见。

我想起了老爸。

一想起他，我马上情绪低落。

别问我为什么，但是我觉得他应该得到更多。当然，他是个酒鬼，特别是在他最后那段日子，但他是那么仁慈、宽容、温和。我看着肉丸子，看着他的黑色短发，他几乎透明的眼睛。他很高，出去工作时，总是穿着一件绒布衬衫，嘴上叼着根香烟。他在家里从来不抽烟，不在房间里抽。别的不说了，他也是个绅士。

我还记得酒吧打烊后他跌跌撞撞地进门，步履蹒跚地走向沙发。

老妈总是冲他又叫又骂，当然，这已经没用了。

不管怎样，她永远都在唠叨他。他工作得累死也不够。记得“咖啡桌事件”吗？我爸每天都要忍受那种事情。

我们还是小孩子的时候，他常带我们去小孩子玩的地方，比如国家公园、沙滩、游乐场——那个游乐场在几公里外，有一块巨大的金属火箭船。那里不像现在那种让人作呕的塑料游乐场，只有穷人的孩子才去那里玩。他带我们去那些地方，安静地看着我们玩。我们回头，总是看到他坐在那里闷闷不乐地抽着烟，也可能在做白日梦。我的第一段记忆是在4岁的时候，骑在格雷戈尔·肯尼迪——我爸爸的肩膀上。那时感觉世界不怎么大，我哪儿都能看到。那时候，我老爸是英雄，不是凡人。

现在我坐在这里，问自己下一步该怎么做。

我的程序表上第一件事情是：肉丸子不吃了。我只是看着老妈在幸福地约会。很显然这两个人以前就来过这里。服务员认识他们，还停下来聊了两句。他们都很舒服惬意。

我开始时为此痛苦、生气，但是我阻止了自己。有什么用呢？她毕竟是一个人，跟所有其他人一样，有权利做让自己快乐的事情。

很快，我真的明白了为什么我第一个本能是嫉妒她的幸福。

跟我老爸无关。

是我自己。

如果你愿意听，我告诉你。在突然一阵恶心的感觉中，我看到了这种情况的绝对可怕之处：

我老妈在那儿，50多岁，跟某个家伙在镇上到处晃；而我坐在这里，青春年少，孑然一身。

我摇摇头。

对自己。

♠ 10 门廊旋风

女服务员端走了肉丸子，把给看门狗的千层饼拿了出来，饼装在一个廉价的塑料盒子里。我能预料到，它看到这个肯定会非常开心。

溜到柜台付账时，我回头看了看我老妈和那个男人，还小心翼翼地以免被他们发现。但是她的心思全在那个人身上，她全身心地凝视着他，倾听着他，以至于我甚至不用费心隐藏都不用担心她看见我。我付了钱，走出餐馆，但我没有回家。我去了老妈家，在门廊上等她。

这房子还像我童年时候。坐在冰冷的水泥台阶上，我甚至能够从门底下闻到那种童年的气味。

夜空中星星闪烁，当我躺下来看着它们的时候，我迷失在其中了。我感觉我在坠落，向上坠落，坠落进我头上那片天空的深渊中。

接着，我感觉到有人用脚在轻轻推我的腿。

我醒来，看见了脚的主人的脸。

“你在这儿干吗？”她说。

是我老妈。

和以前一样“友好”。

我用一只手肘撑着起身，决定不拐弯抹角：“我来是想问问你，在梅卢桉餐厅吃得开心吗？”

一种惊讶的表情从她脸上坠落，但是她尽量不显露出来。这表情在坠落途中中断了，她好像抓住了它，把它放在手里心烦意乱地摆弄着。“很好啊。”她说。但是我能感觉到她停了片刻琢磨该怎么回应，“女人总要过日子。”

我现在坐起来：“我想，有道理。”

她耸耸肩：“这就是你来这里的唯一原因——拷问我是不是跟男人出去吃饭？我有需要，你要知道。”

需要。

听听她的话。

她经过我身边走到门口，把钥匙插到锁孔里。“现在如果你不介意，艾德，我很累了。”

现在。

这一瞬间。

我差点儿妥协，但是今晚我要抗争。我非常明白，在这个女人的所有孩子中，我是唯一一个在这种情况下不被邀请进门的。如果我的姐姐们在这里，她已经在给她们煮咖啡了。如果是汤米，她已经在问他学校里的人对他好不好，给他喝可乐或者吃蛋糕了。

然后，轮到我，艾德·肯尼迪，不比她的另外几个孩子少根胳膊少条腿的艾德·肯尼迪，她就那么经过我，拒绝我的好意，更别说让我进去。就这一次吧，我希望她能有那么一点点的亲切。

门就要关上了，我赶紧用手挡了一下。那声音就像是在脸上挨了一记耳光。

我看着她，她的表情开始愤怒。

“妈？”我说。

“怎么了？”

“你为什么那么恨我呢？”

她看着我，这个女人。我留意着不让眼睛泄露我的情感。

平淡地，简单地，她回答我。

“因为，艾德，因为你让我想起他。”

他？

我想得没错。

他——我老爸。

她走进屋，门砰的一声关上了。

我曾经不得不把一个男人拖到教堂还试图杀死他，曾经有职业杀手在我的厨房里吃馅饼然后把我放倒，我曾经被一群年轻痞子痛殴一顿……

然而，这次，我感觉才是我最黑暗的时刻。

站着。

痛苦。

在我妈家的门廊上。

天空打开了，裂成碎片。

我想用手敲门，用脚踹门。

但我没有。

我只是跪在地上，那句话像一记猛拳，把我狠狠地打倒在地。我试图从这句话中找到好的感觉，因为我爱我老爸。除了爱喝酒这一点外，我认为像他真的不是什么可耻的事情。

所以，为什么感觉这么糟糕呢？

我没有动。

事实上，我发誓，在我得到我应该得到的答案之前，我绝对不会离开这倒霉的门廊。如果有必要，我就睡在这里，明天一整天在灼人的热浪中等待。我重新站起身来，大喊。

“妈，我不会离开！”再一次，“你听到了吗？我不会离开！”

一刻钟后，门再度打开，但是我没有看她。我转过身对着马路说：“你对别的孩子都那么好——利、凯斯和汤米，好像……”我不允许自己软弱，我来回踱步，“但是你跟我说话的时候却完全不尊重我，我是留在这里陪你的那一个，”现在我转回身来看着她，“我是留在这里陪你的那一个！只要你需要，每一次，我都会来，是不是？”

她同意。“是的，艾德。”但是她也发动了突袭。她用她自己那个版本的真相袭击我。她的话猛烈地刺穿我的耳朵，我想我的耳朵会渗出血来。“是的，你留在这里——这就是重点！”她摊开她的胳膊，“看看这个垃圾场！这房子，这镇子，这一切一切！”声音很沉，“还有你老爹，他向我保证有一天我们可以离开这个鬼地方，他说我们卷铺盖就可以走，可是，你看看我们在哪里，艾德！我们还在这里，我在这里，你在这里。艾德，你就像你那老爹一样，满嘴保证，没有结果。你，”她怨恨地指着我，“你可以和他们任何一个一样好，跟汤米一样好，甚至……可是你仍然在这里，五十年后你还会在这里。”她的声音如此冷漠，“你会一事无成。”

沉寂下来。

“我只希望你，”她打破了沉默，“有所成就。”慢慢地，她回到前面的台阶上说，“艾德，有件事情你得知道。”

“什么？”

她小心地说：“信不信由你。像这么恨你，需要很深的爱。”

我试图理解。

当我走下前院草坪，转头看时，她仍待在门廊上。

天哪，夜色这么黑。

像黑桃A一样黑。

“爸还活着的时候，你就和那个男人在一起吗？”我问她。

她看着我，希望她不用回答。虽然她什么都没说，我已经知道了答案。我知道她不仅恨爸爸，还恨她自己。就在那个时候，我意识到她错了。

不是地方的原因。我想。是人。

不管到哪里我们都是一样。

我又开口。最后一个问题。

“爸爸知道吗？”

长时间的沉默。

杀人的沉默。老妈转过身哭泣起来。夜色那么深，那么黑，我不知道明天的太阳是否还会升起。

♠ J 电话

“妈？”

“嗯？”

我低头看着看门狗，它在吃它的千层饼，带着一种只能用“欣喜若狂”来形容的表情。凌晨两点零三分，我把电话听筒贴近耳朵。

“你好吗，妈？”

声音颤抖着传来，答案如我所料。

“嗯，我没事。”

“那就好。”

“只是你把我吵醒了，你这个没用的……”

我挂上电话，但笑了。

我本想告诉她我仍然爱她，但是可能这样的方式更好。

♠ Q 钟街电影院

昨晚我忍不住一直想着老妈跟我说的所有事情。

到星期天上午了，我几乎没睡。看门狗和我都喝了几杯咖啡，但是并没有让我清醒。我不知道我是否算是处理了小丑街和我老妈的事情，但我的感觉告诉我我处理了。她必须告诉我那些事情。

当然，有件事情并不令人愉快——我老妈认为我是个完全的失败者。

她应该承认自己也是个失败者，但这个事实并没有让我好受，虽然应该是那样。在某种程度上，这也让我清醒了一点儿。我意识到自己不能一辈子做个出租车司机。这会让我疯掉的。

第一次，有条信息在某个方面，碰触到了我自己生活的某个部分。

这条信息是给谁的？

给老妈还是我？

然后，我又一次听到她的声音：“像这么恨你，需要很深的爱。”

在她对我说这句话时，我想我在她脸上看到了某种解脱。

这信息是给她的。

看门狗和我去教堂看奥瑞里神父，他仍然在办相当慷慨的聚会。

“艾德！”后来，他激动地说，“我还担心你不会回来呢。这几周我很想你。”他拍拍看门狗。

“我想，我们都在忙。”我说。

“主和你同在吗？”

“不算。”我回答。我想起昨天晚上，想起我妈承认外遇、恨我爸不守承诺、看不起她唯一一个留在镇上的孩子。

“哦，”他断言，“每件事情都有它的目的。”

我只能赞同。没有任何事情是无来由地发生的，我把注意力集中在下一条信息上。

现在还有钟街。我下午去了那里。39号往下走进去，是一个又老旧又衰败的电影院。电影院上面是一排老式排房，还有一块看板固定在遮阳棚上。今天，看板上的信息是：

《卡萨布兰卡》[1] 下午2：30

《热情似火》[2] 下午7：00

走下去，会看到窗上贴着很多老电影的海报，这些海报的边缘都发黄了。当我进去后，看到里面有更多的海报。

一股过期爆米花和裂开的地板的味道。好像没有人。

“喂？”我喊。

没有回应。

这个地方必定几年前衰落和荒废了，就在镇子那头建了个“大联盟影院”之后。

“喂？”我再喊，这次更大声。

我朝里面的房间一看，看见一位老人在睡觉。他穿着西装，打着领带，像个老式的引座员。

“你好吗，伙计？”我问。他一下子惊醒了。

“哦！”他从椅子上跳起来，把外套抻直，“能为你做点儿什么？”

我看着柜台上的看板说：“我想买张《卡萨布兰卡》的票，麻烦你。”

---

1 1943年美国电影，英格丽·褒曼主演。

2 1959年美国电影，玛丽莲·梦露主演。

“上帝啊，你是我几周来第一个顾客！”

老人的眼睛周围有着很深的皱纹，眉毛非常浓密。他的白发梳得很整齐，虽然他也快秃顶了，但他没有把稀疏的头发梳过头顶以掩盖他的“地中海”。他的表情很真挚，很开心。坦诚地说，他身上的每一个细胞都在欣喜。

我递给他十块钱，他找给我五块。

“爆米花？”

“好的，麻烦你。”

他把爆米花舀出来装到盒子里时，激动不已。“免费。”他对我眨眨眼。

“谢谢。”

电影院本身很小，但是屏幕很大。我得等上一会儿才到开演时间，但是老人在大概差五分两点半的时候走进来说：“我想没有人来了，你介意我们提早一会儿开始吗？”他可能是怕我等太长时间不耐烦就走人了。

“不介意。”

他跑开了，从过道往上跑回去。

我几乎是坐在电影院正中。真要说更详细点儿的话，我在中间靠前面一排。

电影开始了。

黑白片。

放了一会儿，影片中断了，我回头向上看着放映窗。他忘记换胶片了。我放声大喊。

“嘿！”

没反应。

我想他肯定是睡着了，于是走出观众席，找到一个写着“员工专用”的门，走了进去。这个门把我引向了放映室。老人正在低声打鼾，往后靠在椅子上，倚着旁边的墙壁。

“先生？”我说。

“哦，不！”他对自己大喊，“不会又那样吧！”

他显然很懊恼，又是自责又是道歉地，四处乱跑找新的胶片。

“没事。”我对他说，“冷静点。”但是他什么都听不进去。

他一遍又一遍地告诉我：“别担心，孩子，我会退给你钱的，我再免费请你看一场。片子你自己选。”他热心地继续说着，“你想看什么就看什么。”

我接受了。我没有别的选择。

他往前冲着说道：“现在你赶快下去，时间正好，不会漏掉任何镜头。”

我回座位之前，觉得有必要自我介绍一下。我说：“我叫艾德·肯尼迪。”我伸出手。

他停下来握住我的手，研究着我的脸。“是，我知道你是谁。”他暂时忘掉了胶片的事情，非常亲切地直视着我的眼睛，“有人告诉我你会来。”

他又开始忙他的事情了。

我站在原地。

事情越来越好玩了。

我看着接下来的电影，对自己说：不查出是谁告诉老人说我会来，我就不离开这里。

“好看吗?”我出来时他问我。但是，我不会允许他有空和我讨论这种事情的。

我说：“谁告诉你我会来?”

他努力想逃避这个问题。

“不，”他几乎惊慌失措，“我不能说。”他想离开，“我答应过他们，他们是好人……”

我把他拉回来，面对我：“谁?”

他看着他的鞋子和地毯，看起来更老了。

“两个男人?”我问。

他看着我，像在说“是”。

“达里尔和基思?”

“谁?”

我试着换个角度：“他们吃你的爆米花了吗?”

又一个“是”。

“那就是达里尔和基思了。”我确认。贪吃的浑蛋。“他们有没有伤害你?”

“哦，没有，没有。他们人很好。很和善。他们一个月前过来，看了场

《罗伯茨先生》[1]，然后在离开前告诉我，有一个叫艾德·肯尼迪的家伙会来。他们还说你办完事情以后，会有东西给你。”

“我什么时候会办完事情？”

他摊开手：“他们告诉我你知道。”他悲哀地歪着头，“你完成了吗？”

我摇摇头：“没有，好像没有。”我移开视线，然后又看回来，“我必须为你做点儿事情。好事情，我是说，在你看来好的事情。”

“为什么？”

我差点儿告诉他我不知道，但是我拒绝撒谎。“因为你需要。”

他需要一个像奥瑞里神父那次那样的聚会吗？

我怀疑。因为同样的事情不会发生两次。

“可能，”他走近一些，“你回来看一场免费电影就完成了。”

“好的。”我同意。

“你可以带你女朋友过来。”他建议，“你有女朋友吗，艾德？”

这一刻我真满足。

“是的，”我说，“我有女朋友。”

“那就带她一起过来。”他搓搓双手，“没有什么能比得上你跟你女朋友坐在大屏幕前。”一个调皮的微笑隐约浮现在他脸上，“我年轻的时候，经常带女孩子到这里来。这就是我从建筑行业退休以后，买下这个地方的原因。”

“你从这里赚到钱了吗？”

“哦，上帝，没有。我不需要。我只是喜欢放电影、看电影、打瞌睡。我老婆说如果这个地方能让我不跟她吵架，那为什么不呢？”

“有道理。”

“嗯，你什么时候回来？”

“可能明天吧。”

他拿给我一本字典那么大的目录，翻着，想给我建议一部电影。但是我不需要。

“不用了，谢谢。”我跟他解释，“我知道我想看什么电影。”

“真的？已经想到了？”

我点点头：“《铁窗喋血》[2]。”

---

1 1955年美国电影，杰克·莱蒙主演。

2 1967年美国电影，保罗·纽曼主演。

他又搓了搓手，咧嘴笑了。“选得好。好片子。保罗·纽曼很出彩，还有乔治·肯尼迪——跟你一个姓，也让人难忘。明天七点半？”

“好啊。”

“太好了，那么明天就可以见到你和你女朋友了。她叫什么名字——你女朋友？”

“奥黛丽。”

“噢，名字真可爱。”

就要离开的时候，我意识到我还不知道这位老人的名字。

他向我道歉：“哦，真抱歉，艾德。我叫伯尼。伯尼·普莱斯。”

“嗯，很高兴认识你，伯尼。”我往外走。

“我也是，”他说，“很高兴你来。”

“我也是。”

我走出门，走进傍晚炎热的空气中，走进夏天。

今年的圣诞夜是在星期四，那天所有人都会过来打牌、吃火鸡、看马文热吻看门狗。

我给奥黛丽打电话说明天的事情，她取消了和男朋友的约会。我想，她能从我说话时的迫切语气听得出来，我需要她和我出去。

我们定好时间以后，我就走着去了哈里森大道米拉的住处。

她打开门，好像这几个星期来她更虚弱了。从我上次来访到现在，已经有一段时间了，她的脸因为我的到来而容光焕发。她开始时驼背站着，但是看到我，却挺直了身体。

“吉米！”她的声音高扬，“进来，进来！”

我走进门去，在客厅里发现她在努力自己读《呼啸山庄》，但是没读多少。

“哦，是的，”她端着茶进来，“我在尝试在没有你的帮助时读读这本书，但是好难啊。”

“你愿意我现在读几页给你吗？”

“那可太好了。”她笑了。

我喜欢这个老妇人的笑。我喜欢她脸上的皱纹，和她眼里的愉悦。

“你愿意圣诞节那天来我家过吗？”我问她。

她放下茶，回答道："是的，当然，我愿意去。没有……"她看着我，"没有你，我越来越寂寞，吉米。"

"我知道，"我说，"我知道。"

我握住她的手，轻轻地抚摸着它。在这样的时候，我祈祷人死后灵魂可以找到彼此。米拉和真正的吉米。我祈祷他们能找到彼此。

"第六章。"我读道，"辛德雷先生回家奔丧来了，而且——有一件事使我们大为惊讶，也使左邻右舍议论纷纷——他带来一个妻子……"

星期一是繁忙的一天，我在城里开车。那天很多乘客用车，就这一次，我好像能够在车流中很自在地穿梭。出租车司机的目标常常是很简单的：不要去招惹其他司机。今天我做到了。

我在六点前刚好回到家，和看门狗一起吃过饭，七点左右去接奥黛丽。我穿上我最好的牛仔裤、我的靴子，还有一件已经褪色成橘色的红衬衫。

奥黛丽打开门，我闻到了香水味。

"你好香。"我说。

"嗯，谢谢你，好好先生。"她允许我吻她的手。她穿着黑裙子、很漂亮的高底鞋，还有沙色的紧身女衫，搭配得好漂亮。她的头发紧紧地在扎起来，几绺发丝垂落在两侧。

我们走在街上，她挽着我的胳膊。

我们看着自己的样子，都忍不住笑了。

"你好香，"我又说了一遍，"也好美。"

"你也很帅。"她回答，想了下又说，"穿这么件破衬衫也帅。"

我低头看看。

"我知道。这衬衫有点儿吓人，是吗？"

但是奥黛丽不介意。她走路的样子几乎是蹦着跳着，她说："哎，我们要看什么电影？"

我尽力地不露出洋洋自得的神情，因为我知道她最喜欢的一部电影就是《铁窗喋血》。

她停下脚步，表情太美了，美得我几乎要尖叫。"你今天超常发挥哦，艾德。"我上次听到这句话是马文对玛格丽特说的，那个服务员。这次，这句话不是讽刺。

“谢谢你。”我回答。我们继续走着，转个弯到了钟街，奥黛丽仍然挽着我的胳膊。我真希望电影院能再远一点儿。

“你们来了！”看到我们来了，伯尼·普莱斯说道。他很激动。他没有在睡觉，我真的很惊讶。

“伯尼，”我礼貌地说，“这是奥黛丽·欧尼尔。”

“很高兴见到你，奥黛丽。”伯尼咧着嘴笑。奥黛丽去洗手间时，伯尼把我拉到一边，激动地低声说：“哎，她真是再好不过了，是不是，艾德？”

“是啊，”我同意，“那是当然。”

我买了过期的爆米花，或者说至少我是打算买的（因为伯尼，用他的话说，他不允许我买，他请客），我们走进去，坐在昨天坐的位子附近。

他给我们每人一张票。

《铁窗谍血》 晚上7：00

“你的‘喋’字写错了吧？”奥黛丽问。

我低头看看，很有趣。是写错了，好像与今晚的气氛很适合。

我们坐下等着，很快上面传来了敲击的声音，是放映室。“你们两个准备好了吗？”我们听到了含含糊糊的声音。

“准备好了！”我们都回应道。然后转过头去看着屏幕。

电影开始了。

我希望当我们在看电影的时候，伯尼在上面很开心地回忆着他像我这么大时，带着女朋友来这里的场景。

我希望当他看着坐在大屏幕前的两个人影——仅仅是两个轮廓的时候，他仍然相信奥黛丽真的是我的女朋友。

我暂时把传递信息抛在脑后。

信息已经送到，但是，我没有看到伯尼脸上的表情。我试图在屏幕上的人物里看到。

是的，我希望伯尼快乐。

我希望他能牢记。

奥黛丽跟随着电影里的音乐轻声哼唱，在这个时刻，她是我的女孩。我能让自己相信。

今晚是属于伯尼的，但是我也留了一小段，给我自己。

这个电影我们都看过几次了，绝对是我们最喜欢的。在某些片断，我们几乎可以跟演员一起讲台词，但是我们从来不会那样做。我们只是坐在那里，享受着电影，享受着空旷的电影院，我享受着奥黛丽的陪伴。我爱这件事情：这儿只有我和她，我们单独在一起。

只有你跟你女朋友。我听到了伯尼昨天说的话。我意识到伯尼今晚应该得到更多，而不仅仅是坐在放映室里。我低声对奥黛丽说：

“如果我请伯尼下来和我们坐在一起，你介意吗？”

她的回答如我所料：“没问题啊。”

我跨过她的腿，走到上面的放映室。伯尼在上面睡着了，我轻轻地推醒他。

“伯尼？”我说。

“哦——嗯，艾德？”他把自己从蒙眬睡意中拖出来。

“我和奥黛丽……”我说，“我们想请你下来，和我们一起看电影。”

他往前坐一坐，表示反对：“哦，不，艾德，我绝对不能那样。绝对不能！我在这里有很多事情要做，你们年轻人应该单独在下面。你知道的，”他说，“做点儿顽皮的事情。”

“来吧，伯尼。”我说，“我们都很想和你一起。”

“不不不，”他很坚决，“我不能。”

我们又争执了一会儿，最终我放弃了，还是走回观众席。我坐在奥黛丽身边时，她问我：“伯尼呢？”

“他不想来打扰我们，”我告诉她。但是，当我调整了一下舒服的坐姿后，后面的门开了，伯尼站在那儿，站在光线中。他慢慢地朝我们走下来，坐在奥黛丽的另外一边。

“很高兴你能来。”她低声说。

伯尼转过头看着我们两个。“谢谢你们。”他带着感激的心情眨了眨疲倦的双眼，然后又扭头看着屏幕，神采奕奕。

大约十五分钟以后，奥黛丽发现我的手放在扶手上。她把她的手也悄悄放了上来，握住了我的手。她轻轻捏了捏我的手，我看过去，发现她也握着伯尼的手。有时奥黛丽的友善很合适，她知道如何恰如其分地表达。

她的时机掌握得很完美。

一切都很顺利，直到需要换胶片的时候。

伯尼又睡着了。我们叫醒他。

“伯尼。”奥黛丽稍微推了他几下，轻轻地说。

他一醒来，就从椅子上跳起来大喊：“胶片！”他快步走向过道。我转过头抬头看着放映室，这时我注意到。

放映室里已经有人了。

“嗨，奥黛丽，”我说，“看！”我们都站起来盯牢放映室窗口，“上面有人。”我们四周的空气好像屏住了呼吸，直到我终于能动了。我朝着过道走去。

开始，奥黛丽不知道该做什么，但是很快，我听到她跟在我后面。我跑上过道，眼睛一直盯着放映室里的人影。那个人影也看见了我们，因此加快了动作。就在我们距离门口还有一半路程的时候，那人疯了似的狂跑，离开了放映室。

我追到门厅，我能闻到在过期爆米花和地毯中混杂的紧张味道，是那种有人来了又走了的味道。我朝着“员工专用”的门走过去，奥黛丽紧跟在我后面。

我们进到房间，看到的第一个镜头是伯尼在不停摇晃着的手。

颤抖在他的脸上流淌。

经过他的嘴唇，到达了他的喉咙。

“伯尼？”我叫，“伯尼？”

“吓死我了。”他说，“他跑出去的时候，差点儿把我撞倒。”他坐下来，“我很好，艾德。”马上，他指指远远放着的一堆胶片。

“什么？”奥黛丽问，“那是什么？”

“最上面的那个，”伯尼回答，“不是我的。”

“我们应该放来看看吗？”

我愣怔在那里好一会儿，但是回答说：“好的。”

“你最好到下面观众席，”伯尼建议，“在那里看比在这里看好多了。”

下去之前，我问了一个感觉伯尼能够回答的问题。

“为什么，伯尼？”我问，“他们为什么一直对我做这些事情？”

但伯尼只是笑笑。

他说：“艾德，你还不明白，是吗？”

“明白什么？”

他抬头看看我，不慌不忙地说：“他们做这些，因为他们可以做。”声音很疲惫，但是真诚而坚定，“所有这一切在很久以前就策划好了，至少一年以前。”

“是他们告诉你的？”

“对。”

“就这么说的？”

“对。”

我们在那里站了好一会儿，思考着，直到伯尼让我们离开。“去吧，”他说，“你们小孩子回到下面去。我马上给你们放片子。”

回到门厅，我斜靠在门上，奥黛丽说：

“一直是这样吗？”

“差不多。”我回答。她只是摇摇头，然后保持沉默。“我们走吧。”我对她说。几次努力之后，我才说服她回到观众席。“快要结束了。”我说。莫名地，我觉得奥黛丽希望我说的是电影。

但是我呢？

我不再考虑电影。

不再考虑别的任何事情。

除了扑克牌。

除了A。

♠ K 最后一卷胶片

我们走下过道的时候，屏幕上仍然是空白的。

画面终于出现，场景是暗黑的夜，我看见一些年轻人的脚，他们在走。

他们往前，逼近街上一个孤独的身影。

是这个镇上的街道。

那个人影也是这个镇上的……

我停下脚步。

顿时。

奥黛丽又走了几步才转过身，看到我的眼睛死死地盯着屏幕。

开始，我只是指着画面。

然后我说："奥黛丽，那个人是我。"

我们看着屏幕上的镜头，罗斯兄弟和他们的朋友朝我猛冲过来，在街上把我狠揍了一顿。

站在走道上，我能感觉到自己脸上的伤疤。

我的手指在我还未愈合的皮肤上徘徊、灼烧。

"那是我。"我又说了一遍。这次是轻声说。在我身旁，奥黛丽的眼泪决堤了，她在黑暗中哭泣，在黑暗的电影院里哭泣。

下一个镜头是我拿着所有那些书走出图书馆。然后是荣耀路的街灯。就一个街灯的镜头，它们孤独地站在夜里——权力与荣耀。街灯开始是暗的，然后突然打开，照亮了整个电影院。接下来的镜头是门廊旋风。我看见我妈抛出了那些伤人的话，几乎凿开了我的脸。然后，我慢慢地走远，几乎就要走出屏幕走进电影院来。然后，我们看到我走向钟街电影院。

我们看到的最后的镜头是直接写在胶片上的几行字：

艾德·肯尼迪最难挨的时光。

干得好，艾德。

该继续前进了。

然后屏幕又黑了。

一片漆黑。

我仍然无法移动脚步。奥黛丽试着拉我一起，但是几乎没用。我站在那里一动不动，一直盯着屏幕。

"我们回座位上去吧。"她说。我能听到她声音里的担心。"我想你最好坐下来，艾德。”

慢慢地，我提起了一只脚。

然后是另一只。

“我可以继续放电影吗？”伯尼冲着下面喊。

奥黛丽用询问的眼神看着我。

我稍稍抬起头，然后点一点，表示同意。

“好的，伯尼！”她对我说，“好主意。这会分散你的注意力。”

有一会儿，我考虑跑到外面，不管是谁在这里，我把电影院掀个底儿朝天也要把他找出来。我想问问伯尼是否又是达里尔和基思。我想知道他们告诉伯尼的事情为什么不能告诉我。

然而，我知道那是徒劳。

他们做这些，因为他们可以做。

这句话几次袭上我的心头，我知道这里确实是我此时应该待的地方。因为黑桃，我需要从这最后一次的尝试中挖掘出自己。我们必须待在这里。

当屏幕上又开始出现画面，我开始期待在《铁窗喋血》中最著名的一幕：卢克终于越狱成功，但是所有人都抛弃了他。“你们在哪里?！”我等待着他等会儿在床铺上的尖叫。

我们走回座位上时，卢克开始把自己拖向屏幕的那一端，带着一种完全的、荒凉的绝望。他转身倒在床铺旁边。“你们在哪里？”他平静地说。

你们在哪里？我问。我转过身，期待看到一个人影站在电影院的某个地方。我期待有脚步声散落在我们身后的地板上。我猛地扭头四处看。到处都有人，但到处都没有人。在我看得见的每个黑暗的空间，我以为我找到了人，但是每一次，只是黑暗越来越浓重，只有黑暗。黑暗。

“在看什么，艾德？”奥黛丽问。

“他们在这里。”我回答。虽然我什么都不能确定。所有经历过的事情告诉了我这个关键。“他们肯定在这里。”但是，当我的眼睛飞快扫视整个电影院，我什么都没有看到。如果他们在这里，我肯定是看不到的。

很快，我明白了。

当我们回到座位上时，我明白他们现在根本不在这里——但是他们来过了。

他们肯定来过了，因为，在座位上，在我的座位上，坐着一张红心A。

“你们在哪里?！”卢克在屏幕上尖叫。回答他的是我的心跳。它像是巨响的钟声，摇晃着我的内心。我吞咽口水，它的声音越来越大，终于燃烧。

我捡起扑克牌，拿在手里。

“红心。”我低声说。

这是我现在的位置。

我努力读着扑克牌上的字，但我还是把它拿在手里，坚持看完了电影的剩余部分。

我看着电影。

我看着奥黛丽，享受着这一刻，或者至少，享受着剩余的这点儿时间。

红心A坐在手里等待，我几乎能感觉到它的脉搏。

HEART

红心的声音

手提箱

女贼金丝猫

罗马假日

·特别介绍·

♥ 为心型，英语是heart，象征智慧和爱情。

♥ A 红心的声音

我脑子里都是音乐，颜色红黑相间。

第二天清晨。

收到红心A的第二天清晨。

我有种宿醉的感觉。

确信伯尼没事之后（我们任由他就睡在放映室里），我们从电影院上去走回了钟街，走进了夜色中。天气温暖而潮湿，四下里只有一个年轻人。他坐在一张又旧又脏的长凳上，看着另一条路。

开始，我出神地想着刚才发生的一切，可当我转身再看向他的时候，他不见了。

他消失了。

奥黛丽问了我一个问题，但是我没有听到。我耳朵里突然响起一阵嘈杂的噪音，她的声音在那阵噪声之外。开始我不知道这是什么声音，但是稍后，无疑，我确定了：那是红心和黑字的声音，它们在敲击。

红心的声音。

我知道刚才这里的年轻人就是被派往电影院的那个人，毫无疑问。

也许，他本来可以带我去发扑克牌的人那里。

也许，还有很多也许。

我们继续走着，我耳朵里巨大的噪音渐渐平息。脚步声和奥黛丽的声音又变得很清晰了。

现在，清晨，我又一次听到了那个声音。

扑克牌在地上。

看门狗躺在它旁边。

我闭上眼，但是眼前的世界一片红与黑。

这是最后一张扑克牌。我告诉自己。我不理会红心在我床上敲打的声音，又转身睡了。

我梦见飞驰。

在车子里。

看门狗在前座。

可能是闻到躺在我床边的它的味道了吧。

很美的梦，好像美国电影的结局，男主角和他的女孩开车融入了世界的角落。

只是，我一个人开着车。

没有女孩。

只有看门狗和我。

悲剧是，我在睡梦中相信一切是真的。醒来时我吓了一跳，因为我不在开阔的马路上，我听见的是看门狗的打鼾声，看见的是它的后腿压着地上的扑克牌。我想伸手去拿扑克牌，但想想还是没动。我不喜欢在看门狗睡着的时候吵它。

在我的抽屉里，其他扑克牌在等着最后一张。

每一张扑克牌的信息都已经传递。

再来一张而已。我想。我跪在床上，把头深深地埋在枕头里。

我没有祈祷，但是我差点儿那么做。

起床以后，我推开看门狗，再次看着扑克牌。黑色的字和那几张扑克牌上的字笔迹相同。这次，内容如下：

手提箱[1]

女贼金丝猫[2]

罗马假日[3]

我非常确信它们都是电影的片名，虽然我一部都没看过。我回想起《手提箱》是一部蛮新的片子，它可能还没在钟街电影院上映，但一定在城里那家很

1 1992年西班牙电影。

2 1965年美国电影。

3 1953年美国电影，奥黛丽·赫本主演。

不好找但颇受欢迎的电影院上映过。我记得看见过宣传广告。这是一部西班牙翻拍片，我想，类型应该是犯罪喜剧，整部戏充斥着杀手、子弹，和装满了瑞士法郎赃款的手提箱。另外两部电影我不知道，但是我很清楚谁能帮得上忙。

我准备好开始了，但是，在圣诞节前的几天里，工作占据了我所有的时间。圣诞节期间总是很忙，所以我多排了几班，几个晚上都在开车。我把红心A放在我的衬衫口袋里。不管我去哪里，它都跟着我。任务一天不完成，我是一天不会放开它的。

*但是事情会随着任务完成而结束吗？*我问自己。*它会放过我吗？*我已经知道这一切将伴随我到永远。它萦绕于心，但是，我也害怕它会让我感激。我说“害怕”是因为有时我真的不希望在事情结束之前，它变成了一段让我喜欢的记忆。我也害怕到最后，事情不会真正结束。只要记忆挥舞起斧头，它总是发现你心上的柔软之处然后随即劈开，事情就会不停地发生。

这么多年来，我第一次送出圣诞卡。

唯一的不同是我不送那种画着圣诞老人或者圣诞树的卡片。我找了几副旧扑克牌，把所有的A都挑了出来。我在每一张上面都为我拜访过的每个地方写了几句话，然后放在小信封里，在信封上写上“圣诞快乐。艾德”。甚至还有给罗斯兄弟的。

那天上夜班之前，我先开车四处把扑克牌送了出去。在大部分地方，我没被注意到就溜了。在苏菲家我被看到了。我必须承认，我有点儿想让她看到我。

莫名地，我对苏菲有一种特殊的感觉。可能我之所以喜欢她，一部分原因是她永远都是失败者——很像我。但是，我也知道不仅仅是因为这个。

她很美。

她这样的时候很美。

就像在其他地方一样，我把信封放在她的信箱里，然后转身准备离开。但是她的声音从上面传来，她在窗前。

“艾德？”她朝下面喊。

我转回头去，她冲我喊“等一下”，然后很快就从前门走了出来。她穿着白T恤、蓝色的运动短裤，头发扎在脑后，有几缕发丝飘在脸颊。

“只是送你张卡片，”我说，“圣诞卡。”一阵突然的愚蠢占据了我的大脑。我很尴尬地站在她家的车道上。

她打开了信封，读着卡片。

在给她的卡片上，除了“圣诞快乐”，我在方块图案下面多写了一句：

“你好美。”我写道。她读的时候，我看到她的眼睛有点儿湿润了。这是她赤脚在运动场上跑、摔倒了流血那天，我对她说过的话。

“谢谢你，艾德。”她心无旁骛地看着扑克牌，说，“我以前从来没有收到过这样的贺卡。”

“圣诞老人和圣诞树的那种，都卖完了。”我回答。

送这样的卡片给这些人，感觉很奇妙。他们永远不会真正明白这些卡片意味着什么，有些人甚至可能都不知道这个“艾德”究竟是谁，不过我认为那不重要。最后，苏菲和我互道再见。

“艾德？”她说。

我正坐在出租车里，便摇下车窗：“苏菲？”

“你能不能……”她的声音很有礼貌地从她嘴里踱步出来，“你能不能告诉我，我能给你什么？你给了我那么多。”

“我什么都没有给你。”我告诉她。

她完全明白我在说什么。

“什么都没有”指的是鞋盒里什么都没有，但是，我们都没有说。

我们都知道。

我把车子开走的时候，方向盘都被我攥热了。

我送的最后一张扑克牌是给奥瑞里神父，他好像正在家里为这条街上所有前途无望的家伙举办一个聚会。那些曾想抢我的夹克衫、抢我的不存在的钱和香烟的家伙都在那儿，吃着加了很多酱汁和洋葱的香肠三明治。

“嘿，快看。”有个人认出我来，我想他是乔，“是艾德！”他想找到神父，“嘿，神父！”他叫着，他的话连同三明治一块儿喷了出来，“艾德来了！”

奥瑞里神父匆忙过来，说道：“你来了，这个让今年完全不同的人。我一直打电话给你。”

“我有点儿忙，神父。”

“啊，是的。”他点点头，“你的任务。”他把我拉到一边说，“听着，我只是想再次谢谢你，艾德。”

我知道我应该为此感到开心，但是我没有：“我来这里不是为了让你谢我，神父。我只是来给你送一张差劲的圣诞卡。”

“嗯，不管怎么样我都谢谢你，小子。”

我正在被最后一张牌搞得垂头丧气。

红心，最后一张牌。

我原以为是黑桃。

我拿到的是红心，不知道为什么，现在我感觉这是所有花色中最危险的。

人会因为心碎而死。人会有心脏病。当事情出了差错或者支离破碎，心是被伤得最痛的。

我走回街上，神父感觉到了我的忧惧，他说：“事情还没有完，对吗？”他知道他只是我任务的一部分，一条被传出的信息。

“是的，神父。”我回答，“还没完。”

“你会好的。”他对我说。

“不，”我告诉他，“不会。我不会只是因为完成了任务就感觉好，不再会了。”

是真的。

如果我想要一切都好，我得去努力争取。

我祝福神父圣诞节快乐，然后向着夜色走去。扑克牌仍然在我的口袋里。我感觉红心A在我的口袋里摇摆。它向前倾斜，试图更接近我必须面对的空气和世界。

“去哪儿？”第二天，我问第一个上我车的乘客。但是我没有听到她的回答。我又只能听到红心A的声音，它大喊着、尖叫着、敲击着我的耳朵。

越来越快。

越来越快。

没有引擎声。

没有转向灯的滴答声，没有乘客的说话声，没有车流的嘶嘶声。只有红心A的声音。

在我的口袋里。

在我的耳朵里。

在我的裤子里。

在我的皮肤里。在我的呼吸里。

它们在我心的最深处。

"只有红心。"我说，"在每个地方。"我的乘客不知道我在说什么。

"就这儿。"她说。

她大概40岁，喷着闻起来像是甜烟的去体味剂，化着玫瑰红色的妆。她把钱递给我的时候，看着后视镜里的我说：

"圣诞快乐。"

她的声音听起来像是红心A。

♥ 2 吻，墓，火

我买了所有该买的东西，酒比食物还多。到所有人出现在圣诞夜的时候，我的窝棚会充满火鸡和凉拌卷心菜的味道，当然，还少不了看门狗的臭味。有一会儿，火鸡的味道盖过了它，但事实证明这条狗的气味最终是可以战胜一切的。

最早出现的是奥黛丽。

她带了一瓶酒和一些自己做的饼干。

"对不起，艾德。"她进来的时候告诉我，"我不能待太久。"她吻了我的脸颊，"西蒙和他的一堆哥们儿也办了个聚会，他想要我过去。"

"你想去吗？"我问。虽然我知道她想去。谁会在这种情况下选择跟三个一无是处的浑蛋加一条脏不拉叽的臭狗在一起呢？她要想跟我们在一起才是疯了。

奥黛丽回答："当然想。你知道我不会做任何我不想做的事情。"

"这倒是的。"我回答。的确如此。

下一个到的是里奇，他进来的时候，我们已经在开始喝酒了。他的摩托车刚到街口我们就听到了声音。他把车子停下来，大叫着要我们给他开门。他带了一个大大的车载冰箱，里面装满了对虾、鲑鱼和柠檬片。

“不错吧，哈哈。”他放下冰箱，“起码的。”

“你怎么带过来的？”我问。

“什么？”

“车载冰箱啊，你知道的。用摩托车？”

“哦，我把它绑在摩托车后面。实际上我是一路站着开过来的，冰箱占了我一半的座位。”里奇冲我们眨眨眼，样子很慷慨，“但是，值得。”他的失业救济金有一半变成冰箱里的填充物了。

现在我们等着。

等马文。

“我打赌他不会来。”里奇一坐下来就说。他的手感觉了一下自己脸上扎人的胡楂，头发照旧没洗，又脏又毛糙。他一直期待着这次聚会。他坐在沙发上慢慢地喝着啤酒，还把看门狗用作踏脚凳。里奇懒洋洋的，个子又高，躺在那里还舒舒服服地把脚伸得好长，不知道为什么，看起来很亲切。

“哦，他肯定会来。”我断言，“如果他不来，我就把看门狗拉到他门前，让他在那儿亲。”我放下酒，“这么多年来，我从来没有像这样盼望过圣诞节。”

“我也是。”里奇回答。他都等不及了。

“另外，免费食物。”我继续分析，“虽然马文在银行存了四万块，但是他仍然无法拒绝免费大餐。相信我，他会来的。”

“吝啬鬼。”里奇下了结论。这就是最单纯形态的圣诞节气质。

“我们要不给他打个电话？”奥黛丽建议。

“不用，让他来找我们。”里奇得意地笑着。我能感觉出来，将有一场好戏。他低下头看着看门狗说：“你在热切盼望着这个大礼包吧，看门狗？”看门狗抬头看着他，好像在说：*你究竟在说什么啊，哥们儿？*没有人告诉它今晚还有安排。这条可怜的狗。没有人问过它是不是愿意。

终于，马文走进来，两手空空。

“圣诞快乐！”他说。

“是，是。”我说，“你也快乐。”我看着他空空的双手，“天哪，你这浑蛋好大方啊，对吧？”

我知道马文是怎么想的。

他心意已决，如果他非得亲看门狗，那他对今年聚会的贡献就超过了他应该分摊的部分。我也能看得出来，他仍然抱守着渺茫的希望：我们可能都忘了那回事儿。

里奇马上打碎了他所有的如意算盘。

他站起来说："哎，马文？"他咧嘴笑着。

"哎什么哎？"

"你知道啊。"奥黛丽随声附和。

"不，"马文坚持，"我不知道。"

"现在别给我来这套。"里奇拟定了规则，"你知道。我们知道。"他乐在其中。我差点儿以为他会兴奋地搓起手来。"马文，"他宣布，"你要亲这条狗。"他指指看门狗，"而且，你亲的时候，要很享受，要面带笑容，否则，我们会让你再亲一次，再亲一次，再……"

"好的！"马文怒骂道。他让我想起不能随心所欲的小孩子。"就在它头上，行吧？"

"哦哦，不行！"里奇不容商量。他站起身来，品味着现在的每一分钟，"我相信约定是你会不左不右亲在它的嘴唇上，那里才是——"他抬手指着马文，"你要去亲的地方。"

看门狗抬头看着。

我们都看着它时，它看起来很不自在。

"你这个可怜的孩子。"里奇说。

马文闷闷不乐："我知道。"

"不是说你，"里奇申明，"是说它！"他的头朝看门狗一摆。

"好了，"奥黛丽说，"别胡闹了。"她把相机递给我，"去吧，马文。它是你的了。"

整个世界的重量仿佛都压在了马文的肩上，他惊恐地弯下腰，终于让自己接近了看门狗的脸。一身金黑毛发、眼睛水汪汪的看门狗看起来紧张得快哭了。

"它非得像这样把舌头伸出来吗？"马文问我。

"它是条狗啊。"我说，"你还指望它怎么样？"

带着极大的不满，马文终于完成了任务。他靠过去，亲上了看门狗的鼻子，时间长度刚好够我拍照，够奥黛丽和里奇欢呼、鼓掌、捧腹大笑。

"不是那么难嘛，是吧？"里奇说。但是，马文直接冲进了洗手间。

可怜的看门狗。

我给了它一个额头上的亲吻，还有一片上好的火腿肉。

谢谢你，艾德。它笑着说。

看门狗笑得真漂亮。

马文一直抱怨嘴上有看门狗的味道，但是，我们设法让他放松了下来，然后又开心地笑了一会儿。

我们吃着、喝着、玩着牌，这时一阵敲门声，“男朋友”来了。他跟我们喝了一点儿酒，又吃了一点儿虾。我觉得这家伙还不错，但我也能从表情上看得出来，奥黛丽不爱他。

我猜，这就是重点。

奥黛丽走后，我们决定不再借酒浇愁。里奇、马文和我吃光了东西、喝光了酒，就去镇上闲逛。缅因街口燃起一处篝火，那就是我们要去的方向。

好一会儿，我们都走不了直线，东倒西歪的。但是，我们到了那儿的时候，就都非常清醒了。

美好的夜晚。

人们在跳舞。

大声说话。

有几个人在打架。

圣诞节一直都是这样。整整一年的紧张快到头了。

在篝火旁，我看到了安吉·卡鲁索和她的孩子们，或者应该说，他们来找了我。

有人拍了拍我的腿，我低头一看，是她的一个男孩，老是哭的那个。

“嘿，先生？”他说。

我转过头，看到安吉·卡鲁索拿着一个冰淇淋。她把冰淇淋递给我，说道：“圣诞快乐，艾德。”我收下。

“谢谢。”我说，“我正想吃呢。”

“我们有时都会想吃的。”显然，她因为能够容易地回报我而快乐。

我咬了一口，问她：“安吉，你好吗？”

“啊……”她看看孩子们，又转回头看看我，“我会撑过去的，艾德。有时，这些就足够了。”她想起了什么事情，“顺便说一句，谢谢你的贺卡。”安吉带着她的孩子们慢慢地走远了。

“不客气。”我在她身后喊，“今晚玩得开心。”

“冰淇淋吃得开心。”她回答。她顺着篝火走着。

“这都怎么回事啊？”马文问。

“只是我认识的一个女孩。”

以前从没有人在圣诞节的时候给我冰淇淋。

看着篝火，冰凉的甜意渗入我的喉咙。

我听见身后一个父亲在对儿子说话。

“别再那样。”他说，“否则我会使劲儿踢你屁股，把你踢到火里去。”他冷笑着，语气却很亲切，“我们都不想那样，对吧？圣诞老人也不想，对不对？他可不想。”

马文、里奇和我都听得很开心。

“啊哈，”里奇快乐地叹了口气，“圣诞节就应该是这样。”

我们都听过我们的爸爸这样说。至少一次。

我想起了我的爸爸，他死了，也埋了。我的第一个没有他的圣诞节。

“圣诞快乐，老爸。”我说。我特意不再看篝火。

冰淇淋融化到了我的手上。

夜渐渐溜走，圣诞节清晨的天色蒙蒙亮，马文、里奇和我分开了。人太多了，一旦走散，就找不到。

我穿越小镇往回走，到我老爸的墓前待了很长时间。从墓园，我能看到一点小小的红光，那是篝火。我坐在那儿，看着刻着我老爸名字的墓碑。

在他的葬礼上，我哭了。

我任由眼泪无声地在脸上流淌，为自己甚至提不起勇气谈论他而内疚。我知道葬礼上的每个人都认为他只是个酒鬼，但我还记得他另外的事情。

“他是个绅士。”我现在才轻声说出口。

*如果那天能说出来多好。*我想。我爸从来不会对任何人恶语相向，或者做出什么不友好的事情。当然，他没有很高的成就，又因为没有实现诺言而让我妈失望，但是我不认为他的家人那天就应该一声不吭，这不是他该得到的。

“对不起，”我起身准备离开的时候告诉他，“非常对不起，爸爸。”

我走了，心怀恐惧。

我心怀恐惧，因为我不希望我自己的葬礼也会是那样凄凉、冷清。

我希望有人在我的葬礼上为我说话。

但是我想，那意味着我得在活着的时候好好活着。

现在走吧。

就走吧。

我到家后，发现马文睡在他车子的后座上。里奇则坐在我家门廊上，伸直长腿，往后靠在水泥墙上。我走近一看，发现他也睡着了。我用力拉拉他的袖子。

“里奇，”我低声说，“醒醒。”

他的眼睛突然睁开。

“怎么了？”他几乎是惊慌失措地说，“怎么了？”

“你睡在我家门廊上。”我告诉他，“最好回家睡吧。”

他哆哆嗦嗦地醒了过来，看着天上的半月说：“我把钥匙放在你家餐桌上了。”

“来吧。”我伸出手，他抓住，我把他扶了起来。

里奇的手指卷着钥匙。

“想来点儿什么？”我问，“饮料，吃的，咖啡？”

“不用了，谢谢。”

但是他还不走。

我们尴尬地站了片刻，最后，里奇看过我来，说道：“艾德，我今晚不想回家。”

我在他眼睛里捕捉到一丝悲伤，但是马上消失了，里奇很快把它掩饰了过去。他只是看着钥匙，我想知道在我朋友这冷漠、平静的外表下潜伏着什么。我很想知道，究竟是什么能烦扰到像里奇这样懒散的人。

他的眼睛又扯回来看着我。

“没问题，”我告诉他，“就睡这里。”

里奇在餐桌边坐了下来。

“谢谢你，艾德。”他说，“你好，看门狗。”

我准备去外面找马文时，看门狗走进了厨房。

我本来想就把他扔在车上不管算了，但是圣诞节精神居然也影响了我这种人。

我本想敲敲车窗玻璃，但是一抬手，却直接伸了进去。

当然。

没装玻璃。

那次拙劣的银行劫案都过去那么久了，马文还没有装上玻璃。我想他可能去询问过价格，但人家告诉他玻璃可能比他那破车还贵。

他双手抱头睡着，蚊子正在排队准备吸他的血。

前门没锁，我打开它，实实在在地按下了喇叭。

“天哪！”马文尖叫。

“到屋里去睡。”我跟他说。很快，我就听见车门开了又砰地关上，他在我身后拖着脚步。

里奇占据了沙发，马文占据了床，我决定留在厨房。我告诉马文反正我也睡不着，他就心安理得地接受了床。

“谢谢你，艾德。”

他进去之前，我抓住机会走进卧室，从床旁边的抽屉里拿走了所有的扑克牌。塔图布给我的石头也在那里。

在厨房里，我一张张看着，又一张张读着，虽然我眼里的疲劳使得那些字颠三倒四。我感到心被侵蚀。

清醒的片刻，我想起了方块，重温了梅花，甚至为了黑桃而微笑。

我担忧的是红心。

我不想睡，我怕梦见它们。

♥ 3 休闲外套

“传统”是一个可恶的字眼，特别是在圣诞节前后。

全世界的家庭都团聚，享受几分钟彼此的陪伴。他们相互忍让一小时。一小时后，他们就得努力地相互忍受。

去老妈家之前，我和里奇、马文过了一个太平无事的早上。我们做的事情是：吃吃前一晚的剩菜，再玩几盘“讨厌鬼”。奥黛丽不在，总感觉不大对劲。没多久，我们就收拾收拾，他们俩走了。

我们一家人的通常约定是十二点整在老妈家聚会。

我的两个姐姐带了孩子和她们的老公过来，汤米带着一个他在大学约到的女孩子出现，她很漂亮。

“这是英格丽。”他给我们介绍。我必须说，英格丽就像挂历上的美女——棕色的飘逸长发、小麦色的可爱脸庞，还有我愿意融进去的美妙身材。

“很高兴认识你们。”她说，声音也很甜美，“艾德，我听说过你好多事情哦。”当然，她在撒谎。我决定不跟他们假客气。今年我就是没有这份力气。

我说：“不，你没听说，英格丽。”但是，我说话的时候仍然保持着友善。我几乎有点儿害羞。她太漂亮了，我没法儿对她生气。美女永远都可以为所欲为。

“哦，你来啦。”老妈看见我的时候说。

“圣诞快乐，老妈！”我激动地大喊。我相信每个人都听出了我语气里面的挖苦意味。

我们吃饭。

我们互送礼物。

我抱利和凯斯的孩子转起来让他们感觉像坐飞机，还让他们坐在我肩膀上，真的不下一百次，或者说至少是到了我无法再站起来才算结束。

在客厅，我碰巧看见汤米的手在英格丽的身上摸来摸去，就在那张著名的杉木咖啡桌旁。

“妈的，抱歉。”我从客厅退了出去。

祝他好运。

差一刻四点，我该出发去接米拉了。我亲亲两个姐姐，跟姐夫们握握手，跟小侄儿们最后说再见。

“最后一个来，第一个走。”老妈吐着烟说，圣诞节的时候她抽很多烟，

“还是住得最近的呢。”这句话差点儿让我对她狠狠地大发脾气。

背叛老爸，我想，还每次都侮辱我。

我很想也大骂一番这个站在厨房里、把烟从嘴里吸进去又从肺里吐出来的女人。

然而，我只是直视着她。

我的话穿过温暖的烟雾。

“吸烟会让你变丑的。”我说。然后我走了出去，把她搁浅在薄雾中。

离开前，我在前院草坪上被叫住两次。第一次是汤米，第二次是老妈。

汤米出来说：“艾德，你过得好吧？”

我往回走：“过得很好，汤米。这是疯狂的一年，但是我过得很好。你呢？”

我们坐在前廊台阶上，那里一半在阴影中，一半在阳光下。也碰巧了，我坐在黑暗中而汤米坐在阳光下。很有象征意味。

这是第一次我整天都感觉很自在。我弟弟和我聊天，回答着对方简短的问题。

“学校一切都好吗？”

“嗯，成绩都挺好。比我预期的还好。”

“英格丽呢？”

先是一阵沉默，然后我们都忍不住笑了，我们的笑声打破了沉默。这有点儿孩子气，但我还是祝福他，汤米也祝福他自己。

“她不错。”他由衷地说。我告诉我的弟弟，我以他为傲，但不是因为英格丽。跟我引以为傲的东西比起来，英格丽简直一文不值。

我说：“汤米，真为你高兴。”我把手在他背上一压，站了起来，“祝你好运。”

我们走下台阶，他说：“我有空会打电话给你，我们聚聚。”

但是，再一次，我不跟他们假客气。我转过头，语气冷静得连自己都吓了一跳：“汤米，我表示怀疑。”感觉真好。从谎言中摆脱的感觉真美妙。

汤米同意。

他说：“艾德，说得对。”

我们仍然是兄弟，所以说谁知道呢？可能某一天。我肯定，某一天我们可以聚聚，想想、聊聊、谈谈很多事情，很多比学校和英格丽更重要的事情。

只是没这么快。

现在，我走过草坪说："再见，汤米。谢谢你出来。"只有一件事情让我很满意：

我本来想和他一直待在门廊上直到太阳能照耀到我们两个，但是我没有。我站起来走下台阶。与其去等待阳光，我宁可去追逐它。

汤米进屋去，我再度离开，老妈出来了。

"艾德！"她叫。

我面对她。

她走近些说："圣诞快乐，行了吧？"

"你也是。"我加了一句，"老妈，是人的原因，不是地方。即使你离开了这里，不管去到任何地方，你都是这副样子。"这些实话够了，但是我现在无法停止，"如果我要离开这个地方……"我吞了口口水，"我要首先确定我在这里是不是更好。"

"好吧，艾德。"她很惊愕，我感觉很对不起这个站在普通小镇的破烂街道的某个门廊上的女人，"听起来有点儿道理。"

"改天见，老妈。"

我走了。

必须得这样。

我在自己家里停了一会儿，喝了点东西，然后去了米拉家。我到那儿时，她正急切地等着。她穿着一件浅蓝色的夏裙，手里捧着一个礼物，脸上则是激动的表情。

"吉米，给你的。"她把那个大大的、扁平的盒子拿给我。

我感觉很不好，因为我没有给她准备礼物。"我很抱歉……"我刚要说，但她很快挥手让我闭嘴。

"你能为我回来已经足够了。"她说，"你要打开礼物吗？"

"不，我想等等。"我伸出胳膊让她挽着。她欣然接受，我们离开了她的屋子，前往我的住处。我问她是否要叫辆出租车，但她说走走很开心，走到一半的时候，我不敢确定她是否能走到那儿。她开始猛烈地咳嗽，喘不过气来。

我想我等会儿得背着她了，但是她走到了。到家之后，我拿了点儿酒给她喝。

“谢谢你，吉米。”她说。但是她陷进了扶手椅当中，几乎马上就睡着了。

她留在扶手椅上，我回来几次检查她是否还活着，还好每次都听到了她的呼吸声。

最后，我就和她坐在客厅里，窗外的天光渐渐暗淡。

她起来以后，我们吃了昨晚剩下的火鸡肉和青豆沙拉。

“好得没治了，吉米。”老妇人微笑着说，“简直好得没治了。”她的笑声似乎在噼啪作响。

通常情况下，我很讨厌别人说“好得没治了”，我宁可给他一枪。但是这句话从米拉嘴里说出来再适合不过了。她擦擦嘴，喃喃地说了几次“好得没治了”，我感觉圣诞节完整了。

“现在，”她拍拍椅子扶手，休息了一会儿以后人精神多了，“你可以打开礼物了吗，吉米？”

我妥协了。

“当然。”

我走到礼物盒旁边，拿开盒盖。里面是一件黑色的休闲外套和一件海蓝色的衬衫。是我这辈子第一次，可能也是最后一次别人送我衣服。

“喜欢吗？”她问。

“太好看了。”虽然知道我很少会有机会穿这样的衣服，但我还是马上喜欢上了它。

“穿上吧，吉米。”

“好的。”我说，“我去穿。”我到卧室把衣服穿上，还找了一双黑色的鞋来搭配。还好，休闲外套的肩膀不是特别宽。我激动地到客厅给她看，但是她又睡着了。

于是，我坐下来。

穿着这套衣服。

老妇人醒来后说道：“哦，真好看，吉米。”她还摸了摸，感觉了一下布料，“你从哪儿弄来的？”

我稀里糊涂地站了一会儿，然后才反应过来她完全忘了。我在她脸颊上亲了一下。

“一位漂亮的女士给我的。”我说。

老妇人好得没治了。

“很漂亮。”她说。

“是啊。”我同意。

她说得没错。

喝了咖啡后，我叫了辆出租车送她回家。司机居然是西蒙，“男朋友”，在圣诞节上班赚双倍工资。

我让他等等我，然后送米拉进屋。我知道这样很懒，但是我今天有钱，我能付得起回家的车钱。

“嗯，再次谢谢你，吉米。”米拉说。她颤巍巍地走进厨房。她是那么虚弱，却那么美丽。“今天是美好的一天。”她告诉我。我除了同意没有别的想法。的确如此。这让我突然想到，一直以来，我认为陪这位老妇人过圣诞节是在帮她的忙。

穿着我的黑色休闲装走到外面，我意识到事情恰好相反。

我才是受惠者，那位老妇人一直好得没治了。

“回家？”我回到出租车上，“男朋友”问我。

“是的，麻烦你。”

我坐在前座，“男朋友”开始跟我聊。我希望他别谈奥黛丽，但是，他好像只对此感兴趣。

他说：“哎，你和奥黛丽是很多年的好朋友了哦？”

我看看仪表盘：“可能比好多年还长。”

他看着我：“你爱她吗？”

他这问题的直率让我吃了一惊，特别是在我们对话刚刚开始的时候。我得出结论，他知道车程很短，所以想让问到的事情最大化，这也是可以理解的。他又问道：“嗯？”

“嗯什么？”

“哎，别瞪我，肯尼迪。你爱她还是不爱？”

“嗯，你觉得呢？”

他摸摸下巴，没有说话。我继续道：

“我是否爱她不是根本问题。你想知道的是，她是否爱你。”我的话给了他一记痛击，气势上压倒了这个可怜的家伙，“是吗？”

“嗯……”他说不出什么来，只是继续开着车。我想他至少应该知道某种类型的答案。

“她不想爱你，”我告诉他，“她不想爱任何人。奥黛丽生活不容易。她曾经爱过一个人，唯一的一次。她恨他。”我脑中闪回过很多我们成长过程中的事情。她被伤得很深，她发誓，那样的事情不会再发生了，她不允许。

“男朋友”一言不发。他很帅，我觉得，比我帅得多。他有温柔的眼神和结实的下巴，脸上的胡须让他看起来很有男模的风采。

我们都沉默着，直到车子回到我家门口停下，他才又开口：“她爱的是你，艾德……”

我看着他：“但是她要的是你。”

这就是问题所在。

“给你。”

我给他车钱，但是他摆手拒绝了。

“算我的。”他说。但是我再次递给他，这次他接受了。

“别放抽屉里。”我建议，“我认为这点钱是你赚到自己口袋里的。”下车之前，我们又聊了一会儿。

“很高兴跟你聊天。”我说，然后我们握握手，“祝你圣诞快乐，西蒙。”

我想他现在成了西蒙，不是“男朋友”。

一回到屋里，我就躺在沙发上睡了。身上还穿着我的黑色休闲外套和海蓝色衬衫。

圣诞快乐，艾德。

♥ 4 感觉恐惧

节礼日[1]那天我上班，第二天便去钟街电影院拜访伯尼。

1 12月26日，圣诞节次日。

“艾德·肯尼迪！”见我进去，他大喊道，“回来看电影，对吧？”

“不是。”我告诉他，“伯尼，我需要你的帮助。”

他马上走近些问我：

“我能为你做点儿什么？”

“嗯，你熟悉你放映的电影，对吧？”

“当然，你想看什么，你就能看到……”

“嘘——听我说就好，伯尼。告诉我你知道的关于这几部片子的所有信息。”虽然我对那几个片名已经倒背如流了，但我还是拿出红心A，“《手提箱》、《女贼金丝猫》、《罗马假日》。”

伯尼立刻展现了他的老本行：“《罗马假日》我这儿有，但是其他两部都没有。”

他开始滔滔不绝地讲他知道的东西：“《罗马假日》是格里高利·派克领衔主演的影片中，最广受认可的几部影片之一。它拍摄于1953年，因拍摄《宾虚》而闻名的威廉·惠勒担任导演。片子取景自美得令人窒息的罗马，还因为奥黛丽·赫本的出色演技而广为人知。派克坚持海报上他们的名字应该一样大，他说如果不那样做，他会成为笑柄——这就是赫本的演技实力，这也说明她完全有资格把奥斯卡奖收入囊中……”

伯尼说得非常快，但是我的思绪回到了他刚才提到的一个名字。

奥黛丽。我想。

“奥黛丽。”我说。

“是的。”他看着我，被我的无知搞得一头雾水，“是的，奥黛丽·赫本。她绝对是好得没……”

别，别说“好得没治了”，我祈祷，那是米拉的专利。

“奥黛丽·赫本！”我几乎是喊出来的，“关于另外两部，你能告诉我什么？”

“嗯，我有一本目录。”伯尼解释，“比我上次给你看的那本大。它包括了几乎所有公映过的影片的信息：演员、导演、摄影师、录音师，等等，等等。”

他拿回来一个厚厚的大本儿交给我。按照字母顺序，首先，《女贼金丝猫》。我一找到那一页，就大声读起来：

“李·马文饰演的最著名的角色之一……”我停下来，因为我找到答案了。我往回看，再次读出了那个名字："李·马文。"

现在我要找的是《手提箱》。

翻到那页，我马上去看演职员表。《手提箱》的导演叫帕布罗·桑切斯，他和里奇是同样的姓。

现在我找到三个收信人了。

里奇。马文。奥黛丽。

急速而来的兴奋很快就被焦虑所取代。

*希望这次是好信息。*我想。但是有个声音告诉我，这不容易。他们三个被留在最后，肯定有充分的理由。因为他们是我朋友，这三条也就是我必须传出的信里最有挑战性的。我能感觉得到。

我收起扑克牌，把目录放回了柜台上。

伯尼很关心："怎么样，艾德？"

我看着他，说道："祝我好运吧，伯尼。真心祝我这次能顺利过关。"

伯尼给了我祝福。

我仍然拿着扑克牌，走出电影院走到了街上。在外面，我遇到了黑暗，遇到了难以预料的将来。

我感觉到恐惧，但是我加快了步伐，朝着恐惧迈进。

街上的气氛拼命想抓住我，但是我甩开它继续前进。战栗一次次爬上我的胳膊、我的腿。我走得更快了。我下了决心，如果奥黛丽需要我，如果里奇和马文需要我，我必须赶快。

恐惧在这条街上。

恐惧在每一个步伐里。

路上的夜色更重了，我开始了。

开始跑。

我的第一个直觉告诉我，直接去奥黛丽家。

我想尽可能快地去那儿，帮她解决任何问题。我甚至不敢细想，我可能需要去做一些不开心的工作。

*去那儿就好。*我对自己说。但是控制我的是另一个直觉。

我继续走着，但是把扑克牌掏出来拿在眼前。

我检查了一下顺序。

里奇。马文。奥黛丽。

一种强烈的感觉在我面前伸展开来，把我拉到一种意识中：该按顺序进行。奥黛丽排在最后是有道理的。我知道。首先是里奇。

“是的。”我同意自己的考虑。我没有停步，朝着桥街的里奇家走去。我找出去那里的最快路线，脚步越来越快。

我这么匆忙是为了能快点去救奥黛丽吗？我问自己。但我无法回答。

我的注意力在里奇身上。

我从树枝下穿过，他的脸浮现在我脑子里。我拨开树叶，从眼前拭去他的样子，我听见了他的声音，听见他打牌时的评语。我想起了他的圣诞节乐事——马文亲吻看门狗。

里奇。我不知道，我能给传什么信息给里奇呢？

我快到了。

转过去就是桥街。

我的脉搏一阵痉挛，跳得越来越快。

我拐个弯就看见了里奇家。一个让人震惊的问题就站在我身旁，朝我脸上呼吸。

我看见了里奇家厨房里和客厅里的灯光，但是一个甩不掉的想法让我心烦意乱。

我现在该做什么？这想法问我。

以前的任务都相对比较容易，因为我不是真的认识那些人（除了老妈。但是，当我坐在意大利餐厅时，我并不知道我等的就是她），所以，就没有更多选择，我只能等待时机出现。但是，对于里奇、马文和奥黛丽，我跟他们太要好，也太了解他们了，我没法儿在他们家附近徘徊。这是我最不愿意做的事。

然而，我将事情利害权衡了不到一分钟，最终作出了决定。我穿过马路，坐在老橡树下，等待。

我在树下坐了将近一个小时，很坦率地说，没什么事情发生。我注意到里奇的爸妈休假回来了（我看到他老妈在洗碗）。

越来越晚了，很快，只有厨房的灯还开着。整条街上的其他房屋也渐次关了灯。最后只剩下街灯。

在桑切斯家，一个孤独的身影走进厨房，坐在餐桌边。

我知道，毫无疑问，是里奇。

我考虑了一会儿是不是要进去，但是，在我有机会抬起脚之前，我听到有人沿街朝我的方向走了过来。

很快，高高地站在了我面前，是两个男人。

他们在吃馅饼。

一个低头看看，然后对我说话。他用一种熟悉而冷漠的轻蔑眼光看着我，说道："有人告诉我们，可以在这里找到你，艾德。"他摇摇头，把显然是从当地加油站买的馅饼扔了下来，他说，"你是个固执的讨厌鬼，对吧？"

我抬头看看，完全说不出话来。

"喂，艾德？"另一个说话了。事情就像听起来的那么荒唐：没有头套，我确实很难认出他们来。

"达里尔？"我问。

"是。"

"基思？"

"回答正确。"

达里尔坐下来，给了我一个馅饼。"看在过去的交情上。"他解释道。

"好的。"我回答，但仍然还没回过神来，"谢谢。"他们上次来访的记忆提醒着我。我拥挤的思绪中有血、有语言、有肮脏的厨房地板。我必须得问了："你们不是来……"说出口仍然有点儿难。

"什么？"这次是坐在我另一边的基思说，"轻轻地揍你一下？"

"嗯，"我说，"是的。"

为了表示诚意，达里尔帮我打开馅饼的塑料包装，又递回给我，"哦，不，艾德。今天不会碰你的，不会像上次那样。"他露出一个怀旧的微笑，好像我们曾经是战场上的好战友什么似的，"告诉你，如果在我们面前放聪明点儿……"他舒服地躺在地上。他的皮肤苍白，脸上遍布打架得来的伤疤，但不知怎么，还是有点儿帅。基思就是另一种类型了，他的脸上遍布着的是青春痘留下的"弹坑"，还有一个尖鼻子，歪下巴。

我转过去看着他说："天哪，哥们儿，我想我还是更喜欢你带着头套的样子哦。"达里尔扑哧一声笑了出来。比较起来，基思没觉得好笑，至少开始不是他先笑的。他很快冷静下来，我们之间的气氛很好。我想真正的原因是，虽然出发点不同，但我们的确共同经历了一些事情。

大概一分钟左右，我们都坐着吃东西。

“有调味酱吗？”我问。

“我告诉过你！”基思指责达里尔。

“什么？”

“哦，艾德，我说我们应该给你带点调味酱，”基思解释，“但是，那边那个小气鬼不听。”

达里尔先把头往后抛了一下。

然后他开始回答：“听着，调味酱太危险了。”他用一根手指指着我的衬衫，“看看艾德穿的什么，基思，啊？告诉我，这是什么颜色？”

“我知道那是什么颜色，达里尔。没必要又那么瞧不起人吧。”

“又？我到底什么时候瞧不起人啦？”

他们在两边越过我大吵起来，我又咬了一口半凉的馅饼。

“就现在。”基思继续。他想把我拉进来，问道：“你怎么想，艾德？”他的眼睛紧紧地盯着我，“达里尔是不是一副瞧不起人的口气？”

我决定回答达里尔开始的问题。

“我穿的是白衬衫。”我说。

“正确。”达里尔回答。

“正确什么？”

“正确，基思。很简单嘛，对艾德来说，蘸着酱汁吃馅饼——连想想都是极其危险的事情。”他的声音现在明显是瞧不起人了，“酱汁会滴下来，滴在那漂亮的白衬衫上，这个可怜的浑蛋最后不得不去洗这件该死的衣服。我们不想这样，对吧？”

“洗洗衣服又不会要他的命！”基思非常激动，“洗那臭气熏天的狗他不也忍受了吗？那至少要几个小时吧？”

“哎，没必要把看门狗牵扯进来吧。”我提议，“它什么都没做。”

“正确。”达里尔同意，“没必要那样，基思。”

基思冷静下来，过一会儿，承认了错误。他点点头：“我知道。”他甚至道歉，“艾德，对不起。”我看得出来，这次有人命令他们以最好的态度对待我。这也可能就是他们今天吵架次数翻倍的原因。

他们又吵了几句，直到彼此道歉。在悄然落下的夜幕中，我们又聊了一会儿。

我们都很开心，达里尔讲了几个笑话，关于酒吧里的男人，带着猎枪的女人，还有妻子、姐妹、兄弟都为了一百块钱愿意和送牛奶的人上床……

是的，我们都很开心，直到里奇家厨房的灯熄灭了。

这时我站起来说："太好了。"我转过身去，对我见到过的最优秀的两个辩手说，我错过了机会。

他们似乎漠不关心。

"你的什么机会？"达里尔问。

"你知道的。"我告诉他。

但他只是摇摇头。

他说："不，艾德，事实上，我不知道。我只知道这是你要传递的下一条信息，你好像还不清楚你应该做什么。"他的语气是很随便的，但是，说到另一件事情的时候就很沉重。

*真相。*我想。

他的声音因为真相而沉重。

他是对的。我真的不知道我该做什么。当我抱着答案会主动出现的希望站在这里的时候，我仍然在猜。

在橡树下，达里尔和基思站到我身边。

在我的左手边，基思提出了最后一个问题。

他用粗糙、温柔，又心照不宣的语气，将那些话送入我的耳朵。

很近，靠我那么近，他说："艾德，你还在这儿做过什么？"这句话令人恐怖地出现在更近的地方，爬进了我的耳朵，"你为什么还站在这儿等呢？你应该知道你该做什么……"他停顿了一小会儿，然后滔滔不绝地说出最后一段话，"艾德，里奇是你最好的朋友之一。你不需要考虑任何事情，不需要等待，或者决定应该做什么。你已经知道了，毫无疑问。对吗？"他重复道，"对吗，艾德？"

我跌跌撞撞地退后，跌落在我刚才坐着的树下。

两个人影还站在那里，看着那栋房子。

我的声音往前摔倒，掉落在他们脚边的地面上。

*你知道应该做什么。*我想。

“是的，”我回答，“我知道。”

眼前的幻觉把我撕成了碎片。

地上有一片片的我。

基思和达里尔走了。

“万岁！”其中一个喊道。我没听出来是谁。

我想站起来追上他们，问他们，求他们告诉我是谁在幕后操纵着这一切，这一切又是为了什么。但是。

我不能。

我能做的只是坐在原地，收集着我刚才看到的所有事情的零星片段。

我看见了里奇。

我看见了我自己。

橡树高高地在我头顶，我试图否定这一切，试图站起来，但是我的心在往下坠落，我又坐了下来。

“对不起，里奇。”我低声自语，“但是我没办法。”

如果我的肚子有颜色，我想，它会是黑色的，像今晚的夜色一样黑。我稳定一下情绪，踏上了好像永无休止的回家的路。

我到家后，动手洗碗。

水槽里堆的都是碗碟，我洗的最后一个东西是一把明亮的、扁平的小刀。它反射着厨房的灯光，我在金属刀片上，看见了自己冷漠的脸。

我的脸在刀片上椭圆而扭曲。

在边缘上被切断。

我看到的最后一样东西，是我要对里奇说的话。就这样，我把刀放在架子上，放在堆积如山的干净碗碟的最上面。它滑了下来，当啷一声落在地板上，然后，像钟表指针一样旋转。

它绕着厨房打转，我的脸出现了三次。

第一次，我在我眼里看到了里奇。

第二次我看到了马文。

然后是奥黛丽。

我捡起刀，拿在我的手里。

我希望我能举起这把刀割破这个世界。我切开它，然后爬到下一个世界去。

在床上，这个念头仍然挥之不去。

在我的抽屉里有三张扑克牌，手里还有一张。

当睡意袭来，我用手指轻轻地压住红心A的边缘。这张扑克牌冰凉而锐利。

我听见了时钟的滴答声。

所有东西都不耐烦地看着。

♥ 5 里奇的罪

姓名：大卫·桑切斯

曾用名：里奇

年龄：20

职业：无

成就：无

志向：无

在上述三项中填上答案的可能性：无

我第二次去了桥街的里奇家，发现那里一片漆黑。我差点儿就要离开，这时厨房里的灯突然亮了。灯几次明明暗暗，最后终于完全亮了起来。

一个侧影坐在餐桌前。绝对是里奇。从他头发的形状和走路、坐下的样子，我都能分辨得出来。

我走得更近些，发现他在听收音机。内容大概是主持人给听众的回信，穿插着几首歌曲。我隐隐约约能够听到。

我尽可能地靠近，也小心地藏起来不被发现，然后继续听着。

收音机里传出的声音依稀可闻。那些话就像是谁的胳膊，沉沉地落在里奇的肩头上休息。

我想象着厨房的整个画面。

周围都是面包屑的烤面包机。

半脏的烤箱。

本来是白色，但已经发污的菜板。

包着塑料的红色椅子，上面扎了一个个的洞。

廉价的地板。

还有里奇。

我试着想象他坐在那里听收音机时的脸庞。我想起了圣诞前夜他说过的话："我今晚不想回家。"我看到了那慢慢地向我看过来的双眼。我现在明白了，任何事情都比孤独地坐在厨房好。

对于总是一派轻松举止的里奇来说，很难想象他脸上也会出现伤感的表情。我在圣诞前夜看到的一闪而过的那种表情，现在又出现在他脸上。

我也想象着他的手。

它们放在餐桌上，相互交叠着，轻轻移动着，往下压着桌子。他有点儿苍白，垂头丧气。无事可做。

灯光使他窒息。

他在那儿坐了将近一个小时，收音机的声音似乎慢慢减弱，几近无声。我从窗户看去，他把头放在餐桌上，睡着了。收音机也在桌子上，就在他旁边。我离开了，我忍不住离开了。我知道我应该进去，但是今晚好像不合适。

我头也没回地走回了家。

接下来的两个晚上我们都在打牌。一次是在马文家，一次是在我家。在我家这次，看门狗过来坐在桌子下面。我用脚轻轻地拍它，同时整晚都研究着里奇。前一天晚上，当我从房子外面观察他时，同样的事情发生了：他起来，走进厨房，听着收音机。

里奇扔下黑桃Q，害我输了，他胳膊上亨德里克斯的刺青瞪着我。

"非常感谢。"我对他说。

"艾德，对不起。"

他的生活由以下事情组成：夜晚感到孤单，早上十点半起床，十二点出现在酒吧，一点钟去赌马。另外，再加上不定期的失业救济金和一两个牌局，这就是全部。

我的窝棚里洋溢着笑声，因为奥黛丽讲了一个到城里找工作的朋友的故事。那女孩通过一家职业介绍所求职，这家介绍所有个规矩：送找到工作的人一个闹钟。那女孩找到工作之后，当天就回去感谢录用她的人，但是走的时候，她忘了把闹钟带走了，她把闹钟放在了公司的前台。

闹钟装在盒子里，放在那儿。

滴答滴答地响。

“人们都看到了，但是没有人敢去碰。”奥黛丽解释道，“他们认为那是炸弹。”她扔下一张牌，“他们把公司老板叫了过来。公司老板实际上也已经怕得要死了，因为他可能和某个秘书有一腿，他以为是他老婆过来这样搞给他好看。”她停顿了一下，以提醒我们保持专注，“总之，他们疏散了整栋大楼里的人，请来了炸弹专家，报了警等等。炸弹专家过来后打开了盒子，这时闹钟也响了。”奥黛丽摇摇头，“她还没正式开始上班呢，就被解雇了……”

故事结束时，我看着里奇。

我想向他走过去。

我想让他不舒服，想把他从他的位子上拽走，把他放到半夜一点钟的厨房里。如果我能想办法做到，我可以更长时间地观察他的样子，体会他的感受。我一定会这样，只是时间问题。

一个半小时以后，他建议我们几天后到他家打牌。

“八点左右？”他说。

我们都同意。准备道别的时候，我说：“也许你可以让我们听听你那里能听到什么广播电台。”我强迫自己显得残忍而蓄意，“晚上的节目肯定很精彩。”

他看着我：“艾德，你在说什么？”

“没什么，”我说。说到这里就好了，因为我又看到了他脸上的那个表情，我知道那是什么了。我完全明白里奇晚上坐在厨房那惨淡灯光下的样子和感受了。

我走进了他眼里的黑色中，在一座由不知名的、空旷的路径组成的迷宫中寻找，在里面深深的某处找到了他。他孤独地走着。街道变化，旋转，但是他从没有改变步伐或者情绪。

“它在等我。”当我在他眼里深处，走到他身边时，他说。

我不由得问：“是什么，里奇？”

开始他只是继续地走。只是当我低头看着我们的脚时我才意识到，我们实际上哪里都没有去。是世界在动——街道、空气、内部世界天空中的片片黑暗。

只有我和里奇是静止不动的。

“它在那里，”我想象他在说，“某个地方。”他走得更加有目的了，“它要我过去找它，它要我抓住它。”

所有的东西都停止了下来。

我在里奇的眼睛中清楚地看到了它。

在他的眼睛里面，是我们站着的地方。我说：“什么在等你，里奇？”

但是我知道。

毫无疑问，我知道。

我只希望他能找到。

大家都离开了，我和看门狗一起喝了杯咖啡。大概半小时后，敲门声打破了我们的宁静。

里奇。我想。

看门狗好像点点头表示同意。我走过去开门。

“嗨，里奇。”我跟他打招呼，“忘带东西了？”

“不是。”

我让他进来，我们坐在餐桌边。

“咖啡？”

“不要。”

“茶？”

“不要。”

“啤酒？”

“不要。”

“你很挑剔啊，对吧？”

他用沉默回答了我的问题。但是很快又看着我，带着戳穿我的感觉问道：“你一直在跟踪我？”

我同样直视着他，说道：“我跟踪每一个人。”

他把手放进口袋里：“你是变态一类？”

真有趣——苏菲也这样问过我。我耸耸肩：“我想，我跟其他人差不多。”

“哦，你能别跟踪我吗？”

“不能。”

他的脸逼近我：“为什么不能？”

“我没有办法。”

他看着我，好像我在捉弄他。他黑黑的眼睛说：你为什么不让我听明白呢，艾德？所以，我告诉他吧。

我走进卧室，从抽屉里拿出了扑克牌，走回餐桌前。我把它们扔在我的好朋友面前，说道：“记得前面在九月份，我在信箱里拿到第一张扑克牌的时候吗？我告诉你们我把它扔了，其实我没有。”这些话迅速地喷薄而出。我面对着他：“现在，里奇，你出现在一张扑克牌上。你是我要完成的一个任务。”

“你确定？”他想要指出这可能搞错了，但是我不听。我只是摇着头，感觉汗水在胳肢窝里聚集。

“是你。”我告诉他。

“但是为什么？”

里奇在恳求着我，但是我没有被影响。我不能让他再偷偷回到心里的黑暗之处，在那儿一个隐藏的房间里，他的骄傲被撒落了一地。最后，我完全没有感情地开口了。

我说：“里奇，你绝对是自己的耻辱。”

他看着我，好像我刚杀了他的狗，或者刚告诉了他他妈的死讯。

他每天晚上都坐在厨房，不论收音机里在播什么内容，说的都是同样的话。就是我刚刚说的那句话。我们都知道。

里奇盯着桌子。

我盯着他的肩膀。

我们都在细想着刚刚那句话。里奇坐在那里，就像是一道伤口。

这样过了好久，直到某种味道袭来——看门狗进来了。

“你是个好朋友，艾德。”里奇最后说。然后，又回到他平时随和懒散的表情，他努力地维持着那个表情。“还有你，”他对看门狗说，“闻起来像下水道。”

他起身离开了。

川崎摩托车发动了，顺着黑漆漆的、一动不动的街道蜿蜒而去。那句话在我四周重复着，反复萦绕。

那有点儿刺耳，艾德。看门狗说。

我们都沉默着，站了好一会儿。

第二天晚上，我又去了里奇家外面。有个声音告诉我，不能怜悯他。

他的身影又出现在厨房里，但是这次，他没有坐在那里，而是从厨房出来走向门口，一手拿着收音机，一手拎着一瓶酒。他的脚步落在地上，大喊的声音冲我而来。

“嗨，艾德。”

我走出来。

他说：“咱们去河边。”

这条河流经小镇。从里奇家走过来后，我们坐在河边。我们来回递着酒瓶。收音机轻声地播放着。

“艾德，你知道吗，”过了一会儿，里奇说，“我以前认为自己得了慢性疲劳综合征……”他停下来，好像忘了他要说什么。

“然后呢？”我问。

“什么？”

“慢性疲劳……”

“哦，对，”他重新集中思绪，“是，我认为自己得了这种病，但是，后来我意识到，事实上，我只不过碰巧是这世界上最懒惰的浑蛋。”的确很好笑。

“嗯，不只是你这样。”

“但是大多数人都有工作，艾德。就连马文都有。甚至连你都有。”

“什么意思？什么叫连我都有？”

“哦，我是说，你不是我认识的最积极主动的人。知道我的意思吧？”

我承认：“说得很准确。”我喝了一大口酒，“而且，我没有把开出租车当成一个工作。”

“那你把它当成什么？”里奇问。

我想了一会儿才说：“一个借口。”

里奇什么都没说，因为他知道我说得没错。

我们继续喝着酒，河水冲刷而过。

足足过了一个小时了。

里奇站起来，走到河中央。河水没过了他的膝盖。他说："这就是我们的生活，艾德。"他想起了时光匆匆流逝，"我已经20岁了，可是……"亨德里克斯·普莱尔的刺青在月光下对我眨着眼睛，"看看我，都没有一件想去做的事情。"

有时候，真相是那样的残忍，彻彻底底。你只能赞赏它。

通常，我们在世界上游走，不断地让自己相信"我很好"。我们说："我没事。"但有时真相会出现在你面前，你无法逃脱。就在这个时候你意识到，有时它根本不是一个答案，而是一个问题。即使是现在，我还不知道我的人生中有多少是可以确信无疑的。

我站起来，和里奇一起站在河中。

我们都站在那里，水没过了膝盖，真相完全而真切地扯下了我们的裤子。

河水冲刷而过。

"艾德？"我们还站在河中，里奇后来说，"我只想做一件事情。"

"什么事，里奇？"

他的答案很简单。

"想做一件事。"

♥ 6 上帝保佑留着胡子、掉了牙齿的穷光蛋

第二天，里奇没有去酒吧和赌马场，而是开始找工作了。而我，也开始认真思索我们昨天晚上在河边说的话。

我在城里四处开车载客，一路上被告诉做什么、去哪里。我观察着人们。我和他们说话。今天天气很好。天气总是个话题。

我在诉苦吗？

在抱怨？

不。

这是我选择的工作。

但它是你想做的吗？我问自己。

几公里的路程中，我都对自己撒谎：是，是我想做的。我努力说服自己，这确实就是我希望的人生，但是我知道不是。我知道开出租车和租住破窝棚都不是我生命的最终答案。不可能是。

我感觉到我从某个地方坐上来，说："对，这就是艾德·肯尼迪。"

在这条线上的某个地方，我不知为什么感觉想作个自我介绍。

对我自己介绍。

还有我在的这个地方。

"嘿，这条路对吗？"后座上穿着西装的胖乘客问道。

我看了看后视镜，回答道："我不知道。"

接下来的几天太平无事。有天晚上我们在打牌，我意识到我需要开始处理马文的事情了。里奇已经开始步入正轨，马文是下一个。

我用眼角的余光看着他，思考着。我到底该对马文做些什么呢？他有工作，有钱。当然，他拥有人类有史以来最烂的车，但是，看他那副根本不打算花那笔钱中的一分一厘去买一辆新车的样子，他好像对此很满足。

那么，马文想要什么？

他需要什么呢？

对于其他每条信息，我都等待着答案自己出现。

但是对于马文，我不确定答案会不会出现。对于他，我有种不同的感觉。答案离我很近，好像就处在某个我一直经过但从来没有注意过的地方。我每天都肯定会看得到它，但是"看到"和"发现"，有着很大的不同。

在某种意义上，马文需要我。

我不知道该做什么。

接下来的二十四小时情况仍然持续，我完完全全拿不定主意。跨年夜来了又走了。焰火掠过城市的夜空。喝醉了的笨蛋给我的车子加了点装饰品，他们大呼小叫着的快乐只会在啤酒浸湿的床单和明天生活的压力中终结。

这次，我们都去了里奇家。我特意在半夜十二点左右顺便过去看看。他爸妈办了个派对。我和马文、里奇还有西蒙握手，亲了奥黛丽的脸颊，问她怎么有办法今天不上夜班。很显然，纯粹是运气。

之后，我回去继续工作，然后在凌晨时分回家陪看门狗。我现在就身处此地。我们一起喝了杯迟到的庆祝酒，我说："敬你，看门狗先生。祝你再活一年。"它喝光了，走到门那里，趴了下来。

这个跨年夜我心事重重。我想我不是真的有那份庆祝新年的心情。部分原因是我想起了我老爸，对于这种什么日什么夜的节日，类似于圣诞夜啊、新年啊，他都不能再参与了。尽管他从不曾足够的清醒，从没体会到这些节日对他有没有影响，但是对于我来说，的确有影响。

我从浴室取下毛巾，也去厨房把脏得不行的擦碗布拿了下来。这是我老爸的怪习惯，或者说是迷信。当新年的太阳升起时，外面绝不能晾着任何东西。他留下来的这习惯不怎么样，我知道，但好过什么都没有。

另一个没心情庆祝的原因是马文，和我应该做的事情。

我在脑子里过着许多事情，他最近说过的话、做过的事。

我想到了雪橇橄榄球赛，想到他车子的惨状，想到他宁可亲看门狗，也不愿意掏点儿钱在他家办圣诞节牌会。

银行里存了四万，但是一谈到钱，他就总往后退。

总是那样。我想。几个晚上以后，我看着一部老电影，脑子里猛然出现了一个问题：

马文打算用那四万块钱干吗？

是的。

我找到答案了。

那笔钱。

马文需要用那笔钱做什么事情？

这就是任务。

我想起来达里尔和基思告诉我关于里奇的事情的时候，他们说，因为他是我最好的朋友之一，所以我应该知道答案。这差点儿让我误以为我也应该知道马文要用那笔钱干吗。可能答案就在眼前。我怀疑，但是没什么会马上出现。我明白了，对于马文，要想从他那里得到答案，必须得用上我对他的了解。

我可能不了解任务到底是什么，但是我了解马文。并且，如果我能深入了解，我就能找到答案。

我和看门狗一起坐在夕阳余晖中的门廊上。我想到了三个对付马文的策略。

策略一：和他吵架。

这个策略实施起来很容易，只要提提他的车子，问他为什么不买辆新的就可以了。

这一策略的危险之处在于：马文可能愤而离开房间，我什么也别想知道。这可能是一场灾难。

这一策路的优点在于：首先，好玩；其次，可能真的会让他去买辆新车。

策略二：让他醉得不省人事，然后不假思索就把我要的答案说了出来。

危险：要把马文灌到不省人事，我可能需要把自己也搞到相同地步。这会让我处于大脑停滞的状态，更不用说记着我要做的事情了。

优点：不需要真的去问他，或者套他的话。我希望他一喝多了就能全都说出来。可能性不大，我知道，但或许值得一试。

策略三：直截了当地问。

这是最危险的策略，因为结果可能是马文顽固到底（我们很清楚他可能会这样），拒绝告诉我任何事情。如果我对马文这种突然的额外关心让他不舒服（嗯，面对现实，我通常的表现是根本不在乎他），其他所有的希望和机会可能就都没有了。

优点是，这是诚实、坦率、相当不费气力的做法。它是否有效，主要取决于时机。

我应该先从哪一个策略开始着手呢?

这是个难题，我得反复思考多次之后，才能找到正确答案。

一件想象不到的事情发生了。

第四条通往答案的路铺展开来，把它自己放在了我的手里。

在哪里？

超市。

什么时候？

星期四晚上。

怎么做？

如下：

我走进超市，买了两个星期的生活储备，然后费劲儿地拎着大大的袋子走了出来。我出门的时候，袋子已经把我的手勒出了几条深深的印子。所以我把东西放下，恢复下体力。

一个年迈的流浪汉安静地冲我走过来。他留着胡子，掉了牙齿，穷得叮当响。

他的表情在流血。

他胆怯地哀求我给他点零钱，说话时嘴角带着谦卑。

他一说完，眼睛就开始羞愧地看着地面。他打动了我。但是，直到看见我在夹克衫里找钱包的时候，他才意识到。

就在我的手指摸到了钱的那一刹那，答案出现了。它掉在我的脚上，向上凝望。

当然！

心里那个声音浮现出来，立刻报告了答案。完美的想法！我甚至说了出来，我相信它，我要记住它。

“问他要钱。”我轻声地说道。声音能让耳朵勉强听到，然后我赶紧把它们捡起来，放回心里。

“什么？”那个老人问道。仍然是那种低沉、谦卑的声音。

“问他要钱。”我又说了一遍。但是，这次我说得大声了点。我无法控制自己。

出于习惯，那老人说：“抱歉，先生。”他的表情很落寞，“不好意思向您讨点零钱。”

我从口袋里掏出一张五块钱的纸币，放在他的手里。

他拿在手里，好像那钱很神圣。对于他来说，收到纸币肯定是非常难得的。“上帝保佑你。”当我再次拎起我的袋子时，看到他还在被那钱惊得目瞪口呆。

“不，”我回答，“上帝要保佑你。”然后就回家了。

袋子几乎要把我的手勒断了，但是我不介意。不，我根本不在乎。

♥ 7 马文的秘密

他工作，喝酒，打牌，整年都在期盼着雪橇橄榄球赛。

这。

就是马文的生活。

嗯，还有四万块存款。

星期二，我去了米拉家，看她过得如何。虽然《呼啸山庄》现在让我有点儿厌烦，但我从来没有厌烦假扮吉米。麻烦在于，希斯克利夫[1]完全是个笨蛋，凯瑟琳则彻底让我心情沮丧。然而，我最讨厌的还是约瑟夫，这个佣人所生的可怜的、彻底的浑蛋。在他满嘴的说教和抱怨之外，搞懂他说的每一句话是很艰难的。

整个故事中最好的情节是米拉。对于我来说，她是在故事中的。一想到那本书，我就回想起她。我想起她听着我读书时，那看着我的苍老而湿润的眼睛。我喜欢合上书本，看着这个老妇人在椅子上休息。我想她是我最喜欢的任务。

另一方面还有苏菲、奥瑞里神父、塔图布一家。甚至还有罗斯兄弟。

好了，好了。

罗斯兄弟排除在外。

我最近常带着看门狗散步，我一边散步，一边回想着迄今为止所有的信息。某种意义上，我觉得自己是在欺骗。这种回忆应该在一切结束的时候再开

1 和下文提到的凯瑟琳、约瑟夫都是小说《呼啸山庄》中的主人公。

始进行，现在我还没完成呢。我还有两个信息要传达，给我两个最好的朋友。

可能这就是我之所以会回忆之前的信息的原因吧。

我担心马文，担心奥黛丽。

也担心自己。

你不能让他们失望。在艰难经历的每一分钟里，我都这样告诉自己。

担心。担心。

我经历了这么多，不是为了无法给我认识最久、最关心的人传信的。

我又快速回忆了一次，从埃德格街到里奇。

担心。担心。

以往的信给了我勇气。

“工作找得顺利吗？”星期天晚上，我们一帮人聚在我家的时候，我问里奇。

他摇摇头：“不怎么顺利，还没有找到。”

“你？”马文大叫，“找工作？”他开始阵阵惊呼。

“那怎么了？”奥黛丽插话。里奇安静地待着，我们能看到他有一点儿受伤，连马文也看出来了。他努力把刚才的笑声收回，克制着不再笑出来。

他清清嗓子。

“里奇，对不起。”

里奇把痛苦往心里藏得再深一些，冲我们表现出他通常那种随意懒散的样子。“没什么。”他说。私下里，我有点儿高兴马文激怒他。因为如果这样，就仅仅是为了让马文闭嘴，为了看到他找到工作之后马文脸上那种表情，他也会继续保持努力。让马文闭嘴确实是一件让人心满意足的事情。

“我发牌了。”奥黛丽说。

牌局收摊时，已经快十一点了。里奇先走了，马文在门廊上说顺路带奥黛丽回家。由于显而易见的原因，奥黛丽拒绝了。

“为什么不？”马文表示不满。

“马文，我走路可能更快。”奥黛丽跟马文讲着道理，“还有，说真的，马文，外面的蚊子比你那儿少。”她指着马路上那辆备受珍视的车子。

“多谢。”马文开始不高兴了。

“马文，记不记得上次你送我回家发生了什么事情？就几个星期之前。”

马文不情愿地回忆着。

奥黛丽提醒他。

“我们最后是把它一路推回你家的。”她想起个主意，“你需要在后座上放辆自行车。”

“为什么？”

越来越有趣了。

简直是种娱乐。

“噢，算了，马文。”她说，“你自己在回家路上好好想想吧。特别是如果车子坏了的话，你更有时间好好想想。”

她挥手再见，走到马路上。

“再见，奥黛丽。”我低声说。她走了。

马文上了车，我期待着必然发生的事情。果然发生了。

他试了七八次，车子都没发动起来。我走过草坪，打开乘客车门坐了进去。

马文看着我。

“艾德，你要干吗？”

轻声地。诚挚地。

我开口。

我说：“马文，我需要你的帮忙。”

他又试着发动了一次。很不幸。

“帮什么忙？”他问。他又发动了一次。“你有什么东西要修吗？”

“不是的，马文。”

“你要我帮你痛扁看门狗吗？”

“痛扁？”

“是，你不知道啊？帮你揍它。”

“你以为你是黑社会老大啊？”

马文很欣赏自己的幽默。他仍然坚持转动着钥匙，这让我很火大。

“马文，”我说，“你能把你的钥匙停一会儿，认真个一两分钟吗？你能尊重我一下吗？”

他又试了一次，我伸手过去把钥匙从油门锁孔里抢了下来。

“马文，”我低声说，声音虽然很低但是像呼喊一样有力，“我需要你的帮助。我需要钱。”

那一刹那的时间好慢好慢，我能听到我们俩的呼吸。

一分钟沉默地过去了。

这是马文和我以前那种平凡情谊的死期。

真的好像有什么东西死了。

没过多长时间，马文就开始有脾气了。一提到钱他就会那样。他的眉头紧锁着，转头看着我，试着找句话开口。他看起来不怎么热心。

他说：“多少，艾德？”

我爆发了。

我猛地把车门打开。

砰一声关上。

我探身回车里，用手指着坐在方向盘后面的我的朋友。

“哈，我早就该知道！”我让他僵在那里，“马文，你是世界上最小气的王八蛋……”我指着他，尽可能地冷酷无情，“我真不敢相信！”

沉默。

街道和沉默。

我转过身，向后靠在车子上。马文下了车，绕到我身边来。

“艾德？”

“对不起。”进展顺利。我想。我摇摇头。

“不，你不用。”他说。

“马文，我只是以为……”

他打断我的话。

“艾德，我没有……”

“我只是以为你可以……”

“艾德，我没有钱。”

这句话让人震惊。

“怎么会没有，马文？”我向前几步，面对着他，“究竟怎么会没有？”

“我花了。”

他的声音是从别的地方发出的，不是从他的嘴里。这声音好像来自他身边的某个地方。空的。

“马文，花到哪里去了？”

我现在变得焦虑不安。

“嗯，不是花在什么东西上。”他的声音回到了他身上，又是他了，“我投资了一笔基金，至少几年内不能取出来。我投进去，赚利息。”他现在非常认真，但愁眉苦脸，“我取不出来。”

“一点儿也不能？”

“不能。”

“就算急用也不能？”

“我想是不能的。”

我的声音又变得很大。我的进攻好像要把街道都扒下层皮来：“马文，你到底为什么要那样做？”

马文失控了。

他匆忙绕过车子，重新坐回了驾驶座上，手紧紧地抓着方向盘。

无声地，马文哭了。

他的手好像要嵌进方向盘里面了。泪水在他脸上停留，坚持着不肯滑落，最终，不情愿地流到了他的喉咙。

我绕过去。

“马文？”

我等待着。

“马文，怎么了？”

他转过头，他散乱的眼神吸引了我的目光。

“上来。”他说，“我让你看样东西。”

试了四次以后，福特车发动了，马文带我穿越小镇，开过了埃德格街。眼泪流过他的脸庞，现在不是那么不情愿了。它们像是喝醉了酒，不停地滑落下来。

我们在一间破旧的装着挡风板的小房子前停了下来。马文下了车，我跟了出来。

“记得这里吗？”他问。

我记得。

“苏珊娜·博伊德。”我说。

马文结结巴巴地慢慢说着。他的半张脸被黑暗践踏、覆盖，但是我仍然能分辨出他的轮廓、他的模样。

“她家搬走的时候，”他说，“他们就那么消失了，是有原因的……”

“哦，天哪。”我想说话，但是又匆忙咽了回去。这些话找不到出口。

最后，马文又说了一句。

当他离开时，一束路灯的光芒打在他身上，那句话像血一样，淌了出来。

他说：“孩子大概两岁半了。”

我们回到车里，沉默地坐了好长时间。马文开始无法控制地颤抖起来。他因为长时间在室外工作，脸晒得很黑，但是，当我们坐在车里的时候，他的脸如纸般苍白。

现在一切都说得通了。

我明白了。

那些话好像被写在他的脸上。

刺在他的脸上。

白纸黑字。

是的，一切都说得通了。

破破烂烂的车子。

对金钱的强迫性警觉，让人讨厌的吝啬。

甚至还有他的天性好辩——借用《呼啸山庄》那种风格的说法。马文完全孤单地一个人承受，每一天，他用所有这些事情来扫除心中的愧疚。

“我想给孩子点儿什么，你知道吧？等孩子长大点儿了。”

“你不知道是男是女？”

“不知道。”

他从钱包里掏出一张已经旧了的便条纸。他打开时，我能看到上面写着一个地址，这个地址被反复描过很多次，以免字迹褪色消失。

“奥本镇，卡巴玛塔街17号。”

“她的几个朋友。”马文毫无表情地说，“她家就那么消失以后，我去找了她的朋友，求他们告诉我她去了哪里。天哪，很可怜。我在莎拉·碧雪家门廊上哭着求她，我的天哪。”这些话从他那似乎一动不动、已然麻木的嘴里说出，仿佛在空中回响，“天哪，苏珊娜，甜美的苏珊娜。”他挖苦地笑了一声，“靠，她老爹就是个恐怖的浑蛋，但是苏珊娜每星期都会有几个晚上，在天亮前一小时偷偷溜出来，我们跑到那片老的玉米田里。”他现在几乎是笑着，“我们有条毯子，我们每星期都会到那里过几个晚上……她好迷人啊，艾德。”他直视着我，因为如果他要向别人倾诉，他就想好好地倾诉，“她的滋味很迷人。”笑容绝望地挂在脸上，“有时候我们碰碰运气，一起待到太阳升起……”

“听起来很美好，马文。”

我对着挡风玻璃说。我不敢相信我和马文在以这样方式聊天。通常我们都是用吵架来展现我们的友谊的。

“橘色的天空。”马文继续，“湿湿的草地。我一直记得她身上的温暖。在她里面，在她的肌肤上……”

我能想象得出来，但是马文一个残忍的呼吸，立刻谋杀了我脑海中的画面。

“然后有一天房子就空了。我去了田里，却只有我和玉米。”

女孩怀孕了。

在这些地方，这不算什么，但是显然，博伊德家无法宽恕这种事情。

一家人都搬离了小镇。

一句话也没有说。也没有人真的想念博伊德家。这里的人们总是来来去去。赚了钱，就搬去更好的地方；还在拼搏的，就搬去和这里一样垃圾的地方，或者到别处去碰碰运气。

“我猜，”马文稍后说，“她老爹觉得16岁的女儿怀孕是很丢脸的事情，尤其是跟像我这样的人。我想，他那么严厉也是对的……”

现在，我不知道该说什么。

“他们离开了小镇，”他对我说，“几乎一句话也没有说。”他转过头来，我感觉到他看着我的脸，“这样的状态我忍了三年。”

不会再这样了。我想。但是我不能确定。

好像是飘移不定的希望，或者绝望。

他平静了一些，但是僵硬地坐在位子上。一个小时过去了。我等待着。

我问："你去过那个地方了没？"

他更僵硬了。"没有，我试过，但是没做到。"他继续着他的故事，"我去碧雪家后大约一个星期，莎拉来到我上班的地方。她给了我这张便条，还说，'我答应过不告诉任何人的，特别是你。但是，我觉得那可能不对。'然后她说，'但是你要小心点，马文。苏珊娜的爸爸说，如果你再敢接近她，他会杀了你。'然后她就走了。"一片空白覆盖了他的脸，"那天下着雨，我记得。小雨。"

"莎拉，"我问，"是高高的、棕色头发、长得还可以的那个？"

"是她。"马文确认，"她说了那些话之后，我开车到城里去了几次。我甚至曾经揣着一万块钱，去解决事情。那是我所有的钱，艾德。"

"我相信。"

他搓搓他的脸，严肃地说道："我知道。谢谢你。"

"所以说，你甚至根本没见过那孩子？"

"没有。我甚至从不敢拐进那条街。我真可悲。"他开始不停地反复，"可悲，可悲。"然后慢慢地，但是很猛烈地用拳头敲着方向盘。我以为他会爆发，但是马文找不到任何宣泄情绪的力量。他过了那个阶段。那女孩离开三年了，他在人前总是一副百毒不侵的样子。但是，现在这层伪装从他皮肤上扒了下来，把真实的他留在车子的驾驶座上。

"这……"他摇摇头，"这就是凌晨三点我的模样，艾德。每天早上。我看着那个女孩，那个非常穷困，却让人非常着迷的女孩。有时我会去玉米田里，跪在地上，我能听到我的心跳声。但是我不想听。我讨厌我的心跳。在田里，它听起来好大声。我的心掉下来，掉在我的身体外面。但是然后又会蹦回来。"

我听到了他的心跳。

我想象着那个画面。

他的腿一屈。

他的裤子蹭上了泥土。

他跪在那里。被撞得乌青的膝盖，一颗已经崩塌的心。

掉在他旁边的地面上，重重地，然后它……

跳动。跳动。

跳动。

它拒绝停止，拒绝冷却，顽固地找着回到马文身体的路。但是肯定，某天晚上，它会屈服。

“五万块，”马文对我说，“存到五万块我就停下来。开始我想是一万，然后是两万，但我就是停不下来。”

“弥补你的过错。”

“对的。”他试着发动了车子几次，终于，我们前进了，“但是，钱不能让我心安。”他突然刹车，停在马路中央，脸上的表情很激动，“我想摸摸那孩子……”

“你必须去做。”

“有很多办法。”他说。

“但是只有一个有用。”我回答。

马文点点头。

他把我送回去，夜已经转凉。

“嘿，马文。”就在下车前，我说。

他认真地看着我。

“我会和你一起去。”

他闭上眼睛。

他想说话，但是没有。不说话比较好。

♥ 8 面对面

明天就去。

我到家以后，先回到客厅坐在沙发上，已完全精疲力竭。不到五分钟，马文就给我打来了电话。他没有说“喂”。

“我们明天去。”

“大概六点？”

“我来接你。”

“不用，”我说，“我开出租车带你去。”

“好主意。如果我他妈的被打得头破血流，我们可能需要一辆能一次就能发动着的车子。”

时间到了，我们在六点离开我的住处，快七点才到了奥本镇。交通很拥挤。

“希望那该死的小孩还没睡。”我大声说出我的怀疑。

马文没有回答。

我们停在卡巴玛塔街17号。我不由得注意到，博伊德家住的完全还是以前那种石棉水泥破房子。按照传信人的典型风格，我们把车停在马路对面。

马文看了看表。

“我七点零五分进去。”

七点零五分到了。过了。

“好吧，七点十分。”

“没关系，马文。”

七点四十六分，马文下了车，站在那儿。

“祝你好运。”我说。天哪，我在车里都能听到他的心跳。真奇怪它居然没有因为跳得太猛，而像棍棒一样打死这个可怜的家伙。

他站在那里。三分钟。

他穿过马路。试了两次。

到院子不同了。一次就去了——让人惊奇。

然后，最大的难题——

敲门试了十四次。当我终于听到他的指关节敲打着木头，那声音听起来像是受了内伤。

有人应门，马文穿着牛仔裤、漂亮衬衫和靴子，站在那里。他们说话，但是，我当然听不见。我被阻碍在马文的心跳声和敲门声的记忆当中。

他走进去，现在我听见了自己的心跳声。这可能会是我这辈子最长的等待。我想。但是我错了。

大概三十秒后，马文倒退着就从门口冲了出来。他猛地穿过门口，倒在了院子里。亨利·博伊德——苏珊娜的父亲，正在给马文一顿他一时半会儿无法忘记的痛打。一道血从马文脸上流到草地上。我下了车。

给你个概念：亨利·博伊德个子不高，但是非常有力。

他虽然矮，但是很厉害。

而且他有坚强的意志。他是埃德格街那家伙的迷你版。另外，他是清醒的，而且我没带枪。

我过马路时，马文已经瘫在前院，像一个冻结了的“大”字。

他被猛踢。

被咒骂。

他被射击。

亨利·博伊德伸出手指。

“现在，他妈的给我滚出这里！”

这个像老牛排一样咬不动的矮个子男人高高地站在马文旁边，开始搓着双手。

“先生。”我听到马文哀求。只是嘴唇在动，别的地方都动不了。他对着天空说：“我有差不多五万块……”

但是亨利·博伊德对此毫无兴趣。他走近些，站在他的正上方。

有个孩子在哭。邻居们都聚到了这条街上，出来看好戏。亨利转头看着他们，要他们都把大屁股摇回去。是他的原话啊，不是我的。

“还有你！”他又用他的声音来惩罚马文，“永远，永远别再到这儿来，听到了吗？”

我走过去，蹲在马文身边。他的上嘴唇肿得好厉害，还沾着血。他的意识不是很清楚。

“你他妈的又是谁?!”

妈的。我想。其实我非常紧张。*我还想骂你呢*。但是我马上很有礼貌地回答道：“我只是想把我朋友从您的草地上弄走。”

“好主意。”

我看到了苏珊娜。她拉着一个小孩子的手站在门口。一个小女孩。*你有个小女儿！*我想对马文大喊，但是我想现在很不合适。

我对她点点头，对苏珊娜。

“进去，苏珊娜！”

她也向我点点头。

“现在就进去！”

那孩子又哭起来了。

苏珊娜走了，我扶着马文站起来。他衬衫上有几滴溅出来的血。

亨利·博伊德的眼睛里有愤怒的眼泪，它们刺穿了他的眼睛。“那个浑蛋害我们家蒙羞！”

“你的女儿也是。”我不敢相信这句话从我的嘴里说出来。

“小子，你最好给我滚，否则我让你们两个像双胞胎一样回去！”

好的。

那时，我问了问马文他是否能自己站好。他说能，于是我走向亨利·博伊德。我不确定他是不是总是这样。他很矮，但是你越走近他，甚至会越觉得他有力。看到我走近，他很震惊。

我恭恭敬敬地看着他。

“那儿好像有个漂亮的小孩。”我说。我的声音里没有颤抖。这是个惊喜，也给了我继续说下去的勇气：“嗯，是不是，先生？”

他的内心挣扎着。我知道他在脑子里盘算。他想勒死我，但是，又感觉到我说的每句话都充满了奇怪的信心。最终，他回答我。他留着连鬓胡子。在他开口前，那胡子先微微地颤动了：“他妈的没错，她很漂亮。”

我在博伊德先生面前尽力站直，然后指着马文。博伊德先生的短短的胳膊下垂着，很强壮。我说：“他可能给你带来了耻辱，我知道你们就是为此离开的。”我再次看看马文身上的血，“但是，他刚刚来面对你，那是尊敬。你不会得到比这更多的体面和骄傲了。”马文颤抖着，咽了一口自己的血，“他知道会这样，但他还是来了。”现在，我直接看向亨利·博伊德的眼睛，“如果你是他，你能做到这样吗？你能勇敢面对吗？”

那个男人的声音变得很低沉。

“拜托——”他乞求。我意识到我为他深感悲伤。他承受着痛苦。“走，离开这里。”

我没有。

我和他又那样站了好几分钟，我心里说：你好好想想。

在车里，我发现就我一个人。

只有我一个人，因为一个嘴巴上有血的年轻人又走了几步路。他往前走，朝着那个房子走去。那个过去和他在玉米田里约会、做爱到天亮的女孩站在门廊上。

他们凝视着。面对面。

♥ 9 秋千

一周过去了。

那天晚上，在奥本镇卡巴玛塔街上，马文坐在出租车里，血流到了前座上。他摸了摸嘴，嘴唇一张开，血便渗了出来，悄然流下。血弄脏了座位，我骂了他两句，那是当然的。

对此，他回答我。

“艾德，谢谢你。”

我想他会很高兴我对他还是老样子——即使我和他不再是以前那样的朋友关系。我们都把这些记在心里了。

一天早上，我刚把车开出空车公司，玛姬就把我叫住了。她匆匆忙忙地跑出来，冲我招着手。我刚把车停下来，摇下车窗，她就深吸了一口气说道：“还好找到你了，艾德。昨晚有个客人打电话来叫你的车子，听起来是私事儿……”我今天注意到玛姬有很多皱纹，不知道为什么，这反倒增加了她的亲切感，“我不想待会儿去广播……”

“去哪儿？”我问。

“是个女人，艾德，或者女孩。她特别指明是你。今天十二点。”

我感觉我知道是谁。

“奥本镇？”我问，“卡巴玛塔街？”

玛姬点点头。

我谢谢她，她回我：“别客气，亲爱的。”我第一个直觉是打电话给马文叫他出来，告诉他这件事情。但是我没有。乘客总是第一的。我毕竟是个职业司机啊。我没给他打电话，反而开车到了他最近一直上班的地方，一处靠近荣耀路的新的规划区。他老爸的车子停在那里，这就是我需要知道的。我继续开车。

正午时分，我在奥本镇苏珊娜·博伊德的住所外停下车。她很快就带着她的女儿和一个儿童专用的汽车坐椅走了出来。

我们停了一会儿。

苏珊娜留着蜜色的长发。她的眼睛也是咖啡色，但比我的颜色深多了，这眼里的一汪咖啡是没加牛奶的。她很瘦小。她的女儿也有着相同颜色的头发，只是还很短，在耳朵后卷绕着。她对着我微笑。

“这是艾德·肯尼迪。”母亲对她说，“宝贝，打招呼。”

“你好，艾德·肯尼迪。”小女孩说。

我蹲下来：“那你叫什么名字啊？”她的眼睛很像马文。

“梅琳达·博伊德。”这孩子笑起来很乖。

“她真可爱。”我对苏珊娜说。

“谢谢。”

她打开后座门，把孩子固定在座位上。这个动作猛然提醒我，苏珊娜已经是个母亲了。我一直看着她。她的手确认着梅琳达在座位上安全了。她就像以前一样漂亮。

苏珊娜做兼职工作。她恨她的父亲，她也恨自己从来不去抗争，她后悔所有的一切。

“但是我爱梅琳达。”她说，“她是所有这些丑恶中，唯一的一片美丽。”苏珊娜坐在她女儿旁边，从后视镜里看着我，“因为她，所有的一切都值得了，你明白吗？”

我发动了车子，开始出发。

梅琳达·博伊德睡着的时候，车子里只充斥着引擎的声音。但是一醒来，她就又玩耍又讲话，挥舞着双手仿佛在跳舞。

“你恨我吗，艾德？”快到镇上的时候，苏珊娜问我。我回想起奥黛丽曾经问过我同样的问题。

我只是从后视镜里看着她，说道：“我为什么要恨你？”

“因为我对马文做的事情。”

这句话真的非常简洁地传入了我的耳朵。我也许下意识地设想过这样的对话。我只是说：“你那时还是个孩子，苏珊娜。马文也还是个孩子……你爸爸那时就是你爸爸……某种意义上，”我对她说，“我能理解他。他很受伤。”

“是的，但是我对马文做的事情不可原谅。”

“你现在是坐在这辆出租车里，对吧？”我再次从后视镜里看着她。

苏珊娜想了想，流露出感激的神情，说道：“你知道吗，艾德？”她摇摇头，“从没有人像你那样对我爸说话。”

“或者像马文那样勇敢面对他。”

她点点头表示同意。

我告诉她我可以带她去马文工作的地方，但是她要求我在附近的游乐场停下来。

“好主意。”我回答。她等着。

马文正在进行的工作刚好有个空档。他嘴里叼着几颗钉子，高高举起锤子。我抓住机会大喊：“马文，我想你最好跟我来一趟。”

他看到了我表情下面的暗示，停下来，吐出钉子，扔下工具带朝我走过来。在车子里，我感觉他比那天晚上还要紧张。

到了游乐场，我们都下了车。“她们在等你。”我告诉他。不过我不认为他听到了。我坐在车子的前盖上，马文犹犹豫豫地往前走。

草地很干，草已经发黄，无人照料。这是个很老的游乐场。一个很好的，但是很老的游乐场。这里有个很大的铁制滑梯、铁链秋千，还有个用弹簧和横木搭出的跷跷板——是它应有的那个样子。没有令人作呕的塑料器材。

一阵微风轻轻掠过草地。

马文转过头看看我，我看到他眼睛里蹲伏着的恐惧。他慢慢地走向游戏器材，苏珊娜·博伊德就在那里等着。梅琳达坐在一个秋千上面。

马文看起来好高大。

他的步伐、他的手，还有他的担忧。

我什么都听不到，但我能看到他们在聊天。马文看起来巨大的手握着他女儿的小手。我能看到他想抱着她，拥着她，紧紧地拥抱她，但是他没有。

梅琳达跳回秋千上。马文看看苏珊娜，得到允许后，他轻轻地，轻轻地把女儿推向空中。

“他们相处得很好。”她温柔地说。

“的确。”我为我的好朋友微笑。

我们都听到了梅琳达的尖叫声：“再高点，马文·哈里斯！请再高点！”

马文双手都碰触到女儿的后背，渐渐地越推越用力。梅琳达大声地笑着，清纯的笑声传到了空中。

她玩够了，马文停下了秋千。小女孩爬下来，抓着父亲的手，和他一起向我们走回来。即使远远地，我也能看到马文脸上的泪珠如玻璃般清澈。

马文的微笑，和他脸上玻璃般的泪珠，是我见过的两样最美丽的东西。

♥ 10 奥黛丽之一：三个晚上的等待

那天晚上我没有睡觉——荡秋千的那天。

随着每一分钟过去，我都能看到马文把那个小女孩荡到空中，或者看到他和她手牵手走了回来。快到半夜十二点的时候，我听到马文的声音出现在门口。我打开门，他站在那里，心情全写在脸上。

“出来。”他说。我出来后，我的好友马文·哈里斯拥抱了我。他紧紧地抱着我，我能闻到他身上的味道，感觉到他从心底散发出来的喜悦。

这样的话，里奇和马文的事情都结束了。我尽自己的力传送了那些信息。

现在只剩下一个。

奥黛丽。

我不想浪费时间。自从那次银行劫案后，我经历了那么多，艰难地传出了十一条信。这是最后一条了。最重要的一条。

第二天晚上，我直接去奥黛丽家观察。一度，我预期达里尔和基思会再度出现，但是他们没有。我知道我要做什么。每次只要是这种情况，好像我就会被一个人丢在这里。

我没有坐在奥黛丽家的正对面，而是待在沿街下去有一点儿远的小公园里。这是一个新的游乐场。都是塑料器材，小小的。草坪都被整齐地修剪过。

她住的连栋式住宅是那种大概八九户组成的。八九户人家看起来都钉在一起，车子一排排地停在前面。

我三个晚上都去了那里。西蒙每天晚上都会出现，但是，他从来没有看到我在公园里露营。他的心思都牢牢地放在奥黛丽和他们要做的事情上面。甚至是从公园这么远的地方，我也能看到他开车进去时，脸上的渴望。

他进去以后，我就靠得更近些，走到信箱旁看着。

他们吃饭。

他们做爱。

他们喝酒。

他们又做爱。

我站在那儿，做爱的声音从门底下滑出来，让我想起了圣诞节那天，西蒙送我去米拉家的时候，我和他的谈话。

我知道我必须给奥黛丽什么。

奥黛丽不爱任何人。

她拒绝爱。

但是她爱我。

她爱我。哪怕是为了漫长时间中的一瞬，她需要允许爱的存在，她需要去把握爱，彻底了解爱。就一次。

三个晚上，我都待到天亮。西蒙在太阳出来之前便会离开。他肯定被安排了凌晨去城里的班。

在第三个晚上，我想。

明天。

是的。

我明天来传信。

♥ 」马文事后想起

就在我第二个晚上准备去奥黛丽家之前，马文又出现在我家门口。这次，他还带着一个问题。

我走出去，他不愿意跟上来。

他站在门廊上说："艾德，你还需要那笔钱吗？"他关切地看着我，"很抱歉，我完全忘了。"

"别担心，"我告诉他，"我根本就不需要。"

我胳膊下夹着一个老式的没人要的放音机，里面还有一卷磁带。

我走的时候，马文扯着嗓子大喊，硬是把我拽了回去，面对着他。

他体贴地看着我，说道："你还需要吗？"

我走近些。

"不，"我摇摇头，"不，马文，我不需要。"

"那么，为什么……"他走下台阶，好好地看着我，"那么你为什么说……"

"马文，我信箱里一直收到扑克牌。"如果里奇应该知道真相，那么马文也应该。

我向他解释，所有的一切："马文，我已经经历了方块、梅花、黑桃，我又收到了红心，我现在要完成这张上面的任务。"

"我是在……"

"是的，马文。"我回答，"你在红心上。"

安静。

困惑。

马文站在我家前院草坪上，不知道该说什么，但是，他看上去很开心。

我就要走的时候，他大喊道："最后一个是奥黛丽吗？"

我转过身，看着他一步步后退。

"那祝你好运！"他回答。

这次，我笑着，挥挥手。

♥ Q 奥黛丽之二：三分钟

所有的一切都跟平常一样，只是，当今晚的月亮升起、落下、在黎明来临时分又渐渐暗淡的时候，我带来放在身边的放音机上也结满了水珠。我纳闷了一会儿，为什么我不在家里设好闹钟，然后在拂晓时分再赶过来？但是，我知道我必须这样做才对，我必须得承受这样的一夜，才能把事情做好。

我把腿伸展开来，但是夜色伸展得更远。第一道光把我吓了一跳。

我在公园里昏昏欲睡，这时，突然听到门被砰地关上，接着西蒙的车子发动了。在一个安静的、笨拙地拐弯之后，他离开了这片连栋式住宅，车子开上了街道。一分钟过去了，我意识到现在是时候了。所有的一切感觉都对了。

放音机。光线。

现在，我的脚步迈向了奥黛丽的家门。

我敲敲门。

没人应答。

我又握紧拳头，但是，就在我的拳头要落到门上时，一阵咔哒咔哒的声音出现在门口，奥黛丽疲倦的声音夹杂其间："你是不是忘了什么……"她强撑着精神说。

"是我。"我说。

"艾德？"

"是的。"

"你来……"

我的衬衫好像是水泥，牛仔裤仿佛木头，袜子仿佛砂纸，鞋子有如铁砧。

"我来，"我低声说，"是为了你。"

奥黛丽，这个女孩，这个女人，穿着粉红色的睡衣。

她打开门，赤脚站着，用拳头揉着眼角以驱赶睡意。她让我想起了那个女孩，安吉丽娜。

我慢慢地拉起她的手，带她走到外面的小路上。

沉重已经离我而去，这里只有我和她。我把放音机放在撒着树皮的花园里，蹲下来，按下了播放键。

开始，一段声音不大的静电嘶嘶声传出。接着音乐响起，我们都听到了那首缓慢的、安静的、甜美的，但是有点儿绝望的曲子，我不会说出这曲子的名字的。想象一下你知道的最柔和、最残酷、最优美的曲子，你就知道了。我们在音乐中呼吸，我的眼神与奥黛丽的眼神交汇，缠绕。

我走近些，握住她的手。

“艾德，什么……”

“嘘——”

我揽住她的臀，让她靠近我，她抱着我。

她的胳膊绕着我的脖子，头靠着我的肩膀。我能在她身上闻到性，我只希望她能在我身上闻到爱。

音乐突然转为低音。

有一个声音变成了高音。

又是红心A的声音，但是这次好多了。我们移步、旋转，奥黛丽的呼吸落在我的脖子上。“嗯……”她轻轻地呻吟。我们在小路上跳舞。我们拥抱着彼此。一度，我放开她，让她慢慢地旋转。她转回来时，在我的脖子上留下一个小小的、浅浅的吻。

“我爱你。”我想说。但是没有必要。

天空中闪烁着光芒，我和奥黛丽跳舞。甚至音乐结束了，我们还那样抱着。我想我们大概跳了三分钟。

三分钟，告诉她我爱她。

三分钟，让她承认她也爱我。

我们要分手的时候，她告诉了我。但是没有“爱”这一类的字。她只是略微眯起一只眼睛看着我，说道：“嗯，艾德，呵呵。”

我笑了。

她伸出手指着我：“但是只有你，好吗？”

“好的。”我同意。我看着她的赤脚、她的脚踝、她的皮肤，然后一路看到她的脸。我在脑海里拍了一张她的照片。她的疲倦的眼睛和清晨起来乱蓬蓬的稻草色的头发。嘴唇上轻轻掠过的微笑。她的小耳朵，她的光滑的鼻子。还有最后剩余的爱，奇妙地缠绕着……

她让自己爱了我三分钟。

三分钟可以持续到永远吗？我问自己。但是，我已经知道答案了。

可能不会是永远。我回答。但可能会持续足够长的时间。

♥ K 结局

我拿起放音机，我们又多站了一会儿。她没有邀请我进去，我也没有要求。

该做的都已经做了，所以我转身说道：“嗯，我会来看你的，奥黛丽。可能是下次打牌的时候，可能是那之前。”

“很快就会的。”她向我保证。我把放音机夹在胳膊下面，踏上回家的路。

十二封信都已送到了。

四张A的任务已经都完成了。

我感觉今天是我人生中最美好的一天。

我活着，我想，我赢了。几个月来我第一次感到自由，一种心满意足的空气在我身边盘旋，跟着我一路回到了家。甚至在我走过门廊、亲吻看门狗、在厨房里给我们准备咖啡的时候，这种满足感都在。

我们喝到一半，另一种感觉到达了我的心里，它蜿蜒上升，然后又流淌了出来。

我不知道我为什么会有这种感觉，但是当看门狗抬头看着我的时候，任何满足都立刻无影无踪了。我们听见外面传来的弹簧锁一开一关的声音，有人匆匆跑开了。

我慢慢走到门口，沿着门廊台阶，走到了前院。

我的信箱还在那里，微微歪斜。看起来好像很内疚。

我的心在颤抖。

我走上去，颤抖着，打开了信箱。

哦不，我在心里喊，不，不，不！

我把手伸进去，我的手指拿到了最后一个信封。上面有我的名字，里面，我已经看到了。

有最后一张扑克牌。

最后一个地址。

我闭上眼睛，跪在前院的草坪上。

我的思绪变得断断续续。

最后一张扑克牌。

没有多想，我慢慢地打开信封。当我的眼睛看见那个地址时，所有的思绪都惨遭腰斩而死。

上面写着：

航运街26号

这个地址，就是我的地址。

最后一封信，是给我的。

JOKER

鬼牌

航运街26号

·特别介绍·

英语是joker，即小丑的意思，代表大王和小王。

笑声

空荡荡的街上，静寂无声。

鬼牌在嘲笑我。

所有的一切都静悄悄的，只有我手里的小丑那沉默的笑声。它在咆哮。

青草都出汗了，我孤独地站在那里，手指间夹着万能牌[1]。我从头到尾都被监视着，但是我从来没有像现在这样，感觉自己不堪一击，而且毫无隐私。

屋里，我有点儿恐慌，屋里有什么在等着我？

“进去吧。”我说。我穿过湿漉漉的草地。我当然不想进去，但是，我有别的选择吗？如果有人在里面，我束手无策。水泥门廊上留下了我湿湿的脚印。

我一路走到厨房。

“有人吗？”我大喊。

但是。

没有人。

在。

我的厨房。

事实上，没有人在我的房间，除了看门狗、鬼牌和我。我差点儿检查了床底下，尽管我知道事情不太可能以这样的形式发生。他们可能会做类似于喝我的咖啡、在我的马桶里小便，或者在我的浴室里洗澡这样的事情。我房间里没有发生任何事情，也没有任何人。沉默弥漫了整个房间，笼罩着所有的东西，直到看门狗打了个哈欠，舔了舔嘴巴。

---

1 鬼牌在某些扑克牌游戏中，可以替代任何一张牌，所以也叫万能牌。

几个小时过去了，我必须得去上班了。

“去哪里？”

“马丁广场，麻烦你。”

载了一个又一个的乘客，我变得麻木了。有生以来第一次，我一整天没有和任何人说话。我没有讨论天气，没有谈论周末谁赢了比赛、路况如何，或者任何听完就忘的废话，那都是为了打发出租车里的无聊才说的。

这就是第一天。

第二天也一样。

第三天，事情发生了。

回家路上，我在环岛那儿差点儿发生了车祸。我前面一辆康比客货车正在前进，但是我眼睛看着右边，没有注意到。它突然停下了，我一个急刹车，勉强在离它的车牌才几寸的地方停了下来。

我原本把鬼牌放在前座。

它向前弹出。

落在了地上。

笑了起来。

2 几个星期

你有没有过伸展你的腿或者触碰你的脚指头，结果却用力过度的情况？这就是这几天、这几周我的感觉——我一边工作一边等待鬼牌揭开自己面纱的感觉。

在我的住处，航运街26号，会发生什么事情呢？

谁会来呢？

二月七号，一只手伸到我的门前，我半是匆忙半是拖延地走了过去。真相来了吗？

是奥黛丽。

她走进来说："艾德，你最近都没有消息。马文说他一直给你打电话，但你总不在家。"

"我一直在上班。"

"还有呢？"

"等待。"

她在沙发上坐下，问："等待什么？"

我这次不慌不忙，站起来走到卧室的抽屉那儿，拿出了四张扑克牌。然后回来，一张一张地查看。"方块。"我说，"完成。"我松开手，看着它落在地板上，"梅花，完成。"再一张，扑克牌掉在地毯上，"黑桃和红心——也都完成了。"

"所以现在是？"奥黛丽能看到我面色的苍白，和我身体的疲倦不堪。

我从口袋里拿出了鬼牌。

"这个。"我说。

我求她的时候，差点儿哭了："告诉我，奥黛丽，请告诉我是你给我的。告诉我是你给了我这些扑克牌。"我恳求她，"告诉我你只是想让我帮助别人，还有……"

"还有什么，艾德？"

我闭上眼睛："让我变得更好，让我更有价值。"

这些话掉落到地板上，掉落到扑克牌上。奥黛丽笑了。她笑着，我等着她承认。

"告诉我，"我要求，"告诉……"

她收起笑容。

她说出了真相。

那些话几乎是从她嘴里无意识地流出来的。

"不，艾德，"她慢慢地说，"不是我。"她摇摇头，面对着我，"很抱歉，艾德，我很抱歉。我希望是我，但是……"

她没说完她的话。

3 不算结局的结局

最终，真相来了。

一阵急促的敲门声传来，我知道这次感觉有点儿对了。它来迟了，敲门声很刺耳。我穿上鞋，过去开门。

深呼吸，艾德。

我照做了。

“待在这儿。”看门狗在走廊上迎接我的时候，我命令它。但是，它却跟着我走到门前。

我打开门，是一个穿西装的男人。

“艾德·肯尼迪？”他秃顶，但胡子很长。

“是的。”我说。

他往门口靠近说道：“我有东西给你。我可以进去吗？”

他的态度很友好，我决定了，如果他想进来，我可以允许。我往边上站站，让他过去。他是个高个子中年男人，声音中充满了礼貌和坚定。

“咖啡？”我问。但是他婉拒了：“不了，谢谢你。”我这时才看到他手上有个手提箱。

他坐下来，打开手提箱，里面有份打包的午餐、一个苹果和一个信封。

“三明治？”他提议。

“不了，谢谢。”

“很明智。我老婆做的三明治很难吃，我今天都不想吃。”

他很快回到了正题，把信封交给了我。

“谢谢你。”我惶恐不安地说。

“你要打开吗？”

“谁派你来的？”

我盯着他的眼睛，他吓了一跳。

“打开吧。”

“谁派你来的？”

不过，我没有坚持太长时间。我的手指已经伸入信封里，熟悉的字迹在跟我打着招呼。

亲爱的艾德：

快要结束了。

我想你最好去一趟墓园吧。

“墓园？”我问。我知道明天正好是老爸去世一周年。

老爸。

“我爸？”我对那男人说，“告诉我，是我爸吗？”

“我不知道你在说什么。”

“怎么会不知道？”我差点儿伸手抓他。

“我……”他说。

“什么？”

“我是被派来的。”

“被谁派来的？”

但是那个男人只是低着头，清晰地说道：“我不知道。我不知道他是谁……”

“是我爸在操纵这一切？”我问他，“他在死前安排好这一切？他……”

我听到了我妈对我说的话，是去年了。

你就像他一样。

我爸是不是留了指令给某个人，让他安排这一切呢？我想起来以前我晚上常常在车子里看到他在街上走。他这样是为了让自己酒醒。他从酒吧回家的路上，我有时候会带他一段……

“他就是这样知道这些地址的。”我大声说。

“什么？”

“没什么。”我回答。我没有再说别的，因为我已经到了门外。我冲到街上，往墓园跑去。夜空一片深蓝，云朵仿佛是一片一片铺在天空中的水泥。

墓园隐约呈现在我眼前，我跑向我爸的墓那里。几个保安站在附近。

或者，是他们？

不。

是达里尔和基思。

我慢慢停下脚步，他们看着我。达里尔先开了口：“祝贺你，艾德。”

我猛喘了几口气。

“我爸？”我问。

“你的确是很像他，”基思启发我，“就像他一样，你很可能连死都跟他一样——你本来可能……”

“所以说，他派你这么做？他在死之前安排了这一切？”

达里尔晃悠着靠近我，回答了这个问题：“你看，艾德，以前的你绝对是前途无望——就像你老爸一样。没有冒犯你的意思。”

“没事。”

“有人雇佣我们来考验你，看你是否能不再重蹈他的覆辙。”他漫不经心地指指墓碑。

“唯一的问题是，”基思插嘴说，“不是你爸派我们来的。”

我花了点时间才理解了他的话。

不是奥黛丽。不是老爸。

一大堆问题涌向我的脑海，就像一大堆人群刚刚从橄榄球赛场或者音乐会上离开，推推搡搡、挤来挤去、跌跌撞撞。有些人还坐在位子上，等待着离开的机会。

“那么，你们在这里干吗？”我问他们，“你们怎么知道我会来这里，又恰好是这个时间？”

“我们的雇主派我们来的。”达里尔回答。

“他告诉我们你会在这里。”基思再次插话，他们今晚合作很默契，“所以我们来了。”他朝我微笑，感觉几乎是种同情，“他还没出过错呢。”

我苦思冥想，想从所有这些事情中理出头绪来。

“嗯，”我开口说，但是好像我没有更多的词足以完成这个句子了……终于，我找到了，“你们的雇主是谁？”

达里尔摇摇头：“我们不知道，艾德。我们只是做他交代我们的事情。”他开始总结这些事情，“但是，艾德，他今晚派你到这里来，是提醒你自己，你不想像你老爸那样死掉。懂吗？”

我点点头表示同意。

“那么现在，我们还有最后一件事情要告诉你，然后，我们将永远从你的生命里消失。”

我准备好仔细聆听：“什么事？”

他们已经准备走了：“就是你得再等一等，好吗？”

我站在原地。

除了站在原地，我还能做什么呢？

我看着达里尔和基思平静地走进夜色里。他们走了，我永远不会再看到他们了。

“谢谢你们。”我说。但是他们不会听到了——他们再也不会听到了，好像有点儿遗憾。

几天过去了，我意识到除了等待之外，我别无选择。某天清晨拂晓时分，我收工回家，几乎要决定放弃等待的时候，一个穿牛仔裤、夹克衫，戴着一顶帽子的年轻人招手拦下了我的车。

他上车坐在后座。

跟往常一样。

我问他去哪里。

跟往常一样。

然后我听到了答案。

“航运街26号。”

这句话让我手脚冰凉、四肢无力。我差点儿把车子停下来。

“继续开就行了。”他说，但是他没有抬头，“艾德，就按我说的，航运街26号。”

我开着车。

我们沉默地前行，一直到了镇上。我小心翼翼地开着车，眼神紧张，心跳加速。

我拐到了我家那条街上，在我家门前把车停了下来。

终于，后座那人摘下了帽子，抬起头来。我第一次看到他，在后视镜。

“是你！”我大喊。

“是我。”

一种比震惊和惊讶更强烈的感觉偷走了我本来可能有的任何反应，因为在我车子的后座上坐着的是——故事一开始那个失败的银行劫匪。他那土黄色的胡须还在，他也还和以前一样地丑。

“六个月到了。”他解释道。但是这次，他的声音听起来很友好。

“但是……”

“别问问题，”他打断我的话，“开车就行了。送我到埃德格街45号。”

我照做了。

“记得这个地方吗？”他说。

我记得。

“现在去哈里森大道13号。”然后一个接一个，失败的银行劫匪带我去了每一个地方。去了米拉和苏菲家，去了神父和安吉·卡鲁索家，还去了罗斯兄弟家。

“记得吗？”每到一个地方，他都问我。

在出租车上，我重温着每一个地方，每一条信息。

“是的，”我告诉他，“我记得。”

“很好。现在去荣耀路。”

“小丑街。还有你妈家。”

“钟街。”

“你知道最后三个。”

我们在镇上走街串巷，太阳在空中越升越高。我们去了里奇家，去了草地凌乱不堪的游乐场，去了奥黛丽家。在每个目的地，我一面开着车，一面让记忆轮流重演。时不时地，回忆会让我想停下来，待在那儿。

永远待在那儿。

和里奇待在河边。

和马文待在秋千旁边。

和奥黛丽在清晨无声的火光中跳舞。

“现在去哪儿？”回到我家的时候，我问道。

“下车。”他告诉我。但是现在，我忍不住了。

我说：“是你，对吗？你抢银行的时候就知道……”

“哦，你能给我闭嘴吗，艾德？”

我们站在朝阳下的出租车旁。

他有条不紊地从夹克衫口袋里拿出一样东西，是一面小小的镜子。

“记得我告诉过你的话吗，艾德？在审判的时候？”

“我记得。”莫名地，我感觉到眼睛里有股暖意。

“告诉我。”

“你说我每次照镜子的时候，都应该记住，我完蛋了。”

“正确。”

失败的劫匪走了几步站在我的面前。一个浅浅的笑容出现在他脸上，他把镜子举高，对着我。我直视着镜子里面的自己。

他说：“你现在能看到一个要完蛋的人吗？”

回忆的洪流中，我又看到了那些地方，又看到了那些人：我在那小女孩家的门廊拥抱她；我以吉米的名义去一个好得没治了的老妇人家；我看着一个女孩用全世界最了不起的流血的脚跑步。

我因为一个神父脸上的激动而微笑；我看着安吉·卡鲁索沾着冰淇淋的唇；我感受着罗斯兄弟的感情；我看见一个家庭的黑暗被权力与荣耀点亮；我让我妈妈吐露出真相，说出她的爱和对生命的失望；我坐在一个人的电影院。

我看着玻璃的镜像，与我的朋友站在河水中央；我看着马文·哈里斯把秋千上的女儿高高地荡向天空；我与爱、与奥黛丽共舞三分钟……

“嗯？”他再次问我，“你看起来还像个要完蛋的人吗？”

这次，我回答了。

我说：“不。”

劫匪也说话了：“嗯，那就值得了。然后……”

他为那些人坐牢。

他为了我坐牢。现在，他留下几句话以后走远了。

“再见，艾德。我想你最好还是回屋里吧。”

他走了。

就像达里尔和基思，我再也不会看到他了。

4 文件夹

我尽可能地保持平静，走到房间里。房子的前门开着。

在我的沙发上坐着一个年轻人，他平静而开心地轻拍着看门狗。

“你是……”

“嗨，艾德。”他说，“很高兴终于见到你了。”

“是你……”

他点点头。

“你派……”

他再次点点头。

他起身说：“艾德，我一年前来到这个小镇。”他的棕色头发剪得很短，中等偏矮的个子，穿着衬衫、黑色牛仔裤和蓝色的运动鞋。随着每分钟的流逝，他看起来更像是个男孩而不是男人。不过，他说话的时候，声音就完全不像是男孩了。

“是，大概是一年前，我看着你爸下葬，看到你和你的牌局、你的狗，还有你老妈。我不断观察，就像你在其他地址所做的那样……”他的眼神避开了我一会儿，好像是有点儿羞愧，“我杀了你爸，艾德。我为你在银行的那个时间点上，安排了一次拙劣的劫案；我指使那个男人残忍地对待他的妻子；我让达里尔和基思那样对你；还有那个带你到岩石那儿去的人……”他低下头，然后又抬起来，“我对你做了所有的一切。我让你成为了一个不称职的出租车司机，我让你去做那些你觉得自己无法做到的事情。”我们就那样站着，相互凝视着，“但是为什么呢？”他停下来，但是没有后退，“我这样做是因为，你是平凡的化身，艾德。”他严肃地看着我，“如果像你这样的家伙都能奋起，为别人做一些事情，那么或许每个人都能办得到，或许每个人都可以活的更好。”他现在变得很紧张，很富有激情。这就是一切。“可能我甚至能够……”

他坐回到沙发上。

我回想起一种感受——感觉这个小镇在我周围被描绘出来，感觉我被创造出来。这是真的吗？

是的。这个年轻人坐在那里，用手捋着头发。

他安静地站起来，回头看看沙发。靠垫上放着一个已褪色的黄色文件夹。“所有的东西都在那儿，”他说，“所有的东西。我为你记下了所有的事情，我四处搜寻到的所有的点子，你帮助过、伤害过或者只是偶然碰到过的人。”

“但是……”我的话听起来有点儿模糊，“怎么做的？”

“即使是现在，”他回答，“我们的这次讨论，也在那里面。”

我错愕地站在原地，震惊得说不出话。

最终，我努力地又说出口：“我是真的吗？”

他几乎不假思索。他不需要。“看这个文件夹吧，”他说，“在最后。看到了吗？”

在啤酒杯纸垫的空白面上，写着几个潦草的字母。那是答案，是用黑墨水写的。答案这样说：“当然，你是真的，就像任何想法、任何故事一样真实。当你身处其中，你就是真的。”

他说：“我现在该走了。你可能想好好翻翻那个文件夹，检查里面有没有矛盾。都在那儿了。”

我惊慌失措了好一会儿。是那种坠落的感觉，就好像你明知道你的车子失去了控制，或者你犯了一个无法挽回的错误。

“我该怎么做？”我绝望地问，“告诉我，我现在该怎么做？”

他仍然那样冷静。

他离近些看着我，说：“好好生活，艾德……在这儿的不过是几页纸。”

可能是因为让我深陷其中的精神创伤，他又待了大概十分钟。我仍然站着，试图好好审视，从刚刚得知的真相中恢复过来。

“我真的该走了。”他又说道。这次语气更坚定了。

我艰难地送他走到门口。

我们在门廊相互道别，他走回了街上。

我想知道他的名字，但是我没有问，我确信我很快就会知道了。

他写下来了，我确信，这个浑蛋。他记下了所有的一切。

他走上街道，从口袋里掏出了一个小记事本，写下了几件事情。

这让我想到，可能我应该自己把这些记下来。毕竟，我才是做这些事情的那个人。

我从银行劫案开始记。

类似于这样的："这个持枪的劫匪真没用。"

然而，胜算不大，很可能他已经捷足先登了。

这些文字的封面上是他的名字，不是我的。

他得到了所有的荣誉。

或者是臭骂，如果他写得很烂的话。

然而，请记住，是我，不是他，给这些文字赋予了生命。我才是那个人……

哦，别抱怨了，艾德。心里有个声音告诉我。

听起来很耳熟。

尽管我努力不去想，但这整整一天，我想了好多事情。我从头到尾详细查看了文件夹，找到了他所说的所有事情。所有的想法都被写了进来，所有的人都被概括描述了一番。开始和结束在合并，重叠。

几个小时过去了。

接着，几天过去了。

我没有离开我的窝棚，我没有接电话。我几乎没有吃饭。看门狗和我坐在一起，看时间一分一秒流逝。

很长一段时间里，我不知道我在等待什么，但是我明白，就像他说过的。

我猜，我在等待着这几页记录之后的生活。

5 信息

一天下午，我好像最后一次听到有人敲了敲门，然后站在那里，站在我那破烂不堪的门廊上。是奥黛丽。

她的眼睛游移不定了一会儿，然后问我是否可以进来。

在走廊上，她往后靠在门上，说道："艾德，我可以留下来吗？"

我走向她："当然，你今晚可以留在这儿。"但是她摇摇头，游移不定的目光终于落下。奥黛丽向前走着，把手伸向我。

"不是今晚。"她说，"是永远。"

我们跌坐在走道地板上，奥黛丽吻了我。她的嘴唇和我的紧紧黏在一起，我品味着她的气息，吞下它，感受着它，并且索取着它。她的美丽像小溪一样流过我。我抚摸着她黄色的头发，触碰着她脖子上光滑的皮肤，她一直不停地吻着我。她想吻我。

我们终于结束后，看门狗向我们走过来，坐在我的身旁。

"嘿，看门狗。"奥黛丽说。她的眼睛又变得泪汪汪的。

看门狗看着我们。它是圣人，它是智者。它说：*该死的，这么长时间，你们两个也该在一起了。*

我们在走廊待了将近一个小时，我把所有的一切都告诉了奥黛丽。她一面轻拍着看门狗，一面专注地听着。她相信我。我意识到奥黛丽一直都是相信我的。

我就快要完全放松下来的时候，最后一个问题溜进了我的脑海。它试图蹿出来，但是又溜走了。

"文件夹。"我说。

我起身，快步走到客厅。我跪在地上，不停地翻阅着文件夹。我坐在那里从头到尾认真查看着。我到处翻找，在零零散散的纸张中挖掘着。

"你在干吗？"奥黛丽问。她进来了，就站在我身后。

我转身仰头看着她。

"我在找这个。"我告诉她。我摆摆手指指我们两个："我在找你和我，我们在一起。"

奥黛丽只是蹲下来。她和我一起跪着，把手放在我的手上。让我扔下了那些纸。

"我想你要找的东西不在里面。"她温柔地说，"艾德，我想……"她的手温柔地贴着我的脸，傍晚橘色的阳光落在她身上，"我想，这才是属于我们的。"

晚上，奥黛丽、我和看门狗一起在门廊喝咖啡。看门狗喝完之后对我笑笑，然后就像平常一样在门旁边安静地睡着了。咖啡因现在对它根本不起作用。

奥黛丽的手握着我的手，光线多停留了几分钟，我又听到了上午的话。

“如果像你这样的家伙都能奋起，为别人做一些事情，那么或许每个人都能办得到，或许每个人都可以活得更好。”

就在那时我意识到。

在一个甜蜜、残忍而美丽的清醒瞬间，我笑着，看着水泥墙上的裂缝，对着奥黛丽和睡着的看门狗，告诉了他们我现在要告诉你的：

我不再是传信人。

我，就是信息。